译文经典

看得见风景的房间

A Room with a View

E. M. Forster

〔英〕E · M · 福斯特 著

巫漪云 译

上海译文出版社

译本序

E·M·福斯特(1879—1970)对中国读者来说可能稍微有点陌生，但在英国乃至欧美却很有名气。在二十世纪的头二十五年里，他的作品曾经引起各方面的注意，许多评论家认为他可能成为托马斯·哈代以后的最伟大的小说家。但是他使人们失望了，他在一九二四年发表他的杰作《印度之行》以后再也没写小说。原因何在，其说不一，但都是主观臆测。不过我们从他留下来的六部小说、几十篇短篇小说和若干散文(包括一本题为《小说面面观》的文学评论集)来看，已经可以肯定他是仅次于D·H·劳伦斯的一位独特的重要小说家。一九七一年他写同性恋的小说《莫瑞斯》在他死后发表了，这本书以及他遗留下来的一些手稿又引起了人们的兴趣。近二十年来，研究他的著作越来越多，他在英国文学史的地位提高了不少。人们很喜欢他的作品。

我们说福斯特是一位独特的作家，因为他不属于任何流派。有人说他是“布卢姆斯伯里小组”的成员，其实他不是，仅是和那个小组的成员们有密切联系罢了。“布卢姆斯伯里小组”代表中产阶级自由主义的文艺观点，反对某些传统观念，在形式上有所创新。在这方面他和这个小组的人有共同之处。（弗吉尼亚·伍尔夫、利顿·斯特雷奇、约·梅·凯恩斯、伯特兰·罗素等等均是该小组的成员。）福斯特在《为民主欢呼两次!》一文中说他“属于维多利亚时期自由主义的末端”，又说他是：

> “一名个人主义者和自由主义者，他发现自由主义在他的脚下崩溃了，而最初他感到羞愧。后来他环顾四周，决定没有什么特殊理由应当羞愧，因为无论别人的感觉如何，他们都同样地不安全。至于个人主义，好像没有办法躲开它，即使人们想要躲开也不成。”

自由主义者、怀疑主义者、个人主义者，这些名称都适用于福斯特，但都指的是他的态度，并非说他有成套的理论。他和哈代、劳伦斯等人一样，认为全面工业化使人窒息，不知感情生活为何物。在这种社会里，人们受到严格的限制，不能自由发展。福斯特的短篇《机器停了》描述了极端工业化的可能恶果。机器完全控制了生活，人们住在地下，凭着机器互相沟通，生病不必去医院，机器会送来必需的药品，人与人之间全凭电子机械互相接触。有一天机器发生了毛病，整个社会便完全崩溃。但是作者并不感到绝望，因为他觉得地面上还有人，他们藏在雾中，草里，将来还会创造新的社会。福斯特的短篇中有一些是神话或狂想。《天堂客车》就是一首狂想曲。小说中的男孩似乎代表纯真，他丝毫不受传统观念的约束，因此能乘坐天堂客车饱览天上人间的美景。邦斯先生虽然是“文学协会”的主席，实际上却是个庸俗之辈，看不见天上的奇妙景象，因而被摔得粉身碎骨。福斯特以此为主题写了许多短篇，如《另一王国》、《树篱的另一边》、《一个怪人的故事》等等阐述的都是这一见解。但是跑到“另一王国”、“树篱的另一边”只是一种遐想，带有浓厚的逃避主义的味道，并不令人信服。这些小说的主人公并没有真正找到归宿，“另一王国”也好，“树篱的另一边”也好，都只存在于想象之中，没有实际的意义。充满世俗偏见、传统陋习的社会固然不好，但是人们不能脱离它而存在。当然福斯特是在写小说，不是写政治、社会论文，我们不能要求他拿出什么医治社会的灵丹妙药。即便如此，我们也不能以幻想来代替现实。当福斯特开始写他的长篇著作的时候，他就脚踏实地了。

福斯特一共写了六部长篇：《天使们不敢踏上的地方》(1905)、《最长的行程》(1907)、《看得见风景的房间》

（1908）、《霍华兹庄园》（1910）、《印度之行》（1924）和《莫瑞斯》（1971）。《莫瑞斯》以同性恋为题材，在作者死后一年方才发表。《印度之行》被公认为福斯特最杰出的作品。《最长的行程》写得不算成功，但是作者本人对之有所偏爱。其他三部均有独到之处。

福斯特屡次声言，他写作的目的是要使人们互相谅解以求得和谐一致，个人与个人，阶级与阶级均应如此。他的口号是："只有联系才是"。《印度之行》探讨的是：殖民地印度的人民能否和英国人交朋友？结论是：不能，暂时还不能。小说的主要焦点是，当印度人阿泽兹陪同英国姑娘阿黛拉·奎斯蒂德游览马拉巴山洞时，他是否对她有非礼的行为。小说着重描写的是殖民地印度的人民和英国殖民主义者乃至一般英国人民之间的紧张状态。有些英国人如阿黛拉的未婚夫隆尼·希斯罗普对印度人充满了敌意，就像前不久南非白人统治者对待黑人那样。但也有人很愿意和印度人交朋友，阿黛拉、隆尼的母亲穆尔夫人、菲尔丁博士均属于这一类。小说的焦点是英国人菲尔丁博士与印度人阿泽兹的关系。马拉巴山洞的事件发生后，这个关系紧张到崩溃的程度。菲尔丁和穆尔夫人都是阿泽兹的朋友，但到紧要关头，他们退缩了。阿泽兹被指控在山洞里对阿黛拉行为不轨。经过法庭上的激烈辩论，阿黛拉逐渐怀疑她当时是否受到幻觉的干扰，事实上阿泽兹根本没有对她做过什么非礼的事情。她在法庭上宣布："我弄错了。阿泽兹根本没有跟我进洞。”菲尔丁与阿泽兹的紧张关系、阿黛拉的幻觉、其他人的态度都是英国帝国主义直接或间接造成的，个人没有力量解决小说中所描写的矛盾。小说的缺点就是作者过分强调个人的同情或歉意能够改变一切。阿黛拉自诩为印度人的朋友，不赞成她的未婚夫对待印度人的冷酷无情。她想：“只要一点点歉意……便会将他变成另一个人，将大英帝国变为另一种机构。”福斯特尖锐地提出了问题，准确地抓住了问题的焦点，可是他有点虎头蛇尾，光靠“一点歉意”是改变不了人或社会的。

《霍华兹庄园》写的也是“只有联系才是”这个观点，作者认为文明人所受的痛苦和刑罚都由于“不能毫无恶意地互相联系，直到大家都成为兄弟”。这部小说的故事比较曲折复杂，很引人入胜。玛格丽特和海伦两姐妹和威尔科克斯一家，以及巴斯特夫妇与海伦、威尔科克斯等人的关系十分复杂。经过几番周折，大家达成了谅解，也有人作出了牺牲。这就是福斯特的主旨。这本书虽然很吸引人，但不如《印度之行》那样简洁精炼。

福斯特常将英国中产阶级的生活和意大利人的生活作对比。和劳伦斯一样，他觉得意大利的风景、人物，特别是中下层人物有助于英国人减少偏见，认识自己，在精神上少受传统观念的束缚，从而生活得比较自然、自由和愉快。《天使们不敢踏上的地方》，《看得见风景的房间》这两部小说都是以意大利为背景的，都深刻地揭露了英国人的傲慢和偏见。《天使们不敢踏上的地方》这书名本身便说明了问题。它来自成语："天使们不敢踏上的地方，蠢人却冲进来了。""蠢人"当然指的是不知自己为何物的那些英国人。莉丽亚的丈夫死了。她由年轻的邻居卡罗琳·艾勃特陪同到意大利去散心。莉丽亚的小叔子菲利普很赞成她去，因为意大利能使人纯洁和高贵。最初大家从莉丽亚发自意大利的信里感到她的精神似乎在好转。后来他们发现她有了情人，准备结婚。她的婆婆反对她再婚，认为这事玷污了她家和她那死去的儿子的名誉。于是她派菲利普前往阻拦，可是他去晚了，莉丽亚已经和一个名叫吉诺的人结婚，这人是一名牙医的儿子。这场婚姻并不幸福，而且莉丽亚在生小孩时死去了。她的婆婆和小姑爱丽叶认为她们有义务照管这小孩，不能让他留在他父亲的身旁，以免受到不良影响。于是菲利普和爱丽叶又跑到意大利去。卡罗琳也单独去了。他们和吉诺交涉了多次，但是毫无结果。有一次卡罗琳去找吉诺，正碰上吉诺给小孩洗澡。她发现吉诺对小孩的爱是真诚的，很受感动。过去莉丽亚的婆婆等人替小孩做了种种计划，考虑如何使他长大成人。这些理想、计划都是自私的，没有爱。卡罗琳现在见到吉诺对儿子所表示的真挚的爱，觉得为小孩做的所有的考虑都是没有意义的：

这就是那部机器[按指这小孩]，关于它，她、爱莉顿夫人、菲利普、爱丽叶都做了许多设想——决定将来某一时刻它必须这样地或那样地移动，应当完成这样或那样的事情。它应当是低级教会派，有高尚的原则，言行得体，有绅士风度，有艺术修养——这些都是极好的东西。可是她现在看见了小孩躺在肮脏的毛毯上，她最大的愿望已经不是贯彻任何一种理想了；如果说能给小孩一点点影响的话，那不过是亲吻他一下，或者为他虔诚祈祷而已。

小孩被爱丽叶盗走了，她们遇上了车祸，小孩死了。随爱丽叶走自然是死路一条，因为她代表英国文明中的保守、傲慢和早应被抛弃的一切。不受传统的约束、没有偏见、感情真挚的吉诺则生机盎然。人们应当和他联系以获取新生。

《看得见风景的房间》和《天使们不敢踏上的地方》有异曲同工之妙。摆在露西面前的是代表两种生活方式、两种传统的两个人。塞西尔·维斯并不是坏人。此人很有教养，很有绅士风度，言谈举止温文尔雅，礼貌周到。但是腐朽的资产阶级文化的美丽外衣掩盖不了内心的空虚。理智控制了一切，感情没有了，爱情更谈不上。和他在一起十分乏味。另一方面，乔治·艾默森没有塞西尔所受的那种教育，显得有点粗野，但是纯朴自然，毫不造作，绝不掩饰自己的感情。露西必须在这二人中选择一个。最初她囿于家庭及社会各方面的无形和有形的压力勉强和塞西尔订了婚，后来她摆脱了一切束缚，毁掉婚约，和乔治有情人终成眷属。塞西尔和乔治在各方面均不相同，这在他们二人和露西接吻一事中显示得十分清楚。乔治和塞西尔相遇的地方布满了紫罗兰，这些花像细流、小溪、瀑布一样流淌着：

> 乔治听见她到来便转过身来，他一时打量着她，好像她是突然从天上掉下来似的。他看出她容光焕发，花朵像一阵阵蓝色的波浪冲击着她的衣裙。他们头顶上的树丛闭合着。他快步走向前去吻了她。

乔治在爱情的支配下情不自禁地亲吻了露西，做得很自然，根本不考虑后果。塞西尔就大不一样了。有一天他和露西在外面散步。他埋怨说，他从来没有和她在野外或树林里散步，露西总是领他在大路上行走。他说："我有个想法——我敢说是个错误的想法——你我一起在房间里时，你感到更加自在。"他说他常将她和某种风景联系在一起，而她却将他和房间，也许是客厅联系起来。过了一会，他忽然对露西说："露西，我对你有一个请求，那是我以前从没提出过的。"露西问他什么请求，他回答说，"我还没有吻过你。……现在可以吗?"她说当然可以，于是正正经经地揭开面纱让他亲吻。当他接近她的时候他已经觉得气氛不大对头，在亲吻时他的眼镜滑了下来，夹在二人的鼻子之间。接吻以失败告终。两人都很懊恼。塞西尔心想他根本不该问露西他可不可以吻她，因为他有权这样做，不存在可以或不可以的问题。他设想她像花一样地立在水边。他勇往直前，将她抱住就吻。这样才能博得她的欢心和尊重，因为女人最喜欢的便是男子汉的风度。露西也在想。塞西尔的这一吻使她想起了她真正爱的是乔治，使她想起在紫罗兰丛中他俩的那一吻。她还想到有一次她和塞西尔碰到了乔治的父亲艾默森先生。塞西尔问她那是谁，她说是哈里斯先生，没有告诉他真实姓名。现在她打破了沉闷，突如其来地对塞西尔说："他的姓氏是艾默森，不是哈里斯。"这话弄得塞西尔如同坠入五里雾中，"他不可能知道这正是他们之间的最亲密的谈话"了。

福斯特善于利用细节，以含蓄的手法来暗示人物的性格、感情、思想的矛盾等等。上面的故事即为一例。我们还可举一典型的例子。

有一天塞西尔带露西到他家里去见他的母亲维斯太太。母子二人对露西十分满意，谈了许多婚后的打算，而露西却一直在想念着乔治。夜里她住在维斯太太隔壁的房间里。入睡以前维斯太太对她儿子说：让她成为我们家的一员吧。她一边说着一边就上床去睡了。

> 她快要睡去时，从露西房内传来一声叫喊——做恶梦的叫喊声。露西原可以按铃叫女仆来，可是维斯太太认为她亲自去看看

更为亲切。她发现姑娘直挺挺地坐在床上，一只手捂着脸颊。

“对不起，维斯太太——都是这些梦的缘故！”

“做恶梦吗?”

“就是做梦。”

这位年长的太太笑了，吻了她，非常清楚地对她说：“亲爱的，你要是听到我们刚才谈论你的话就好了。他现在更加爱慕你了。你就梦这个吧。”

露西还报了一吻，一只手还是捂住了一边的脸颊。维斯太太退出去，回到床上。那声叫喊没有把塞西尔吵醒，他正在打鼾呢。黑暗笼罩着整个公寓。

福斯特使用了绝妙的暗示手法。为什么露西用手捂着脸？原来她梦见乔治亲吻了她。维斯太太问她是否做了恶梦，她很难说出真情，只得含糊其辞地答道：“就是做梦。”太太不知底细，满以为露西真的热恋着她的儿子，因此告诉她塞西尔对她是如何爱慕。说完她就心满意足地回到床上了。带有更加讽刺意义的是：塞西尔完全蒙在鼓里。他不知道夜晚发生了什么事情，更不知道露西另有所恋。他酣睡着。黑暗笼罩着整个公寓。这句话包含着许多意思，耐人寻味。

福斯特总是利用细节来暗示或揭示人物的内心世界。他不采用意识流的冗长琐碎的写法，而是着墨不多，但是能够更有效地将下意识里的东西挖掘出来。这是福斯特的特长。细心的读者大概会发现露西的表姐夏绿蒂并非自始至终坚持她的顽固立场。虽然她曾两次阻止露西和乔治接触，后来却软了下来。表面上她依然故我，实际上她逐渐同情这对情人的遭遇。因此当她看见艾默森先生坐在毕比先生的房里时她没有声张，从而给他俩一个修好的机会。她成功了。这件事使我们对夏绿蒂产生了好感，也产生了对她的怜悯和同情。这正是福斯特写作艺术的高明之处。虽然夏绿蒂没有采取什么行动，只是看见艾默森而没有声张，但这一沉默使一对恋人得到重新相恋的机会。她帮了大忙。

福斯特喜欢利用一些意象或形象化的词句来创造气氛，烘托人物的性格、思想、感情，或者象征什么东西。《看得见风景的房间》这书名本身便有象征意义。塞西尔像一间客厅，望不出去，看不见什么景致。露西则和流水、鲜花、草木连在一起。《最长的行程》这书名来源于诗人雪莱写的长诗《灵魂之歌》。诗中有几行歌颂所谓的“自由恋爱”，即一个人可以爱许多人（当然是柏拉图式的），谴责那些不管是否情投意合，却要“从一而终”的人，说他们的人生道路最长，最可怖。“霍华兹庄园”也是象征性的。这座房屋不仅是威尔科克斯家族的财产，而且代表着古老的英国。至于“另一王国”、“树篱的另一边”等等指的则是想象中的美妙生活，它与现实生活适成对照。福斯特在小说中大量使用这种意象化的字眼，好像他觉得非此不足以表达一些只可意会而不可言传的东西。

福斯特小说的缺点也是明显的。他比较“软”，这是他自己说的。虽然他敏锐地观察到英国传统文化中的许多问题，特别是人与人之间的问题，他没有很好地解决它们。他没有树立多少令人信服的正面形象。我们说他的艺术特点之一是含蓄，这是好的。但是对待生活中的问题过于含蓄，便会给人以软弱无力的感觉。此外，福斯特描写的人物不仅是个人，他们有时代表着一种类型，他写的故事既是具体的个人的故事，又具有某种普遍意义。但我们常常感到事情太琐碎，人物不够高大，很难说它们有什么普遍性。以《印度之行》里的菲尔丁和阿泽兹的关系而论，我们觉得并没有绝对理由使他们终于疏远。在殖民主义的统治下有些英国人放弃了偏见，与印度人友好相处，不是不可能的。所以菲尔丁与阿泽兹的疏远只是他们两人的事。《看得见风景的房间》的情节也是如此。它是一本写得很好的小说，有些地方写得非常之妙，但是作为理想的自然的生活的代表人物，乔治显得没有生气，露西也不尽如人意。

尽管福斯特的作品有不少的缺点，他仍不失为一位大手笔。他写得最好的地方可与任何一位伟大作家媲美。他很值得我们研究借鉴。《看得见风景的房间》的译本现在出版乃是一件非常有意义的事情。希望它能使我国读者对福斯特更加欣赏和认识。

索天章

目 录

第一部

第二部

第一部

1 贝尔托利尼公寓

“房东太太这样做真没道理，”巴特利特小姐说，“绝对没道理。她答应过给我们看得见风景的朝南房间，两间连接在一起，可现在不是这样，房间是朝北的，望出去是一个院子，而且两个房间又相隔很远。唉，露西呀！”

“再加上满口伦敦东区土话！”露西说，她没想到房东太太说的竟然是伦敦口音，这使她更加黯然了。“这就好像还在伦敦了。”她望着围坐在桌子[①]旁的两排英国人；望着搁在英国人之间的一长排白色的瓶装清水和红色的瓶装葡萄酒；望着悬挂在英国人背后、装在厚实的宽边镜框里的已故女王[②]与已故桂冠诗人[③]的肖像；望着那张英国国教（由牛津大学硕士卡斯伯特·伊格副牧师签署）的通告，这是墙上除了肖像外的唯一装饰品。“夏绿蒂，你不也觉得我们像是还在伦敦吗？我简直不能相信其他形形色色的一切就在外面。我看这是因为太疲劳的缘故吧。”

“这肉肯定煮过汤了，”巴特利特小姐放下叉子说。

“我真想看看阿诺河[4]啊！房东太太在信里答应给我们的房间该能俯瞰阿诺河。房东太太这样做绝对不讲道理。嘿，真不像话!”

“随便什么角落，我都觉得无所谓，”巴特利特小姐继续说，“只是让你看不到风景，实在太扫兴了。”

露西感到自己太自私了。“夏绿蒂，你可不能太宠我；当然，你也应该能看到阿诺河。我真是这样想的。等前面一有空房间——”

“你就住下，”巴特利特小姐说，她的部分旅行费用是由露西的母亲负担的——对这一慷慨行动她已多次委婉得体地提起过。

“不，不。该你住下。”

“我坚持你住下。不然的话，你妈妈永远不会原谅我的，露西。”

---

① 意大利的这种公寓(pensione)实为供应膳食的小旅馆，所有来宾围坐在一张长桌子边用餐。

② 指维多利亚女王，于1901年去世，在位长达64年。

③ 指丁尼生(1809—1892)。

④ 意大利中部一河流，从亚平宁山脉西麓向西，在比萨城南注入地中海，本书故事发生地点佛罗伦萨位于它的北岸。

“她永远不会原谅的是我。”

两位女士的嗓音变得有些激动了，并且——如果承认这一不幸的事实的话——略带一点怒气。她们很累了，在大公无私的幌子下，她们争吵起来。坐在她们旁边的一些旅客相互交换眼色，其中有一位——那是个人们在国外确实会遇到的那种缺乏教养的人——隔着桌子欠身向前，径自加入她们的争论。他说：

“我的可以看到风景，我的可以看到风景。”

巴特利特小姐吃了一惊。通常在一家供应膳宿的公寓里，人们对她们先要观察一两天，然后开口攀谈，而且往往要等她们走了才会发觉她们是“合适的”对象。她还没朝这插话的人看一眼，就知道此人缺乏教养。他是个上了年纪的人，身体健壮，脸色白皙，胡子剃得光光的，还长着一双大眼睛。这双眼睛带着几分稚气，但并不是老迈年高的人的那种稚气。那么这到底是什么，巴特利特小姐可没有加以考虑，因为她的视线已转移到他的衣服上去了。这身打扮对她没有丝毫吸引力。大概他想在她们加入那里的社交活动之前就结识她们。于是当他和她讲话时，她装出一副诧异的样子，然后说：“风景？哦，风景！风景使人多么高兴啊！”

“这是我的儿子，”那个老头儿说，“他名叫乔治。他的也看得见风景。”

巴特利特小姐“哦”了一声，阻止露西讲话，那时她正要开口。

“我是想说，”他继续说，“你们可以住我们的房间，我们可以住你们的房间。我们交换好了。”

身份较高的游客们对此感到震惊，他们都同情新来的人。巴特利特小姐在回答时把嘴尽可能张得很小：

“确实非常感谢；不过那是不可能的。”

“为什么?”老头儿说，他的两个拳头都撑在桌面上。

“因为这是绝对不可能的，谢谢你。”

“你知道，我们不愿意接——”露西开始解释。

她的表姐又一次阻挡她。

“可是为什么?”他固执地问。“女人喜欢看景色；男人不喜欢。”他像个顽皮孩子似的用双拳敲击桌子，然后转向他的儿子说，“乔治，说服她们!”

“事情十分明显，她们应该住那两间房间，”儿子说。“其他没有什么可说的啦。”

他讲话时没有朝这两位女士看，但是他的声音却有点惶惑与忧伤。露西也感到惶惑；不过她明白她们已卷入了人们称之为的“好一场风波”，并且有一种奇怪的感觉，只要这些缺乏教养的游客一开口讲话，争端就会扩大和加深，最后就不是什么房间与风景的问题，而是——哦，一个很不一样的问题了，她过去没有意识到会有这么个问题。此刻那个老头儿向巴特利特小姐进攻了，态度近乎粗暴：她为什么不肯换？她能提出什么反对意见？他们半小时就可以让出房间。

巴特利特小姐虽然在谈吐方面善于玩弄辞令，但是面对粗暴，却是一筹莫展。企图用傲慢与冷淡来对付这样一位粗鲁的人，根本办不到。她的脸因愠怒而涨得红红的。她向四周扫了一眼，似乎在说，“难道你们都是这样的?”坐在靠近桌子另一端、披肩垂在椅子的靠背上的两位身材矮小的老太太，往这边看了看，清楚地暗示，“我们不是这样；我们是有教养的。”

“亲爱的，用晚饭吧，”她对露西说，一面又开始拨弄那块曾经被她指责过的肉。

露西咕哝着说坐在对面的那些人看来很古怪。

“亲爱的，用晚饭吧。这家公寓实在太差劲了。明天我们换个地方。”

她刚宣布这一灾难性的决定，又完全改变了主意。屋子尽头的门帘向两边分开，露出一位胖墩墩而却很引人注意的牧师，他急急忙忙走向前来，在桌旁坐定，兴致勃勃地为他的迟到向大家表示歉意。露西还没掌握得体的社交礼仪，竟马上站起来，嚷道，“噢，噢！原来是毕比先生！噢，真是太好了！噢，夏绿蒂，我们一定在这里住，房间再差也没有关系。噢！”

巴特利特小姐显得拘谨得多，她说：

“您好，毕比先生。我想您已经把我们忘了：是巴特利特小姐和霍尼彻奇小姐，在那个非常寒冷的复活节，您协助圣彼得教堂的教区牧师时，我们刚好在顿桥井[1]。”

那位牧师的神情像是个度假者，她们虽然仍清楚地记得他，他却对她们记不大清楚了。不过他还是相当高兴地走上前来，接受露西招呼他坐下的那张椅子。

“看到你我实在太高兴了，”姑娘说道。她正处在一种精神的饥饿状态中，只要她的表姐容许，她跟侍者打交道也会感到高兴的。“你看，这世界真小啊。还有夏街，使这一切变得特别有意思。”

“霍尼彻奇小姐住在夏街教区，”巴特利特小姐插了一句，作为弥补，“碰巧她刚才在交谈中告诉我你已接受那个教区长的职位——”

“是啊，上星期我从母亲的信中得悉了这回事。她不知道我在顿桥井就跟你结识；不过我立刻写了回信，信中说，‘毕比先生是——’”

“说得很对，”牧师说。“明年六月我将搬入在夏街的教区长住宅。我被派到这样富有魅力的地区工作，真是幸运。”

“噢，我真高兴啊！我们家的房子名字叫风角。”

毕比先生鞠了一躬。

“妈妈和我一般总住在那儿，还有我的弟弟，虽然我们未能常常促使他去教——我是说，教堂离家相当远。”

① 英格兰东南部肯特郡一城市，有矿泉，是个避暑胜地。

“露西，最亲爱的，让毕比先生用膳吧！”

“我正在吃，谢谢，而且吃得津津有味。”

他宁愿同露西而不愿同巴特利特小姐交谈，他记得听过露西弹钢琴，虽然巴特利特小姐很可能仍然记得他的布道。他问露西对佛罗伦萨是否熟悉，她相当详细地告诉他她从来也没有来过这里。指导一位新来的人给人乐趣，而在这方面他堪称首屈一指。

“可别忽略了周围的乡野啊！”他的指导告一段落。“第一个晴天下午乘车到菲耶索莱去，在塞蒂涅诺附近兜一圈，或者类似这样的游览。”

“不！”餐桌上首响起了一个声音。“毕比先生，您错了，第一个晴天下午您的女士们一定得去普拉托[①]。”

“看来那位女士真聪明，”巴特利特小姐凑着她表妹的耳朵说。“我们走运了。”

于是滔滔不绝的大量信息确实向她们涌来。人们告诉她们应该观光什么，什么时候去观光，如何使电车停下来，如何打发乞丐，买一个精制羔皮纸的吸墨水台要花多少钱，她们对这个地方将会如何着迷等等。整个贝尔托利尼公寓几乎是热情地一致认可了她俩。不管她们朝哪一个方向看，和气的太太小姐们都向她们微笑，大声同她们招呼。不过盖过这一切的却是那

① 位于佛罗伦萨西北约 11 英里，有古教堂及中世纪的城堡及宫殿等古迹。

位聪明的女士的嗓音，正在大声疾呼："普拉托！她们一定得去普拉托。那个地方邋遢得太可爱了，简直无法形容。我太喜欢那个地方了，你们知道我就喜欢摆脱体面给人的种种束缚。"

那个唤做乔治的青年人对这聪明的女士扫了一眼，然后若有所思地重新转向他的食盘。显然，他与他的父亲属于不被认可的人。露西在社交上取得胜利的当儿，居然希望他们父子也被认可。有人遭到冷遇，又岂能为她增添欢乐？因此，她起身离开时，转身紧张不安地向这两位外人微微鞠了一躬。

那个做父亲的没有看到；那儿子没有鞠躬还礼，却扬了扬眉毛，笑了笑，表示看到了；他似乎想通过微笑表达什么。

她急忙尾随她的表姐，后者已穿过门帘消失了——这种门帘看起来比布料结实，打在人的脸上沉甸甸的。在她们前面站着那位靠不住的房东太太，正向客人们鞠躬表示晚安，由她的小男孩恩纳利和女儿维多利亚帮衬她。这位操着伦敦土话的太太企图这样来表达南方人的温文尔雅与高贵风度，这样的一幕小场面实在有点稀奇。但是更为稀奇的是这里的会客室，它竟试图与一家布卢姆斯伯里区[①]的膳宿公寓在实际舒适方面比试高低。难道这里真是意大利吗？

巴特利特小姐已经在一把坐垫和靠垫塞得满满的扶手椅上就座了。这椅子的颜色与形状像一只番茄。她正在和毕比先生

① 伦敦一高级文化区。

谈话，讲着讲着，她那狭长的头不断慢慢地、有规律地前俯后仰，好像正在摧毁某种无形的障碍似的。“我们非常感谢您，”她说。“头一晚关系重大。您来到时，我们正经历一个特殊的困难时刻。”

他表示遗憾。

“你可知道吃饭时坐在我们对面的那位老人叫什么?”

“艾默森。”

“他是你的朋友吗?”

“我们很友好——就像在膳宿公寓里的一般情况。”

“那我就不说了。”

毕比先生稍加追问，她便说下去。

“我，可以这样说吧，”她接着说完她要说的话，“是我的年轻表妹露西出入交际场合的陪伴，如果我让她接受我们一点也不了解的人的恩惠，那就是一件严重的事情啦。他的举止使我感到有点遗憾，我希望我这样做是为了大家好。”

“你这样做是很自然的，”他说。他似乎在想些什么，过了一会儿，又补充道：“尽管如此，我认为接受了也不会有什么大害处。”

“当然没有害处啰。不过我们不能欠人家情。”

“他是个相当古怪的人。”他又迟疑了一下，然后轻声地讲下去，“我想他不会利用你接受他的好意。也不会要你表示感激之情。他有一个优点——如果可以说是优点的话——那就是：他嘴里说的正是他心里想的。他并不认为他的房间有什么了不起，他以为你们会认为是很有价值的。他根本没有想到要使你们欠他一笔情，就像他没有想到要做出有礼貌的样子一样。要理解那些讲真话的人真难——至少我觉得很难。”

露西很高兴，说：“我刚才就盼望他是个好心肠的人，我真的一直盼望大家都有好心肠。”

“我想他是这样的一个人；心肠好，但又使人讨厌。几乎在所有稍微重要的问题上，我的意见和他都不同，因此，我盼望——可以说我希望——你也会有不同的意见。不过对他这种人，你感到只是和他意见不同罢了，不大会感到遗憾的。他刚来时，便自然而然地使大家很不痛快。他一点不懂圆滑，也不讲礼貌——我这不是说他举止粗鲁——他这个人心里有话，就不吐不快。我们几乎要向我们那位扫兴的房东太太抱怨他，不过我高兴地说我们没有这样做。”

“我该由此得出结论，”巴特利特小姐道，“他是个社会主义者吗?”

毕比先生接受了这个现成的名词，不过他的嘴唇不免微微抽搐了一下。

“而且可以假定他把儿子也培养成为一个社会主义者啰?”

“对乔治我一点也不熟悉，因为他还没有学会谈天。他看上去人很好，我认为他很有头脑。当然啰，他的言谈举止各方面都具有他父亲的特征，因此很可能也是个社会主义者。”

“哦，你使我放心了，”巴特利特小姐说。“因此你认为我刚才应该接受他们的建议啰？你认为我心胸狭窄、秉性多疑？”

“一点儿也不，”他回答，“我完全没有这个意思。”

“既然这样，我不是应该为我那明显的粗鲁行为道歉吗？”

他有点不耐烦了，回答说大可不必，接着站了起来，走向吸烟室。

他刚消失，巴特利特小姐就说，“难道我那样讨人厌？露西，你刚才为什么不说话？他喜欢青年人，我敢肯定。我确实希望我没有霸占他。我原先希望整个晚上和整个用晚餐期间都由你和他交谈呢！”

“他人很好，”露西喊道。“我记得他就是这个样儿。看来他在每个人的身上都能看到优点。没有人会把他当作牧师的。”

“我亲爱的露西——”

“哦，你知道我是什么意思。你也知道牧师笑起来通常是什么样子的，可毕比先生笑起来就像个普通人。”

“你这姑娘真逗！你可真使我想起了你的母亲。我不知道她对毕比先生是否会赞同。”

“我肯定她会的，弗雷迪[1]也会的。”

---

① 指她的弟弟。

“我想在风角的每一个人都会赞同；那是个时髦的圈子啊。可是我习惯于顿桥井，那里我们都过时得到了不可救药的地步。”

“是的，”露西失望地说。

空气中似乎有一层不赞同的阴霾，但到底是不赞同她自己，还是不赞同毕比先生，不赞同风角这时髦圈子，抑或不赞同顿桥井的狭小天地，她不能确定。她试图确定不赞同的是什么东西，可是像往常一样，她又弄错了。巴特利特小姐着意否认不赞同任何人，并补充说，“我怕你感到我是个非常扫兴的伙伴吧!”

姑娘又一次想：“我一定很自私，或许很刻薄；我必须多加小心。夏绿蒂境况不好，这对她太可怕了。”

幸亏这时身材矮小的老太太中的一位朝她们走过来，她一直在慈祥地微笑着，问是否可以坐毕比先生刚才坐过的位子。在得到同意后，她便开始娓娓地谈起意大利来，她们到这里来是一次冒险，可是这次冒险非常成功，令人满意，她姐姐的健康有所好转，晚上必须把寝室的窗户关上，还谈到早上必须把热水瓶倒空。她掌握话题，恰如其分，这些话题也许比正在屋子另一头剧烈开展的有关归尔甫党人[①]与吉伯林党人[②]的高谈阔

---

① 归尔甫党人，中世纪意大利一拥护教皇、反对神圣罗马帝国皇帝统治意大利的政党的成员。

② 吉伯林党人，中世纪意大利一反对教皇、支持神圣罗马帝国皇帝统治意大利的政党的成员。吉伯林党由贵族组成。

论更值得倾听。她在威尼斯的那一晚，在寝室里发现了一样比跳蚤更糟糕、然而比另一样东西要好一些的东西，那真是一场地道的灾难，而不仅仅是个偶发事件。

“可你在这里像在英国一样安全；贝尔托利尼太太完全是英国气派。”

“然而我们的房间有一股怪味，”可怜的露西说，“我们害怕上床睡觉。”

“唉，你又只能看到院子。”她叹息了一声。“艾默森先生再委婉得体一些就好了。吃饭时我们真替你们难过。”

“我想他的用心是好的。”

“这毫无疑问，”巴特利特小姐说。“毕比先生刚才还在责备我生性多疑呢！当然啰，我是为了我的表妹才推却的。”

“当然啰，”矮小的老太太说；接着两人低声言语，诉说和年轻姑娘在一起，再小心也不会过分。

露西力图装出端庄的样子，不过不由得感到自己成了个大傻瓜。家里没有人为她多加小心的；或者说，不管怎么样，她没有留心到过这一点。

“关于老艾默森先生——我不清楚。是的，他不够委婉得体；不过，有些人的行动很不文雅，可又是——顶美好的，你以前是否注意到这种情况?”

“顶美好的?”巴特利特小姐说，对这个词感到大惑不解。“美好和文雅不是一回事吗?”

“人们是这样想的，”对方无可奈何地说。“不过有些事情很不好办，我有时候这样想。”

她没有就那些是什么事情谈下去，因为毕比先生又出现了，显出一副极为高兴的样子。

“巴特利特小姐，”他高声喊道，“房间没有问题了。我真高兴。艾默森先生在吸烟室内谈起这问题，由于我心里有了底，就鼓励他再次提出交换房间。他让我前来问你。他会很高兴的。”

“哦，夏绿蒂，”露西对她的表姐说，“现在我们一定要接受那两间房间了。老先生为人好得不能再好。”

巴特利特小姐沉默不语。

又过了一会儿，毕比先生说，“我怕我太多事了。我一定要为我的干预向你道歉。”

毕比先生极为不悦，转身要走。这时巴特利特小姐才开口说，“我个人的愿望，亲爱的露西，和你的相比是无足轻重的。你在佛罗伦萨喜欢怎样玩，我要是加以阻挡，那确实太过分了，因为我所以能到这里来完全是出于你的好意。如果你希望我把那两位先生请出他们的房间，我愿意这样做。毕比先生，可否请你告诉艾默森先生，我接受他的好意，然后把他请过来，这样我可以亲自向他道谢?”

她讲话时提高了嗓门；整个客厅都可以听到她讲的话，使有关归尔甫党人与吉伯林党人的讨论也停下来了。牧师先生心里在咒骂所有的女性，但仍然鞠了一躬，带着她的口信离开了。

“露西，记住这件事只牵涉我一个人。我不愿意由你出面接受。无论如何，同意我这个请求吧！”

毕比先生回来了，有些紧张地说：

“艾默森先生现在有事，不过他的儿子来了。”

这个青年人低下头看着三位女士，她们觉得好像坐在地板上，她们的椅子委实太矮了。

“我的父亲，”他说，“在洗澡，所以你们无法向他本人道谢。不过你们如有什么口信要我带给他，等他一出来，我一定立即转告他。”

提起洗澡，巴特利特小姐只好甘拜下风。她的所有带刺的客套话，一出口就会显得很不得体。小艾默森先生获得了一次明显的胜利，这使毕比先生很高兴，露西心中也暗暗高兴。

“可怜的年轻人！”小艾默森刚走，巴特利特小姐马上说。“关于房间的事，他多么生他父亲的气啊！他尽了一切努力才能做到保持礼貌。”

“过半小时左右你们的房间就会准备好的，”毕比先生说。接着，他对两位表姐妹若有所思地看了一眼，就回自己的房间去，把他的富有哲理性的日记写完。

那位矮小的老太太轻轻地说了声“哦，天哪！”接着战颤了一下，似乎天空里所有的风都进入了公寓。“先生们有时候并没有觉察到——”她的声音逐渐消失，但是巴特利特小姐似乎懂了，谈话便继续下去，它的主要内容是关于并没有完全觉察到的先生们。露西也没有觉察，只好看起书来。她随手拿起一本贝德克的《意大利北部旅行指南》[①]，把佛罗伦萨历史上最重要的日期都一一记住。因为她下定决心要在第二天痛痛快快地玩一番。于是那半小时过得颇有收获，最后，巴特利特小姐叹了口气，站起来说：

“我想现在可以放胆行动了。不，露西，你不要动。我来指挥这次搬房间。”

“你真的把一切都包下来了，”露西说。

“自然啰，亲爱的。这是我的事情嘛。”

“可是我很想帮你啊。”

“不用，亲爱的。”

夏绿蒂真是精力充沛！而且她毫无私心！她整个一生都是如此，不过说真的，这次来意大利旅游，她竟比过去更胜一筹。这是露西的感觉，或者说，她尽量这样想。然而——她身上有一股反抗精神，认为接受艾默森父子的好意原不必如此讲究，倒可以做得更加完美一些。不管怎样，她进入自己的房间时，心头没有一丝喜悦。

“我想解释一下，”巴特利特小姐说，“我为什么住那间

① 这是19世纪德国出版商卡尔·贝德克发行的旅行指南丛书中的一种。

大房间。当然，我理应让你住那一间；不过我碰巧知道那间房间是那个青年人住过的，所以我敢肯定你妈妈不会喜欢的。”

露西被搞糊涂了。

“如果你打算接受他们的好意，那么你欠他父亲的情比欠他的情更合适些。我是个懂得世道的女人，尽管懂得不多，我知道事情会朝什么方向发展。无论如何毕比先生算得上是个保证人，保证他们不会对此有什么冒昧的举动。”

“妈妈不会在乎的，我可以肯定，”露西说，但再一次感到这后面还有她没有想到的更大的问题存在。

巴特利特小姐只是叹气，在跟露西道晚安时，把她整个儿搂在怀里，像是要保护她似的。这使露西产生一种被包在大雾里的感觉，等她回到了自己的房间，马上打开窗户，呼吸夜晚的清新空气，脑子里还在想那位好心肠的老人，让她能看到阿诺河上闪烁的灯火，还有圣米尼亚托教堂的苍柏，亚平宁山脉山麓的丘陵地带，衬着冉冉上升的月亮，一片黑沉沉的。

巴特利特小姐在她房里把百叶窗闩紧，锁上了门，然后在房间里兜了一圈，看看几个柜子通到哪里，房间里有没有什么地下室或秘密入口处。就在此时，她看到盥洗盆的上方用大头针别着一张纸，上面草草划了个大问号。其他什么也没有。

“这是什么意思?”她思索着，一面凭藉烛光，仔细地察看着。起先这个问号没有什么意思，它渐渐地变得咄咄逼人、十分可厌，包含着不祥的征兆。她突然一阵冲动，想把它撕毁，幸而想起她没有权利这样做。因为它一定是属于小艾默森先生的。于是她小心翼翼地把它取下来，夹在两张吸墨水纸中间，替他把纸保持干净。这以后，她完成了对房间的检查，出于习惯，深深地叹了一口气，然后上床。

2　在圣克罗彻[1]，没有带旅游指南

这是相当愉快的事——在佛罗伦萨一觉醒来，睁眼看到的是一间光线充足的空荡荡的房间，红瓷砖地虽然并不清洁，但是看上去相当干净；彩色天花板上画着粉红色的鹰头狮身双翅怪兽和蓝色的双翅小天使在一大簇黄色小提琴与低音管之中戏耍。同样愉快的是用手猛然推开窗户，让窗子开得大大的，搭上钩子，由于第一次不太熟悉，手指被轧了一下；探身出去，迎面都是阳光，前面山峦起伏，树木苍翠，煞是好看，还有大理石砌成的教堂；窗下不远处就是阿诺河，水流拍击路边的堤岸，发出淙淙声响。

男人们有的抡着铁锹，有的端着筛子，在河边的沙滩上干活，下面就是河，河面上有条小船，船上人也在忙碌，吃不透他们在干什么。一辆电车在窗下疾驰而过。车内除了一位游

客外，并无他人；但是平台上却挤满了意大利人， 他们都宁愿站立。好几个小孩试图吊在后面， 售票员在他们脸上啐唾沫，不过没有什么恶意， 只是要他们松手罢了。接着士兵们出现了——这些人面目清秀，个子矮小，每人背着个用肮脏的毛皮覆盖着的背包，穿着适合身材更加高大的人穿的大衣。走在士兵旁边的是一些军官，凶神恶煞似的，却又一脸蠢相。士兵前面有几个小男孩，跟着乐队的节拍在翻筋斗。电车陷在这些人的队伍里，挣扎着前进，就像一条毛毛虫落在一大群蚂蚁里。小男孩中有一个跌倒在地，几条白色小公牛从拱廊里跑了出来。说真的，要不是一位出售扣子钩的老人出了个好主意，那条道路很可能会一直堵塞不通呢！

很多宝贵光阴就在这样一些鸡毛蒜皮的小事上偷偷地溜走了，到意大利来研究乔托[2]壁画的浑厚坚实的质感或罗马教廷的腐败统治的游客，回去后很可能除了蔚蓝的天空及居住在这天空下的男男女女外，什么都不记得。因此巴特利特小姐的这些做法正是顶合适的；她轻轻地叩了叩门，走进房间，先是提出露西忘了锁房门，没有完全穿戴好便探身窗外，接着敦促她行动要快一点，不然一天最好的时光便要虚度了。等到露西准备就绪，她的表姐已吃完早餐，正在听那位还在吃面包的聪明

---

① 即指圣米尼亚托教堂，它坐落在佛罗伦萨东南的克罗彻小山上。

② 乔托(1267—1337)，意大利文艺复兴初期画家、雕塑家和建筑师。

女士高谈阔论哩!

接着是一番按照我们并不感到生疏的方式进行的谈话。巴特利特小姐毕竟有一点累了，认为上午她们还是待在屋里适应一下新环境好；除非露西想出去？露西宁愿出去，因为这是她在佛罗伦萨的第一天；不过，当然她可以一个人出去的。巴特利特小姐可不能同意这一点。她当然愿意奉陪露西到任何地方去。噢，这当然不行；露西将和她表姐一起待在屋里。啊，不!一定不可以这样！噢，就这样吧!

这当儿那位聪明女士插话了。

“要是葛伦迪太太①在使你感到为难，那么你完全可以放心，不必顾虑这位好心人。霍尼彻奇小姐是英国人，绝对不会有安全问题。意大利人是懂得这一点的。我的一位好友巴隆切丽伯爵夫人有两个女儿，当她不能派女仆送她们上学时，她就让两个女儿戴上水手帽自己去。你知道，这样每个人都把她们当作英国人了，特别是如果她们的头发紧紧扎住，垂在脑后。”

巴隆切丽伯爵夫人的女儿们的安全并不足以说服巴特利特小姐。她决意亲自带露西出去，反正她头痛得不算十分厉害。于是那聪明女士说她将在圣克罗彻度过一个漫长的上午，如果

① 葛伦迪太太是英国剧作家托马斯·摩顿(1764—1838)的剧本《加快犁地的速度》(1798)中的一位拘泥世俗常规、爱以风化监督者自居的人物。此处指巴特利特小姐。

露西愿意去，她将十分高兴。

“霍尼彻奇小姐，我将带你走后面的一条可爱的肮脏小路，如果你给我带来运气，我们就会有一番奇遇。”

露西说这样安排是再好也没有了，便立刻翻开旅游指南，查看圣克罗彻在哪里。

“啧啧！露西小姐！我希望我们能很快把你从旅游指南中解放出来。这个作者只点到了表面的东西。至于真正的意大利——他做梦也没有看到过。真正的意大利只有通过细心的观察才能看到。”

这段话听起来很诱人，于是露西赶紧吃完早饭，兴高采烈地与她这新朋友一起出发。意大利终于来临了。那讲伦敦土话的房东太太和她的所作所为像恶梦一样消失了。

拉维希小姐——这是聪明女士的姓氏——向右拐弯，沿着阳光和煦的河滨大道走去。暖洋洋的，多舒服啊！不过从那些小街上刮来的风却像刀子那样犀利，可不是吗？感恩桥——特别吸引人，那是但丁提起过的。圣米尼亚托教堂——既吸引人又漂亮；那个吻过谋杀者的十字架——霍尼彻奇小姐会记住这个传说[①]的。男人们在河上钓鱼。（不是真的；不过大多数消息何尝都是真的。）接着，拉维希小姐窜进那些小白牛出现的那个

---

① 据传说，圣乔瓦尼·瓜尔贝托曾放弃为兄复仇的机会，一个大十字架为了表示嘉许，向他倾斜来吻他。该十字架在今圣三一教堂。

拱道，突然停了下来，大声叫道：

“一种气味！一种真正的佛罗伦萨气味！让我指点你吧，每个城市都有它自己的气味。”

“这是种非常好闻的气味吗?”露西说，她从她母亲那里继承了一种洁癖。

“人们到意大利来不是贪图舒适的，”对方反驳道，“而是来找生活气息的。早晨好！早晨好!”她向右边又向左边行鞠躬礼。“瞧那辆可爱的运酒车！那司机正盯着我们看，这可爱纯朴的人!”

就这样，拉维希小姐穿过了佛罗伦萨城市的几条街道。她身材娇小，心情急躁，像一只小猫那样顽皮，但姿态却没有小猫那么优美。对露西说来，同这样一位聪明的乐天派在一起实在可算趣事一桩，更何况她披了一件意大利军官所穿的那种蓝色军人披风，更加增添了欢乐的气氛。

“早晨好！露西小姐，请相信一个老太婆的话：对地位不如你的人客气一些，你永远也不会感到后悔。这就是真正的民主。虽然我也是个真正的激进分子。你看，你现在感到吃惊了吧!”

“说真的，我不吃惊!”露西叫了起来。“我们也是激进分子，地地道道的激进分子。我父亲一直投格莱斯顿先生[①]的

---

① 格莱斯顿(1809—1898)，英国自由党领导人，维多利亚女王时期曾四次出任首相。

票，直到他对爱尔兰实施那么糟糕的政策。”

“我明白了，我明白了。而你现在却已倒向敌人一边了。”

“哦，别说了——既然现在爱尔兰也没有什么问题了，如果我父亲还活着的话，我敢肯定他会重新投激进党的票的。说实在的，我们前门上面的玻璃就是上次选举时给砸碎的，而弗雷迪肯定这是保守党人干的；不过妈妈认为这是胡说八道，是流浪汉干的。”

“太可耻了！我想是在工业区吧?”

“不——在萨里郡[①]的山区。离开多金大约五英里，南面就是威尔德地区[②]。”

拉维希小姐似乎很感兴趣，步子也放慢了。

“那一带可吸引人啊！我非常熟悉。住在那里的都是非常好、非常好的人。你认识哈里·奥特韦爵士吗?——一个真正的激进派?”

“非常熟悉。”

“还有慈善家巴特沃思老太太?”

“是吗?她租了我们的一块地！真有意思!”

拉维希小姐望着狭得像缎带那样的天空，低声说道：

---

① 在伦敦的南面。

② 古自然地区，在英格兰东南端，包括萨里郡的南部，古代由大片森林所覆盖，现在是农业区。

“哦，你们在萨里郡有产业?”

“说不上什么，” 露西说， 怕别人认为她是个势利小人。“只有三十英亩——只不过一片园地，从山坡一直下去，还有一些田地。”

拉维希小姐并不感到厌恶，而是说露西家的产业正好和她姑妈在萨福克郡的房地产的规模差不多。意大利暂时告退。她们试图回忆一位某某路易莎夫人的姓氏，那一年她在夏街附近租了一幢房子，但是怪的是她并不喜欢这幢楼房。正当拉维希小姐想起那个姓氏时，她突然中断了讲话，叫喊起来：

“哎呀，天哪！老天保佑！我们迷路了。”

看来她们来到圣克罗彻确实花了好多时间，从她们住的公寓的楼梯平台窗口可以清清楚楚地看到它的钟楼。可是拉维希小姐说了许多她对佛罗伦萨了若指掌的话，露西便毫无顾虑地跟着她走了。

“迷路了！迷路了！我亲爱的露西小姐，正当我们对政治冷嘲热讽时，我们拐错了弯。那些可怕的保守派将会怎样嘲笑我们呀！我们该怎么办呢？两个孤身女人在一个完全陌生的地方。嘿，我就把这个叫做历险。”

露西想去看看圣克罗彻，提出她们应该向人问路，这不失为一种可行的办法。

“哦，不过这是胆小鬼的说法！不，你别、别、别去看你的旅游指南。把它给我；我不许你带这个。我们走到哪里是哪里。”

于是她们信步走去，穿过好几条灰褐色的街道，既不宽敞，又无景色可言，佛罗伦萨城的东部就多的是这样的街道。露西很快便对路易莎夫人的不满失去兴趣，竟然自己感到不满起来。意大利一下子出现了，使人陶醉。她站在领报圣母广场上，看到那些活生生的赤陶雕塑的圣洁的婴儿①，那是任何廉价的复制品永远也不可能使之失去光辉的。他们就站在那里，闪闪发亮的四肢从人们施舍的衣服里伸展出来，雪白强壮的手臂高高举向苍穹。露西认为她从来没有看到过这样美丽的景象；可是拉维希小姐却神情沮丧地尖叫一声，拖着她向前走去，说她们至少走错有一英里路了。

欧洲大陆式的早餐②开始起作用，或者更确切地说，停止起作用的时刻已迫近，两位小姐便从一家小铺买了一些热栗子糊充饥，因为看来它是典型的意大利食品。它的味道有一点像它的包装纸，有一点像头油，还有一点说不出是什么的味道。然而它为她们补充了气力，使她们得以漫步走入另外一片广场，它相当大，尘土飞扬，在另一边矗立着一座建筑物的门面，黑白交加，难看得无以复加。拉维希小姐煞有介事地对着它开口了。这就是圣克罗彻教堂。历险已完成了。

---

① 该广场东南部有一家过去的儿童医院，其拱廊上有十四座赤陶制的圆形雕像，为中世纪意大利雕塑家德拉 · 罗比亚所作，其形象为襁褓婴儿。

② 欧洲大陆式的早餐为一种简易的早餐，通常包括面包卷、咖啡或茶。

"停一下；让那两个人过去，不然我就不得不和他们讲话了。我非常讨厌敷衍应酬。真是活见鬼！他们也在进入教堂。唉，海外的英国人啊!"

"昨天晚上吃晚饭时，我们就坐在他们对面。他们把自己的房间让给了我们。真是好心人。"

"你瞧他们的身材!"拉维希小姐笑出声来。"他们像两头母牛，走在我这意大利土地上。我这样说实在刻薄，不过我真巴不得在多佛[1]设立一个考场，凡是不及格的游客都给我打回票。"

"那么你要考我们什么呢?"

拉维希小姐愉快地把手搭在露西臂上，似乎想表示反正后者在任何情况下都会得满分的。她们就这样得意洋洋地来到了这大教堂的石阶前，正要进去时，拉维希小姐停住了脚步，尖叫了一声，刷地举起双臂说：

"我那有本地特色的唠叨鬼来了！我必须同他讲几句话!"

一瞬间，她已跑到广场的远处去了，她那件军人披风在风中不断拍动着，她一直没有放慢步子，直到追上了一位白胡髭老人，开玩笑地在他的臂上掐了一下。

露西等了将近十分钟。她开始有点不耐烦了。周围的乞丐使她不安，灰沙吹进了她的眼睛，她想起一个年轻姑娘不应该

① 英格兰东南端一城市，为横渡英吉利海峡到法国和欧洲大陆的必经之地。

在公共场所踯躅。她便慢慢地走下石阶，踏上广场，想再和拉维希小姐会合，但是这位小姐委实太会别出心裁了。就在那个关头，拉维希小姐和她那有本地特色的唠叨鬼两人也走动起来，手舞足蹈地拐进一条支路，消失了踪影。

露西的眼睛里涌出气愤的眼泪——部分是因为拉维希小姐抛弃了她，部分却是因为她把她的旅行指南带走了。她怎样寻找回家的路呢？她怎么才能在圣克罗彻这一带找到她的路呢？第一天上午就这样毁了，而且她可能再也不会到佛罗伦萨来了。不过几分钟前，她还是兴高采烈的，像一个有文化修养的女人在谈天说地，还有几分相信自己顶不落俗套呢。可是现在她走进教堂，心情沉重，十分委屈，甚至连这座教堂是由方济各会修士还是多明我会[①]修士建造的都记不起来了。

当然，这座教堂一定是了不起的一大建筑。不过它多么像一座仓库啊！又多么冷啊！不错，里面有乔托的壁画，壁画的浑厚质感原可以感染她，使她体会什么才是恰到好处。可是又有谁来告诉她哪些壁画是乔托的作品呢？她倨傲地来回走动，不愿对她还没有弄清作者和年代的杰作显示热情。甚至没有人来告诉她铺设在教堂中殿及十字形耳堂的所有的墓石中哪一块真正算得上是美的，是罗斯金先生[②]所最推崇的。

---

① 这是罗马天主教会的两大托钵修道会。该教堂实为方济各会修士建造的。

② 罗斯金(1819—1900)，英国作家、文艺评论家。他访问佛罗伦萨时第一天早晨就去观光圣克罗彻教堂，在《在佛罗伦萨度过的一些早晨》一书中赞美这些墓石。

此刻，意大利的蛊惑魅力使她着魔了，于是她没有去请教别人，竟然开始感到逍遥自在。她经过苦思，终于弄懂了那些意大利文告示——禁止人们把狗带入教堂的告示——请求人们为了大众健康，及出于对这座他们已进入的庄严神圣的大厦的尊敬不要随地吐痰的告示。她观望着那些游客：他们的鼻子像他们所携带的红封面的旅游指南一样通红通红，可见圣克罗彻是多么冷了。她亲眼目睹了三位天主教徒的悲惨命运——两名男童和一名女童——他们起初相互用圣水将对方弄湿，然后走向马基雅维里[①]纪念碑，水珠不断从他们身上滴下，但他们却变得神圣了。他们非常慢地向纪念碑走去，而距离又非常远，到了碑前，他们先是用手指、后来用手绢、最后用头颅碰了碰石碑，然后退下去，如是重复了多次。这意味着什么？后来露西明白了，他们误以为马基雅维里是某位圣徒，便不断地跟他的圣陵接触，希望能获得美德[②]。可是惩罚接踵而来。年纪最小的那个男童在罗斯金先生非常赞赏的一块墓石上绊了一跤，双脚绕在一位平卧的主教雕像的脸上。露西虽然是一名基督教徒，但她赶紧冲向前去。她晚到了一步。那个幼童已重重地摔倒在主教向上翘起的足趾上了。

“这可恶的主教！”老艾默森先生的声音响了起来，当时他

① 马基雅维里（1469—1527）。意大利政治家、政治理论家。

② 这里指神学上的三大美德：信仰、希望、博爱。

也冲向前去。“生前冷酷，死后无情。小弟弟，到外边阳光里去，对着太阳吻你的手，那里才是你该呆的地方。让人受不了的主教!”

那个幼童听了这些话，对那些把他扶起来、为他拭去尘土、抚摸着他的伤处、叫他不要迷信的可怕的人们狂叫起来。

“你看他!”艾默森先生对露西说。“出了桩糟糕的事儿：一个娃娃跌痛了，冻得发抖不说，还给吓坏了！可除了这些，你还能指望教堂给你什么?”

那男孩的两条腿像熔化了的蜡似的。老艾默森先生及露西每次把他扶起来，他一声大叫，又坍倒下去。幸而有一位本来应当在做祷告的意大利女士来救援了。她凭着母亲们所独有的某种神秘功能，使小男孩的背脊骨挺起来，并使他的双膝变得有力了。他站住了，随即离去，嘴巴里还在叽里咕噜，不知说些什么，显得很激动。

“您是一位聪明的女人，”艾默森先生说。“您的贡献比世界上所有的文物古迹都大。我和您信仰不一样，不过我真心信赖那些使别人快乐的人。宇宙间的一切安排没有……”

他顿住了，想找一个恰当的字眼。

“没什么[①]，”这意大利女士说，又开始祈祷。

---

① 原文为 Niente，意大利语。

"我怀疑她是否听得懂英语，"露西提出。

她感到心灵净化，不再藐视艾默森父子了。她决心要对他们谦和，落落大方而不是过分拘泥，而且如果可能的话，还要对那两间合意的房间说上几句好话，以抵消巴特利特小姐的那番客套。

"那位女士什么都听得懂，"艾默森先生应道。"不过你在这里干什么？是参观教堂吗？你参观完了吗？"

"没有，"露西嚷道，想起了自己的委屈。"我和拉维希小姐一起到这里来，她说好要讲解一切的；可刚到大门口——真糟糕！——她就干脆跑了，我等了好一会，只好自己进来了。"

"你为什么不能这样做呢？"艾默森先生说。

"对，你为什么不能自己进来呢？"那做儿子的说，这是他第一次对这位年轻小姐讲话。

"可拉维希小姐竟把旅游指南也带走了。"

"旅游指南？"艾默森先生说。"我很高兴使你感到惋惜的是那本书。失落旅游指南是很值得惋惜的。那可值得惋惜。"

露西感到迷惑。她又一次意识到这里面存在着某种新的设想，但是吃不准它将把她引向何处。

"要是你没有旅游指南，"儿子说，"你还是和我们一起走吧。"

难道这新的设想就将这样引导吗？她把尊严作为她的护

身符。

“非常感谢，不过我可不敢这样想。我希望你们不会以为我过来是把自己和你们硬凑在一起。我确确实实是来搀扶那个孩子的，还有，要向你们道谢，那样好心好意地在昨天晚上把房间让给我们。我希望这没有给你们带来很多不便。”

“亲爱的，”老人温和地说，“我想你是在重复你听到的年纪大的人所讲的话吧。你装作很容易生气；其实并不真是这样。好了，别让人扫兴了，告诉我你想看教堂哪个部分。带你去看会是一种真正的乐趣。”

嘿，这简直是无礼到了极点，她本该发作才是。可是有时候要发脾气与另外的时间要耐住性子不发脾气同样困难。露西不能发脾气。艾默森先生是位老人，当然啰，姑娘家是可以迁就他的。可另一方面，他的儿子是位青年，她觉得一个姑娘家应该对他生气才是，或者不管怎么样，当着他的面表示生气。因此，她注视着他然后回答。

“我希望我并不容易生气。我想看的是乔托的壁画，如果能请你告诉我是哪一些的话。”

儿子点了点头。他领路向佩鲁齐小堂走去，脸上带着一种忧郁而满足的神色。他的态度有点像老师。她却感到自己像一个答对一道题目的小学生。

小堂里已挤满了聚精会神的人群，从中传出一位讲解员的声音，指导大家如何根据精神上的规范而不是根据质感方面的价值来对乔托顶礼膜拜。

“请记住，”他说，“关于这座圣克罗彻教堂的事迹；它是在文艺复兴污染出现以前，怀着对中世纪艺术风格的满腔热忱的信仰建成的。请仔细观察乔托在这些壁画里——现在不幸因修复反而被毁了——并没有被解剖学和透视学所设置的陷阱所干扰。还有什么能比这更雄伟、更悲怆、更美、更真的吗?知识和技巧，我们觉得，对一个真正能体验感情的人所能起的作用真是微乎其微啊!”

“不对!”艾默森先生叫喊起来，这样的嗓音在小堂里实在太大了。“这些都不必记住！说什么由信仰建成的！那不过是说工匠们没有得到恰当的报酬。至于那些壁画，我看一点都不真实。瞧那个穿蓝衣服的胖子！他的体重肯定和我差不多，但是他却像个气球那样升上天空。”

他讲的是“圣约翰登天”那幅壁画。小堂里，那位讲解员的声音结结巴巴了，这也无妨。听众不自在地挪了挪位置，露西也是这样。她确信自己不应该和这些人在一起；但是他们用魔力把她镇住了。他们是这样认真，又这样古怪，她简直想不起来应该怎么样才算举止得体。

“说呀，到底有这回事没有？是有还是没有?”

乔治回答：

“如果真有这回事，事实的经过就应该是这样的。我宁愿自己进入天国，而不愿被一群小天使推进去；而且如果我到了那里，我希望我的朋友们都探身往外边看，就像他们在这里做的那样。”

“你永远上不了天，”他父亲说。“你和我，亲爱的孩子，将安息在生养我们的大地上，而且可以肯定，我们的名字将会消失，就像我们的成就将永远存在一样。”

“有些人只看得见空的坟墓，却看不见圣徒登天，不管是哪一位圣徒。如果真有这回事，事情经过就应该是这样。”

“对不起，”一个冷冰冰的声音说。“两批人在一起，这小堂似乎太小了。我们将不再妨碍你们。”

讲解员是一位牧师，他的听众一定也是属他管辖的教友，因为他们手里不但拿着旅游指南，还捧着祈祷书。他们默默地列队走出小堂。其中有贝尔托利尼膳宿公寓的两位身材矮小的老小姐——特莉莎·艾伦小姐和凯瑟琳·艾伦小姐。

“不要走!”艾默森先生叫道。“这里地方有的是，我们大家都待得下。不要走!”

队伍一句话也没说就消失了。很快隔壁的小堂里响起了讲解员的声音，在描述圣弗朗西斯的生平。

“乔治，我确实认为那位牧师是布里克斯顿教区的副牧师。”

乔治走入隔壁的小堂，回来说，“也许正是他。我记不清了。”

“既然如此，我最好还是和他交谈一下，提醒他我是谁。

他就是那位伊格先生。他为什么走了？是不是我们说话声音太大了？真使人心烦！我要去告诉他我们感到抱歉。你看好吗？这样也许他会回来的。”

“他不会回来的，”乔治说。

艾默森先生懊悔不迭，闷闷不乐，还是赶过去向卡斯伯特·伊格副牧师道歉。露西的注意力显然全部集中在一扇弦月窗上，但是听得见讲解再次被打断，听见老人的急切主动的声音和对方简短的、恼怒的回答。那做儿子的把不幸发生的每件小事都看做是一场悲剧，也在倾听。

“我父亲几乎在每个人身上都会产生这样的结果，”他告诉她。“他总是尽量表示他的好意。”

“我希望我们大家都这样，”她说，笑得有点紧张。

“这是因为我们认为这样做能完善我们的性格。不过他对人家好是因为他爱他们；可结果他们发现了，感到生气，要不然就感到害怕。”

“这些人真蠢！”露西说，虽然心里充满了同情，“我想贯彻良好的用心时如果能注意方式方法——”

“方式方法！”

他不屑地仰起了头。显然她答题答错了。她注视着这个不同于一般的人在小堂里走来走去。拿一个年轻人来说，他的脸显得粗糙，而且——在阴影蒙上他的脸时——显得严峻。在阴影笼罩下，这脸上却突然显出柔情。她想象在罗马看到他，在西斯廷教堂的天花板[①]上，抱着许多橡果。虽然他看起来身体健壮、肌肉发达，但是他给她一种灰色的感觉，一种也许只有夜幕才能解除的悲哀的感觉。这种感觉很快便消失了；她很难得有这种如此微妙的感觉。它是由于静默和一种莫明其妙的感情所产生的，等艾默森先生回来时，这种感觉就消失了，她能够重新和大家流畅地进行交谈，而她唯一熟悉的正是这种交谈方式。

“你受到了斥责吧?”他儿子平静地问。

“可我们扫了不知道多少人的兴。他们不肯回来了。”

“……生来富于同情心……善于发现别人的优点……人人都是兄弟的理想……”关于圣弗朗西斯的讲解断断续续地从隔墙的另一边传来。

“别让我们扫了你的兴，”他继续对露西说。“你参观过那些圣徒了吗?”

“参观过了，”露西说。“他们都很美。你知道哪一块墓碑是罗斯金在他的著作中热情赞扬过的?”

他不知道，不过建议他们可以猜猜。乔治不愿走动，这使露西感到相当宽慰，于是她和老人愉快地在圣克罗彻教堂内溜达起来。这地方虽然看上去像一座谷仓，却收藏着许多珍品。

---

① 在罗马梵蒂冈的西斯廷教堂内，米开朗琪罗曾作天顶画，上面有二十个裸体的青年。露西把乔治想象为其中之一。

他们还必须避开乞丐，绕着柱子躲开导游，还有一位牵着一条狗的老太太，此外，不时有位神父谨慎而缓慢地穿过一群群游客去主持弥撒。然而艾默森先生对这一切并不太感兴趣。他望着那位讲解员，以为自己破坏了他的讲解取得成功，接着，他焦虑地望着他的儿子。

“他为什么老盯着那幅壁画?”他不安地说。“我看不出有什么名堂。”

“我喜欢乔托，”她回答道。“那些关于他的壁画的浑厚坚实的质感的论述精彩极了。虽然我更喜欢德拉·罗比亚的赤陶雕塑的婴儿那一类东西。”

“你应该这样。一个婴孩抵得上一打圣徒。我的宝贝儿可以抵得上整个天堂，可是就我所知他却生活在地狱里。”

露西再次感到这样谈话不行。

“在地狱里，”他重复说。“他不快活。”

“天啊!”露西说。

“他这样强壮，生气勃勃，怎么会不快活？还能给他什么呢？想想他是怎样长大的——丝毫没有受到以上帝的名义使人们相互仇恨的迷信与愚昧的毒害。受到了这样的教育，我原以为他长大起来必定是幸福的。”

她不是什么神学家，可是感到这个老头十分愚蠢，而且对宗教很有反感。她还想到她母亲可能不会喜欢她同这类人谈话，夏绿蒂就一定会坚决反对她这样做。

“我们该拿他怎么办呢?”他问。“他到意大利来是为了度假，可他的行动——却是这样；就像那个原来应该好好玩耍的孩子却在墓碑上摔痛了。呃？你刚才说什么?”

露西没有发表意见。他突然接口道：

“得了，别为此感到不知所措啦。我并不要你爱上我的孩子，不过我认为你可以设法理解他。你和他的岁数比我和他接近，如果你能放开自己，我相信你是通情达理的。也许你能帮助我。他认识的女人极少，而你有的是时间。我想，你要在这里停留几星期吧？放开你自己。你的思想容易被搞得混乱，如果我可以就昨晚的事作出判断的话。放开你自己吧。把你的那些搞不清楚的想法兜底翻出来，在阳光里摊开来，弄清楚它们的含义。通过理解乔治，你很可能学会理解自己。这对你们俩都有好处。”

对这一番离奇的话，露西想不出用什么话来回答。

“我只知道他有什么问题；但是不知道为什么会产生这样的问题。”

“那么是什么问题呢?”露西怯生生地问，意识到将听到什么惨痛的经历。

“老毛病；不适应。”

“什么不适应?”

“对世界上的事情不适应。真是这样。不适应。”

“啊，艾默森先生，你到底想说什么?”

他的声音与平常讲话声音一样，因此她没有觉察他在引用诗句，他说的是：

“从远方、从黄昏与清晨，
风儿来自四面八方，
生命材料编织成我
向这里吹来：我来到世上。[①]

乔治和我都知道是这么回事，但是为什么这使他感到苦恼呢？我们知道我们是从风里来，还要回到风里去；知道所有的生灵也许只是永恒的平静中的一个缠结、一团纷乱、一点瑕疵。那么为什么这要使我们不快活呢？我们还不如相亲相爱、努力工作、尽情欢乐吧！我可不相信这世界性的烦恼。”

霍尼彻奇小姐表示同意。

“那就使我这孩子和你我具有同样的想法吧。使他认识到在永恒的**问号**旁边，总是有个**肯定**——一个短暂的**肯定**，如果你愿意那么想，但总是**肯定**吧。”

她突然笑出声来；当然任何人听了都应当笑的。一个青年人抑郁寡欢，只因为世事难以适应，因为生命呈现一团纷乱，或者像一阵风，或者是个**肯定**，或者是某种东西！

① 引自英国诗人霍思曼（1859—1936）的代表作《西罗普郡少年》第 32 首第 1 节。

"非常抱歉，"她大声说。"你会以为我缺乏感情，不过——不过——"接着她变得像一位庄重的太太了。"哦，你的儿子需要找事干。他没有特殊的爱好吗？嗐，我自己也有烦恼，不过我一弹钢琴，烦恼一般就给忘了；而集邮对我弟弟的好处可大啦！也许意大利使他感到厌烦了；你们应该到阿尔卑斯山区或湖泊地区去。"

老人的脸色显得很悲哀，他伸手轻轻地碰了碰她。这并没有使她惊慌；她以为自己的劝告对他起了作用，他不过就此向她表示感谢而已。说真的，他根本不再使她感到惊慌了；她把他看作一个好心肠的人，不过相当傻。她这时心情十分舒畅，其程度和一小时前她还没有失去旅游指南时心里充满美感一样。那位可爱的乔治这时正从墓石间向他们大步走来，看上去既可怜又可笑。他走近他们，脸蛋被阴影遮盖住了。他说：

"巴特利特小姐。"

"哦，天哪！"露西说，突然垮了下来，又一次从新的角度看到了整个人生。"在哪里？在哪里？"

"在中殿。"

"我明白了。那两位矮小的喜欢饶舌的艾伦小姐一定——"她没有说下去。

"可怜的姑娘！"艾默森先生迸发了一句。"可怜的姑娘！"

她不能就这样算了，因为她的自我感觉正是这样。

“可怜的姑娘？我不懂你说这句话的用意。我认为我自己是个非常幸运的女孩子，请放心。我非常快活，玩得非常开心。请不要浪费时间为我感到悲哀。即使不编造烦恼，世界上的烦恼已经够多啦，是不是？再见。我非常感谢你们两位的好意。是啊！我表姐真的来了。真是个愉快的早晨！圣克罗彻真是一座了不起的教堂。”

她又和她表姐在一起了。

3　音乐、紫罗兰与字母“S”

且说露西发现日常生活是着实乱糟糟的，但一打开钢琴，就进入了一个比较扎实的世界。这时她不再百依百顺，也不屈尊俯就；不再是个叛逆者，也不是个奴隶。音乐王国不是这人世间的王国；它愿意接受那些被教养、智能与文化所同样摒弃的人。凡人开始弹钢琴，一下子便毫不费力地升上太空，而我们则抬头望着，对他竟能这样从我们身边逃脱惊讶不止，心想只消他把他脑中的幻象用人的语言表达出来，并且把他的种种经验转化为人的行动，我们将如何崇拜他并爱戴他啊。也许他做不到；他当然没有这样做，或者极难得这样做。露西就从没这样做过。

她不是一位光彩夺目的演奏家；她弹的速奏段子根本不像一串串珠子般圆润，而她弹出的正确音符也不比像她那种年龄和地位的人所应弹出的更多。她也不是一位热情奔放的小姐，在一个夏日的傍晚打开了窗子，演奏悲悲切切的曲调。演奏中有的是热情，不过这份热情很难加以归类；它介于爱与恨与嫉妒之间，溶化在形象化的演奏风格的所有内涵之中。而且只是凭她是伟大的这一点来看她才是带有悲剧性的，因为她喜欢表现胜利这一方面。至于这是什么胜利、对什么取得胜利——那是日常生活中的语言不足以告诉我们的了。不过贝多芬有几支奏鸣曲是写得很悲怆的，这是没人能否认的，然而它们可以由演奏者来决定表现胜利还是绝望，而露西决定它们该表现胜利。

在贝尔托利尼公寓，一天下午大雨滂沱，这使她能干她衷心喜欢的事，于是午餐后就打开了那架罩着套子的小钢琴。有几个人逗留在侧，赞她演奏得出色，不过，见她并不作答，便分头回自己的房间去把当天的日记写完或上床睡觉。她没有注意到艾默森先生正在寻找他的儿子，巴特利特小姐正在寻找拉维希小姐，也没有注意到拉维希小姐正在寻找她的烟盒。跟每一位真正的演奏家一样，一接触那些音键，她就给陶醉了：这些音键像手指般爱抚着她自己的手指；因而不仅仅通过乐音本身，也通过触觉，她被激起了情欲。

毕比先生坐在窗前，并不引人注目，正在思考霍尼彻奇小姐身上这种不合乎逻辑的素质，并回想起在顿桥井的那一次际遇，当时他就发现这一情况。那是一次上层人士款待下等人的联欢活动。座位上坐满了毕恭毕敬的听众，而本教区的太太小姐和绅士们在他们那教区牧师的主持下，演唱、朗诵或者模仿拔出香槟酒瓶瓶塞的动作。预定的演出节目中有一项是“霍尼彻奇小姐。钢琴独奏。贝多芬”，于是毕比先生思量着不知道会是《阿黛莱德》还是《雅典的废墟》中的那支进行曲[①]，这时他平静的心境被《作品第 111 号》[②]开头的那几小节所打乱了。在弹奏引子的全过程中，他感到捉摸不透，因为要直到节奏加快才能领会演奏者的意图。听到咆哮般的开头的主题，他明白这次演奏进行得非同寻常；在预告即将曲终的那些和弦声中，他听出了宣告胜利的锤击般的声响。他庆幸她只弹了第一乐章，因为他实在无法全神贯注地倾听那十六分之九拍的蜿蜒起伏、错综复杂的段子。听众鼓起掌来，同样是毕恭毕敬的。正是毕比先生带头跺脚的；人们也至多做到这地步了。

“她是谁呀?”他后来问那教区牧师。

“是我教区一位教友的表亲。我认为她这乐曲挑选得不大恰当。一般说来，贝多芬的感染力是那样地简朴单纯而直截了当，以致选择这样的乐曲完全是一种任性的表现，这支乐曲如果有什么作用的话，那就是使人心绪不宁。”

---

① 《阿黛莱德》为贝多芬于 1795 年作的著名歌曲，歌颂 11 世纪的德王奥托一世的王后阿黛莱德。《雅典的废墟》为德国作家科策布的剧作，贝多芬为之写了配乐，包括序曲及八段乐曲，其中有著名的《土耳其进行曲》。

② 指《C 小调钢琴奏鸣曲》，为贝多芬所作的最后一支钢琴奏鸣曲。

“把我介绍给她。”

“她一定会很高兴的。她跟巴特利特小姐对你的布道赞不绝口。”

“我的布道?”毕比先生叫道。“为什么她竟会去听我布道?”

等他被介绍给她时，他明白了，原来霍尼彻奇小姐一旦从琴凳上站起来了，只不过是个有一头浓密的黑发和一张非常秀气、苍白而尚未成熟的脸的年轻闺秀。她喜欢去听音乐会，她喜欢在她表姐家小住，她喜欢冰咖啡和蛋白酥皮饼。他并不怀疑她也喜欢他的布道。但是在离开顿桥井之前，他曾对教区牧师讲过一句话，现在当露西阖上小钢琴的琴盖、向他飘飘然地走来时，他对她本人说这同样的话。

“要是霍尼彻奇小姐竟能对生活和弹琴采取同样的态度，那会是非常激动人心的——对我们和对她都一样。”

露西顿时回进了日常生活。

“哦，说得多有意思啊！有人对妈妈说过完全同样的话，她就说她相信我将永远不会在生活中弹二重奏。”

“难道霍尼彻奇太太不喜欢音乐?”

“她对音乐无所谓。不过她不赞成有人对任何事情感到激动；她认为我对音乐的态度很荒谬。她认为——我也说不上来。有一次，你知道，我说我喜欢自己的演奏胜过任何别人的演奏。她就此没法原谅这句话。当然，我并不是说自己弹得多么好；我只是说——”

“当然，”他说，觉得奇怪，她为什么要费心解释。

“音乐——”露西说，似乎在努力探索某种概括性的说法。她没法说完这句话，只顾心不在焉地望着窗外的意大利雨景。在南方，整个生活都乱了套，这个欧洲最最优雅的国家变成了一个个不像样子的衣服堆。街道和河流都是脏兮兮的黄色的，那桥是脏兮兮的灰色的，而群山是脏兮兮的紫色的。拉维希小姐和巴特利特小姐正隐身在这重重叠叠的小山之间的某处地方，她们选择这一下午去观光加卢塔①。

“音乐怎么样?”毕比先生说。

“可怜的夏绿蒂要成为落汤鸡了，”露西这样回答。

这次出游完全符合巴特利特小姐的性格，她将又冷又累又饿地回来，但仍不失为一位天使，裙子给糟蹋得不成样子，一本旅游指南淋湿得软乎乎的，喉咙痒痒地不时要咳嗽。但是在另一天上，当整个世界在欢唱、进入口腔的空气像美酒时，她却会不愿离开会客室，说什么她是个老家伙了，不适合和一个活泼的姑娘做伴。

“拉维希小姐把你的表亲带错了路。我相信，她希望看到雨中的真正的意大利。”

---

① 加卢塔高 625 英尺，始建于 14 世纪，以建造者命名。据说伽利略曾在上面作出过几次重要的天文方面的观察。从塔顶可俯瞰佛罗伦萨及阿诺河河谷的全景。

“拉维希小姐真是别出心裁，”露西喃喃地说。这是一句套话，是贝尔托利尼膳宿公寓在下定义方面的杰作。拉维希小姐真是别出心裁。这一点毕比先生不敢尽信，不过人们会认为这是由于牧师思想褊狭所致。正因为如此，加上其他的原因，他保持了沉默。

露西用一种敬畏的语调说，“拉维希小姐在写一本书，这是真的吗?”

“人家是这么说的。”

“这本书写什么?”

“是一部长篇小说，”毕比先生回答道，“写现代意大利。我看你还是去请教凯瑟琳·艾伦小姐，让她给你讲讲，她比我认识的任何人都善于辞令。”

“我倒希望由拉维希小姐本人来告诉我。我们刚相识就是好朋友。不过我认为那天在圣克罗彻她不应该拿着我的旅游指南不告而别。夏绿蒂看到我实际上只有一个人站在那里，非常生气，所以我忍不住对拉维希小姐也有点生气。”

“不管怎么样，这两位女士已经言归于好了。”

他对巴特利特小姐与拉维希小姐这样两个显然大相径庭的女性突然建立起友谊很感兴趣。她们两位总是在一起，而露西却成为受到怠慢的第三者了。他自以为很了解拉维希小姐，至于巴特利特小姐则可能会流露出以前鲜为人知的古怪脾气，虽然这不一定具有丰富的内涵。难道意大利使她偏离了充当一本正经的保护人的道路？而这身份正是他在顿桥井分派给她的。他一生中一直喜欢研究独身女士；她们是他的研究专题，而他的职业又为这项工作提供了充分的机会。尽管像露西这样的姑娘秀色可餐，可是由于一些相当深奥的理由，毕比先生对待女性的态度显得有几分冷淡，他宁愿对她们表示兴趣，而不愿为之神魂颠倒。

露西第三次重复说可怜的夏绿蒂将成为落汤鸡了。阿诺河河水上涨泛滥，把河滩上马车的轮印冲洗得一干二净。但在西南方向出现了一片暗淡的黄色迷雾，如果不是预示天气将变得更糟的话，那么很有可能转晴。她打开窗户看去，一阵冷风吹进房来，刚巧凯瑟琳·艾伦小姐同一时刻进入房门，不由得发出一声哀叫。

"嗳呀，亲爱的霍尼彻奇小姐，你要着凉的！这里还有毕比先生呢。谁会想到意大利是这个样子的？我姐姐竟然抱着热水罐呢；毫无使人舒适的设施可言，伙食也不合格。"

她侧身向他们走去，就了座，有点忸怩，每逢她进入房间，里面只有一位男士或一位男士和一位女士时，她总感到不自然。

"霍尼彻奇小姐，我听到了你那优美的钢琴演奏，虽然我在自己的房间里，房门是关着的。房门紧闭；确实很有必要。在这个国家里，人人都毫无隐私观念。这种现象一个传染一个。"

露西很得体地做了回答。毕比先生却无法告诉女士们他在摩德纳的那一番奇遇。当时他正在洗澡，收拾房间的侍女闯了进来，乐呵呵地嚷道，“这没什么，我反正年纪大了。”他只能满足于这样说，“艾伦小姐，我很同意你的意见。意大利这个民族实在使人讨厌。他们到处探听，什么都不放过，我们自己还不知道想要什么，他们倒先知道了。我们完全听凭他们摆布。他们知道我们心里在想什么，能预先说出我们的愿望。从赶马车的一直到——到乔托，他们把我们心里所想的都暴露无遗，我就讨厌这一点。然而在他们的内心深处，他们又是——多么肤浅啊！他们根本不懂得什么是精神生活。那天，贝尔托利尼太太向我诉说，‘唉，毕比先生，你不知道我为了孩子们的教育所受的那份罪呀！他可不答应让一个什么都讲不清楚的意大利佬来教我的小维多利亚！’她说得多么正确啊。”

艾伦小姐没有听懂，不过她猜想毕比先生是在善意地揶揄她。她的姐姐对毕比先生感到有点儿失望，因为原以为这样一位两鬓有赤褐色连腮胡子的秃顶牧师该具备更加值得称道的品质。的确，谁能想象这个有军人风度的身躯里蕴藏着宽容、同情心和幽默感呢?

她怀着满意的心情，仍然侧着身子，终于真相大白了。只见她从坐着的椅子下面抽出一只炮铜制的烟盒来，上面的姓名首字母 E. L. 搽成蓝绿色。

“那是拉维希的，”牧师说。“拉维希是个好人，不过我倒希望她今后改抽烟斗。”

“哎呀，毕比先生，”艾伦小姐又是惊讶，又是高兴地说。“说实话，她吸烟是很糟糕，但是并不像你想象的那样糟糕。那是她的一生心血在一次塌方中被毁了以后，她简直绝望了，就抽起烟来。这当然使之看来比较情有可原。”

“什么一生心血?”露西问。

毕比先生得意地往后靠，坐得舒服些，艾伦小姐就开始讲下面的故事：

“那是一部长篇小说——据我了解，我怕这不是一部十分好的小说。有才华的人滥用他们的才华，真是可悲呀！而我必须说人们几乎总是重蹈覆辙。不管怎么样，她几乎完成了，出去买一些墨水，就把这作品放在阿马尔菲的卡普契尼饭店的耶稣受难神龛里。她说：‘请卖给我一些墨水，好吗?’可你是知道意大利人是惯于磨蹭的，就在那当儿，只听见轰的一声，神龛倒塌在海滩上，而最伤脑筋的是她怎么也想不起来写了些什么啦。这件事以后，这可怜人生了一场大病，于是就忍不住抽起烟来了。这可是个大秘密，不过我很乐意告诉你们，她正在写另外一部小说。前几天她对特莉莎和波尔小姐说，她已经收集了本地所有乡土色彩的资料——这部小说写的是现代意大利；那一部写的是历史上的意大利——不过她一定要先有构思才能动笔。最初她到佩鲁吉亚[1]去，希望能得到灵感，后来就

① 意大利中部一城市，在佛罗伦萨东南。

到这里来了——这些你们可不能对外人讲呀！她经历了这一切，情绪甭说有多高涨！这使我不能不这样想，每个人身上都有一些值得赞美的东西，即使你并不欣赏那些东西。”

艾伦小姐总是这样宽厚，尽管这样做是违心的。一种微妙的怜悯心使得她那些前言不接后语的谈话变得动听起来，使人感到出乎意外的美妙，就像萧条的秋天树林里，有时候会升腾起种种香味，使人想起春天。她觉察到自己讲的话已经几乎太体谅了，便匆匆忙忙地为自己的这种宽容态度表示歉意。

“话是这么说，可是她还是有点儿太——我可不大情愿说太不像妇道人家了，不过当艾默森父子来到时，她的举止就显得很特别。”

艾伦小姐毅然谈起一件轶事，毕比先生知道只要有男士在场，她是不可能把它讲到底的，不禁嘴角挂起了微笑。

“霍尼彻奇小姐，我不清楚你是否注意到波尔小姐，那位长着许多黄头发的女士，喜欢喝柠檬水。那位老艾默森先生讲起话来非常奇怪——”

她的嘴巴张开了。但是保持了沉默。毕比先生在社交方面是足智多谋的，便走出去吩咐准备一些茶，艾伦小姐则继续同露西匆忙地低声密谈：

“胃。他提醒过波尔小姐，要她当心她的胃——他管它叫酸性——而他的用心很可能是好的。我必须说我有点忘乎所以，竟然笑了出来；这一切来得太突然了。特莉莎说得对，这种事情并没有什么好笑。不过问题是拉维希小姐完全被他提起的那个S[1]吸引住了，她说她喜欢说话直截了当并接触不同层次的思想。她认定他们是旅行推销员——她用了‘drummer’[2]这个词儿——而整个晚餐时间里，她企图证明我们这伟大可爱的祖国，英国，依靠的不是别的，而是经商。特莉莎非常恼火，干酪还没有上桌，她就离席走开，一面说‘拉维希小姐，这一位能驳倒你，胜过我多了’，说着，用手指指那幅优美的丁尼生勋爵的画像。这下子拉维希小姐发话了：‘嘿！这些早期维多利亚时代的人士。’你想想，这口气！‘嘿！这些早期维多利亚时代的人士。’我姐姐已经走了，我感到非得说几句不可。我说：‘拉维希小姐，我就是个早期维多利亚时代的人士；至少，也就是说，我不愿意听到指责我们敬爱的女王的话。’这样讲话实在太可怕了。我提醒她女王当年不想去爱尔兰，可是还是去了，我必须告诉你她吃惊得哑口无言，什么话都说不出来。可是不巧的是艾默森先生听到了这些话，就用深沉的嗓音说：‘不错，不错！正是她的爱尔兰之行使我很尊敬这个女人。’这个女人！我叙述往事太不行了；不过你该明白到这个时候我们给卷入了多么糟的纠葛，都只怪一开始提到了S。可是事情到此并没有结束。晚饭后，拉维希小姐居然走到我

① S为stomach(胃)的第一个字母。
② 这是美国俚语。

面前说：‘艾伦小姐，我要到吸烟室去和那两位和气的先生谈谈。你也来吧。’不消说得，对这样不合时宜的邀请我当然拒绝了，而她竟然无礼之极，对我说去谈谈会开阔我的思想，还说她有四个兄弟，除了一个在军队里服役外，都在大学里工作，他们都很重视和旅行推销员交谈。”

毕比先生已回到房间里来，他说，“我来把这个故事讲完吧！拉维希小姐劝波尔小姐、我本人以及房间里每一个人都去，最后她说：‘我就一个人去好了。’她去了。五分钟后，她悄悄地回来了，拿着一块绿色绒面板，一个人玩起通五关来了。”

“到底发生了什么事啊?”露西大声说。

“没人知道。永远也不会有人知道。拉维希小姐永远不敢讲出来，而艾默森先生却认为不值得一谈。”

“毕比先生——老艾默森先生，他是好人，还是不是好人?我真想知道。”

毕比先生大笑起来，表示她应该自己为自己解答这个问题。

“不；这太难了。有时候他很傻，可我也不在乎。艾伦小姐，你觉得怎么样?他人好吗?”

身材矮小的老太太摇摇头，不满地叹了口气。毕比先生觉得谈话内容很有趣，就用话来激她：

“艾伦小姐，我认为发生了那次紫罗兰事件，你一定会把他列为好人的。”

“紫罗兰事件？天哪！谁告诉你有关紫罗兰的事情的？消息是怎么传出去的？膳宿公寓可真是个传布流言的地方。不，我忘不了伊格先生在圣克罗彻教堂讲解时他们的表现。唉，可怜的霍尼彻奇小姐！那次实在太糟糕了！我已经改变主意了。我不喜欢艾默森父子俩。他们不好。”

毕比先生冷漠地笑笑。他曾客气地将艾默森父子引进贝尔托利尼的社交圈子，但是这努力失败了。他几乎是唯一仍然对他们保持友好态度的人。拉维希小姐这位智力的代表，公开流露出她的敌对情绪，而现在又加上了两位艾伦小姐，她们代表着良好的家庭教养。巴特利特小姐由于欠了他们的情而感到懊恼，她的态度也几乎绝对不会是友好的。露西的情况却不同。她曾含含糊糊地对他讲了她在圣克罗彻教堂的经历，他估计很可能这父子俩曾出奇地联合起来争取她，用他们的独特的观点，向她展示这世界，使她对他们个人的悲哀与喜悦发生兴趣。这实在太无礼了；他不希望让一个年轻姑娘来卫护他们的事业；他宁可它失败。说到底，他对他们一点也不了解，而膳宿公寓内的种种喜怒哀乐，不过是瞬息云烟；然而露西将是他教区里的教友啊！

露西用一部分心思观察着天气，最后说她认为艾默森父子俩是好人；这可不是说她现在对他们有了什么新发现。需知他们在晚餐时的座位也变动过了。

“他们并不老是拦住你，要你陪他们一起出去，是吗，亲爱的?”身材矮小的女士打听道。

“只有过一次。夏绿蒂很不高兴，说了一些话——当然是很客气的啰!”

“她做得对极了。他们不懂得我们的规矩。他们应该找他们那一个层次的人。”

毕比先生却认为他们找过了比他们层次低的人。他们不再作出努力——如果这是一次努力的话——去征服社交界了，因此现在那位做父亲的几乎也像他儿子那样沉默了。毕比先生琢磨着是否要在他们离开以前，让他们欢度一天——也许出游一次，让露西在女伴的充分保护下，对他们表示友好。毕比先生的主要乐趣之一是为人们提供快乐的记忆。

他们聊着天，暮色渐渐降临；空气变得较为清新了，树木和群山的颜色变得纯净了，阿诺河也不再是一片浑浊的泥泞，开始闪烁了。云间出现几道蓝绿色，有几摊带着水汽的微光射在大地上，圣米尼亚托教堂正面墙上淌着水珠，在夕阳中亮得耀眼。

“现在出去可太晚了，”艾伦小姐松了一口气说。“所有的画廊都关门了。”

“我想我还是要出去，”露西说。“我想乘环城电车——站在驾驶员旁边的平台上——到城里去兜一圈。”

她的两位同伴脸色变得庄重起来。毕比先生觉得巴特利特小姐不在，他有责任保护露西，便试探着说：

“但愿我能陪你去。不过很不巧，我有好几封信要写。如果你一定要一个人出去，步行不更好吗?”

“意大利人，亲爱的，你知道是怎么样的，”艾伦小姐说。

“也许我会碰到一个人，他能十十足足看透我的心思!”

可是他们仍然带着不赞成的表情，她便向毕比先生作了一些让步，说她只打算稍为散一会儿步，只去游客常去的那几条街。

他们从窗口望着她走出去，毕比先生说，“说实在的，她根本不应该出去，她也明知道这一点。我把这归结为贝多芬弹得太多了。”

4 第四章

毕比先生说得不错，露西只有在弹奏音乐后才最清楚自己向往的是什么。她并没有真正领会这牧师的辞令的妙处，也没听出艾伦小姐嘁嘁喳喳的话中的暗示。谈话冗长乏味；她盼望的是出现什么不平凡的事情，她相信只要站在风吹雨打的电车平台上，就会遇到不平凡的事情。

可是她又不能这样做。这样做有失大家闺秀的身份。这是为什么？为什么大多数不平凡的事情都和大家闺秀的身份不相称呢？夏绿蒂有一次向她解释过其中的缘故。这并不是说女人不如男人，而是说女人跟男人不同。女人的使命是鼓励别人去取得成就，而不是自己去取得成就。一位女士，凭着机敏和洁白无瑕的名声，可以通过间接方式获得巨大的成功。但是如果她亲自去冲锋陷阵，那么她将首先受到指责，继而被人看不起，最后大家将不理睬她。前人曾写诗来阐明这一点。

在这位中世纪女士身上有许多永恒的东西。龙不存在了，骑士也不存在了，但是她仍然逗留在我们的中间。她曾在许多维多利亚时代早期的城堡中居于统治地位，也是许多维多利亚时代早期的歌曲中的女王。工余之暇，好好保护她是件乐事，她为我们准备了可口的晚餐，这时向她致敬也是件乐事。可是真是可惜！这个人堕落了。她心底里也涌现出各种奇怪的欲望。她也迷恋狂风，迷恋波澜壮阔的全景和一望无际的绿色大海。她注意到当今世界的这个王国，它多么美好，充满了财富和战争——四周是一层金光灿灿的外壳，中间是熊熊的火焰，旋转上升，向着渐渐远去的天空。男人们声明是她激励他们向它走去，在它的表面上兴冲冲地活动着，和其他男人万分愉快地相聚，他们非常快乐，倒不是因为他们具有男子汉气概，而是因为他们是活人。在这场戏结束以前，她很想放弃“永恒的女人”这一令人敬畏的尊号，作为一个生命短暂的人，也到那里去。

露西并不代表中世纪女士，那不如说是个理想人物，是别人教导她在心情严肃的时候抬头仰望的理想人物。她也没有系统地进行过反抗。时而会有一些约束使她特别恼火，这时她就要违犯这些约束，也许以后会为此感到后悔。这天下午，她感到特别烦躁。她真想做出一些使对她抱有良好祝愿的人不赞同的事情来。既然乘电车不行，她便到阿利纳里的商店[1]去。

在那里她买了一帧波提切利的《维纳斯的诞生》[2]的画片。维纳斯的形象使人感到遗憾，它破坏了整幅画，其他方面则真是十分动人，而巴特利特小姐曾劝她不要买它。（在艺术作品中，使人感到遗憾当然指的是裸体。）还有乔尔乔内[3]的《暴风雨》、无名氏的《小神像》。加上西斯廷教堂的几幅壁画和那座格斗士在擦汗的青铜雕像。这时她觉得心情平静些了，就又买了安哲利科[4]的《圣母加冕》、乔托的《圣约翰升天》、一些德拉·罗比亚的婴孩陶雕以及几幅基多·雷尼[5]画的圣母像。因为她的审美情趣是正统的，因此对所有的名家都不加批判地全盘接受下来。

她虽然已花了将近七里拉，但是自由的大门似乎仍然尚未打开。她意识到自己的不满；意识到不满对她说来是件新鲜事。她想，“世界上美好的东西确实很多，要是我能碰上就好了。”这样看来，霍尼彻奇太太不赞成音乐，说她女儿弹过琴后总是火气很大、不切实际、性情暴躁，这就没有什么奇怪的了。

---

① 阿利纳里是意大利当时的一位艺术图书和复制画片的出版商，其零售店离贝尔托利尼公寓约四分之三英里。

② 波提切利（1445—1510），意大利文艺复兴时期画家。这是他的代表作。

③ 乔尔乔内（1477—1511），意大利文艺复兴时期威尼斯派画家，《暴风雨》是他的代表作。

④ 安哲利科（1387—1455），意大利文艺复兴时期僧侣画家。

⑤ 雷尼（1575—1642），意大利画家。

“我什么也没有遇上，”她思量道，一面走上主权广场，冷漠地朝她现在已相当熟悉的那些美妙的雕像看看。这片大广场正笼罩在阴影中；当天太阳出来得太晚，未能驱散阴暗。在苍茫的暮色中，那尊海神像好像已成为一个幻影，一半是神，一半是鬼，他坐镇的喷泉梦幻般地溅落到在它边缘徘徊的男人与风流哥儿们的身上。那洞穴有三个入口，就在那条凉廊上，里面安放着许多神像，阴森森的，永远留在那里，望着人们进进出出。这是梦幻的时刻——那就是说，在这个时刻，一切不熟悉的东西都成为真的了。换了一个年岁稍大的人，在此时此地很可能会认为他的见识和经历已够丰富了，因而感到满足。可是露西希望发现更多的东西。

她的目光若有所思地望着那座王宫的塔楼，它像一根毛糙的金色柱子，从下面的黑暗中升起。它看上去不再像是一座塔楼，不再由土地支撑着，而是某种高得可望而不可即的珍宝，在平静的天空中颤动着。它的光辉使她像是中了催眠术一样，当她把眼光朝地下看并开始往回走时，这些光仍然在她的眼前跳动。

接着真的发生了一件事。

在凉廊前有两个意大利人为了一笔债款在争吵。“五里拉，”他们嚷道，“五里拉!”接着便动起武来，其中一人的胸脯上轻轻地挨了一拳。他皱了皱眉，朝露西瞟了一眼，似乎感到兴趣，有什么重要的信息要告诉她。他刚张嘴要说，一股鲜红的血水从他嘴唇间流出来，从没剃胡须的下巴上淌下。

就这么回事。有一帮人从苍茫的暮色中拥出来，挡住了她和这一离奇人物之间的视线，把他抬到喷泉边。乔治·艾默森先生正巧就站在几步路以外，目光越过那个人刚才站立的地方注视着她。真是怪啊！越过某样东西看人。就在她发现他时，他已变得模糊了；那宫殿本身也变得模糊了，在她的头顶上不断摇晃，轻轻地、慢慢地倒在她的身上，没有发出一点声响，随之天空也倒塌下来。

她思忖着："哎呀，我怎么啦?"

"哎呀，我怎么啦?"她喃喃自语，接着张开了眼睛。

乔治·艾默森仍旧在看着她，但是这次眼光没有越过任何东西。她曾埋怨生活太枯燥无味了，现在瞧啊！有个人被捅了一刀，而另一个人把她抱在怀里。

他们正坐在乌菲齐美术馆拱廊的石级上。一定是他把她抱过来的。她说话时他站了起来，动手拂拭膝盖上的尘土。她又一次重复说：

"哎呀，我怎么啦?"

"你晕过去了。"

"我——我很抱歉。"

"你现在觉得怎么样?"

"非常好——完全好了。"她开始点头微笑。

"那我们回去吧。留在这里没有什么意思了。"

他伸出手去想拉她起来。她装作没有看见。喷泉边传来的叫喊声空荡荡地回响着，一直没有停过。整个世界显得一片苍白，失去了原有的意义。

“你实在太好了！我跌下去很可能会受伤的。不过我现在好了。我能一个人回去了，谢谢你。”

他的手没有缩回去。

“哎呀，我的照片!”她突然叫了起来。

“什么照片?”

“我在阿利纳里商店买了几张照片。我一定把照片失落在那边广场上了。”她小心翼翼地看着他。“你能否再做件好事，替我把照片捡回来?”

他又去做好事了。可是他刚一转身，露西就带着疯子所具有的狡猾站了起来，偷偷地顺着拱廊向阿诺河方向跑去。

“霍尼彻奇小姐!”

她停了步，一手按在胸口。

“你坐着不要动；你一个人回家还不行。”

“不，我行的，非常感谢你。”

“不，你还不行。如果你行的话，你就不会偷偷摸摸地走了。”

“不过我宁愿——”

“那我就不替你去捡照片了。”

“我宁愿一个人待着。”

他用命令的口气说："那个人死了——那个人很可能已经死了；你坐下来，休息够了再走吧。"她有点不知所措，就听从了他的吩咐。"我回来以前你不要走动。"

她看到远处有一些人戴着黑色兜帽[①]，就像梦中看到的那样。那王宫的塔楼不再映着落日的余晖，已把自己与大地溶合在一起了。等艾默森先生从阴暗的广场上回来时，她将对他说些什么呢？"哎呀，我怎么啦？"她又一次想起了这个念头——想起那个奄奄一息的人和她都跨越了某种精神界线。

他回来了，她就谈起这起谋杀事件。真怪，这倒是个容易谈论的话题。她谈到意大利人的性格；她渐渐几乎喋喋不休地谈论这个五分钟以前使她晕过去的事件了。她的体质原是很强健的，因此很快就克服了对流血的恐惧。她不需要他帮助，自己站了起来，尽管心里好像有鸟翅在拍击，但是向阿诺河走去的脚步仍相当稳健。有个马车夫向他们打招呼，被他们拒绝了。

"你说，那个杀人凶手还企图吻他——意大利人真是怪啊！——还有，他竟去警察局自首！毕比先生说过意大利人什么都懂，可是我看他们都顶幼稚。昨天我和表姐在皮蒂美术馆——那是什么？"

他把一些东西扔到河里去了。

"你把什么东西扔下去了？"

---

① 这是宗教团体"善行兄弟会"的成员。

“我不要的东西，”他没好气地说。

“艾默森先生！”

“嗯?”

“那些照片在哪里?”

他不做声。

“我相信你扔掉的正是我的那些照片。”

“我刚才不知道该拿这些东西怎么办，”他大声说，嗓音像是一个发急的男孩。她的心对他第一次感到热乎乎的。“照片上都是血。你看！我很高兴我把这些都告诉你了；而刚才我们交谈的时候，我一直在想该怎么处理这些照片。”他指着河的下游。“照片给带走了。”流水在桥下卷起了漩涡。“我确实对这些照片很介意，而一个人有时候真傻，我看也许还是让它们冲到海里去的好——我也说不好；也许我只是想说这些照片使我感到害怕。”接着这少年几乎逐渐成了一名男子汉。“因为一件十分重大的事情发生了；我必须正视它，头脑可千万不能糊涂。这倒不完全是死了一个人的事。”

露西有一种感觉，警告她必须不让他说下去。

“这件事已经发生了，”他重复一遍，“而我决心追根问底，要弄清楚是怎么回事。”

“艾默森先生——”

他把身子转向她，皱着眉，似乎正在寻求某种抽象的东西，而她打扰了他。

"我们进去以前，我想求你一件事。"

他们已走近膳宿公寓。她停下步来，把双肘搁在堤岸的护墙上。他也这样做。有时候两个人的姿势完全雷同，实在是奇妙；这也是向我们揭示永恒的友谊的一种方式。她移动了一下双肘，然后说：

"我的行为非常可笑。"

他却在想自己的心事。

"我一辈子也没有这样感到羞愧过；我简直想象不出我怎么会这样的。"

"我也几乎晕倒，"他说；但她觉察到她的态度使他反感。

"哦，我该向你表示万分抱歉。"

"啊，那没什么。"

"还有——这是我真正想说的——你知道人们说三道四起来有多无聊——尤其是太太小姐们，我怕——你懂我的意思?"

"很抱歉，我不懂。"

"我是说，你能不对任何人说起这件事，说起我这愚蠢行为吗?"

"你的行为？哦，我懂了，好的——好的。"

"非常感谢。还有，你能——"

她没法进一步说明她的请求了。他们下面的河水流得很急，在降临的夜幕中，几乎变成了黑色。他把那些照片扔进了河里，然后告诉她为什么这样做。她突然感到要这样一个人表现出骑士风度是毫无指望的。他不会散布流言来伤害她；他是可靠的，很聪明，甚至有一片好心肠；他心里甚至可能对她有很高的评价。不过他缺乏骑士风度；他的种种想法，和他的行为一样，不会由于畏惧而有丝毫改变。对他说“还有，你能——”，并希望他自己把这句话讲完，像那幅美丽的画片[①]上的骑士那样，避开目光，不去看赤裸裸的她，是完全徒劳的。她曾经躺在他的怀里，他记得这件事，就像他记得她在阿利纳里商店里买的那些照片上有血迹一样。这不完全是死了一个人的事；活人也受到了影响：他们已进入这样一种处境——性格起着巨大的作用，还有，**童年**已进入充满岔道的**青春年华**。

“好吧，非常感谢你，”她又说了一遍。“这些事情发生得好快，随后人们又回去过原来的生活!”

“我才不这样呢!”

焦急不安的心情促使她向他发问。

他的回答使人迷惑不解：“我很可能想生活下去。”

“但是为什么呢，艾默森先生？你这是什么意思?”

“我说我想生活下去。”

她双肘搁在护墙上，继续凝视着阿诺河，滔滔的流水声送入她的耳中，似乎具有某种意想不到的美妙旋律。

---

① 该是指英国拉斐尔前派画家约翰·米莱司(1829—1896)的名作《游侠骑士》，画上的女子遭到强盗抢劫，被赤裸裸地绑在树上。骑士路过，正动手救她。

5 一次愉快的郊游中可能发生的种种事情

家里的人常说“你无法捉摸夏绿蒂 · 巴特利特下一步会做什么”。她对露西出游的遭遇感到十分高兴，显得通情达理，认为露西简略地谈的经过已足够了，并恰如其分地赞扬了乔治 · 艾默森先生的好意。其实她和拉维希小姐也有一番奇遇。她们在回来的路上在税务所被拦住了，那里的年轻官员们显得很无理，而且百无聊赖，居然想搜查她们的网兜，看看有没有什么食品[①]。发生这样的事情原是十分扫兴的。幸亏拉维希小姐足智多谋，能应付各种人。

是福也罢，是祸也罢，现在只剩下露西一个人来对付她的难题了。无论在广场上，还是后来在堤岸边，她的朋友中没有一个人看到她。毕比先生在吃饭时确实注意到她的惊恐的眼神，又一次对自己说了一遍“贝多芬弹得太多了”这句话。不过他仅仅以为她准备去冒险，却没有想到她已经有了奇遇。这种孤独感使她感到压抑；她习惯于让自己的想法得到别人的肯定，或者不管怎么样，遭到反驳也好；现在却不知道自己想得对还是不对，这实在太可怕了。

第二天早晨吃早饭时，她采取了决定性的行动。一共有两种方案，她必须选择其中之一。毕比先生将陪同艾默森父子，还有几位美国太太小姐，步行去加卢塔。巴特利特小姐与霍尼彻奇小姐是否愿意参加？夏绿蒂为自己婉辞了；上一天下午她曾去过，还淋了雨。不过她认为这对露西倒是个绝妙的主意，因为露西最讨厌买东西、兑换钱币、取信件以及做其他令人厌烦的杂务——这一切巴特利特小姐今天上午必须完成，而她是能一个人很轻松地完成的。

“不，夏绿蒂！”姑娘大声说，真的动了感情。“毕比先生非常好心地邀请我们去，不过我当然要和你一起走啰。我倒更愿意这样。”

“很好，亲爱的，”巴特利特小姐说，高兴得脸色微微泛红，这下子倒使露西感到羞愧，双颊绯红。她对待夏绿蒂的态度，现在和往常一样，是多么恶劣啊！不过现在她要改变了。整个上午她将真心好好地待她。

她挽起表姐的手臂，两人顺着河滨大道走去。那天早晨，

① 当时意大利多半城镇都设有关卡，对旅客所带的食品上税。

阿诺河的水势、声响与颜色完全像一头狮子。巴特利特小姐坚持要凭着护墙，俯身观看流水。接着她说了一句常说的话，那就是：

“我真希望弗雷迪和你妈妈也能看到这一切!”

露西感到局促不安；夏绿蒂真讨厌，她正好就停在她自己停留过的地方。

“瞧，露西亚[①]！啊，你在盼着看到到加卢塔去的那帮人。我真怕你对作出的选择会感到后悔。”

虽然这一选择是严酷的，露西却并不后悔。昨天是一笔糊涂账——稀奇而古怪，这种事情不是轻易能用笔写下来的——即便如此，她有一种感觉，和夏绿蒂在一起，陪她买东西，比和乔治·艾默森一起登上加卢塔顶来得可取。她既然解不开那个疑团，就必须小心不再介入，这样她就能真诚地对巴特利特小姐的话中之话表示异议了。

然而她虽然避开了那个主要演员，那场景却不幸地依然存在。夏绿蒂心安理得地听从着命运的安排，领着她从河边一直走到主权广场。她原来不可能相信那些石块、凉廊、喷泉、王宫的塔楼能具有这么多含义。在那一瞬间，她算是明白了魍魉的本性。

现在正好站在上次那人被害的地方的不是鬼，而是拉维希

① 这是露西这女人名字的拉丁语原型。

小姐，她手里拿着一份晨报。她活泼地向她们打招呼。上一天那场可怕的惨祸启发了她的思路，她想她可以根据这一思路构成一部小说。

“哦，让我来祝贺你吧!”巴特利特小姐说。“你经过了昨天的失望！真是太幸运啦!”

“啊哈！霍尼彻奇小姐，到这里来！我可走运啦！好吧，你现在得把看到的一切都告诉我，从头说起。”

露西用她的花阳伞戳戳地面。

“也许你不想说吧?”

“很抱歉——如果我不说你也能写的话，我想我还是不说吧!”

那两位年纪较长的女士交换了眼色，那可不是不赞许的眼色；一位姑娘对此感到很难受，这是很相宜的。

“抱歉的应该是我，”拉维希小姐说。“我们这些雇用文人都是恬不知耻的家伙。我相信隐藏在人们心底的秘密我们没有不想刺探的。”

她兴冲冲地大步走向喷泉，又走回来，实地计算了一番。接着她说她八点钟就到广场了，一直在收集资料。其中大部分都不适用，不过，当然啰，作家总得加以改写啊。那两个男人为了一张五法郎的钞票争吵起来。她将用一位年轻小姐来代替那张五法郎的钞票，这样就能将悲剧的格调升高，同时还能提供绝妙的情节。

“女主人公的名字叫什么?”巴特利特小姐问。

“利奥诺拉，”拉维希小姐说；她本人的名字是埃莉诺[1]。

“我非常希望她是个好人。”

这一迫切的愿望绝不会被忽略。

“情节是怎么样的?”

情节就是这样：恋爱、谋杀、诱拐、复仇。在朝阳的照耀下，喷泉水珠飞溅在狂徒们身上，这时事情便一下子发生了。

“我希望你能原谅我这样唠唠叨叨，”拉维希小姐结束她的话时说。“和具有真正同情心的人谈话真让人舍不得停止。当然啰，这只是个最简略的大纲。还需要添加大量的乡土色彩和有关佛罗伦萨及其周围地区的描写，此外，我还要穿插一些幽默角色。我还要好好警告你们，对于那英国游客，我可打算不客气呀!”

“嘿，你这个坏心眼的女人!”巴特利特小姐叫道。“我肯定你在想的是艾默森父子俩。”

拉维希小姐狡猾地一笑。

“我承认在意大利我的同情并不在我同胞那一边。吸引我的是那些受到忽视的意大利人，我将尽我的能力来描绘他们的生活。我要重复并坚持，而且一向固执地认为：像昨天发生的那种悲剧，并不因为它发生在小人物身上而减弱它的悲剧

① 利奥诺拉是埃莉诺(拉)的意大利文简称。

性质。”

拉维希小姐讲完后是一阵恰当的沉默。然后这两位表姐妹祝愿她的努力获得成功，慢慢地穿过广场离去。

“她就是我心目中的那种绝顶聪明的女人，”巴特利特小姐说。“我感到她最后那句话特别确切。那部作品该是一部非常动人的小说。”

露西表示同意。当前她的最大目标便是不要被写进这部作品。她今天上午感觉特别灵敏，她相信拉维希小姐有心让她尝试扮演一位天真烂漫的少女的角色。

“她这个人很解放，不过只是从‘解放’这个词的最好意义来理解，”巴特利特小姐继续慢吞吞地说。“只有肤浅的人才会对她感到大惊小怪。我们昨天作了一次长谈。她相信正义、真理和人情味。她还告诉我她对妇女的命运有着崇高的评价——伊格先生！啊，太好了！没想到在这里遇见你，真使人高兴！”

“啊，对我说来可并不是没想到，”副牧师温和地说，“因为我观察你和霍尼彻奇小姐已有好一会儿了。”

“我们刚才在和拉维希小姐说话。”

他的眉头皱了起来。

“我看到了。你们在说话吗？走开，我没有空！”最后那句意大利话是对一名兜售全景照片的小贩说的，此人正有礼貌地笑着走过来。“我正想冒昧地提一个建议。你和霍尼彻奇小姐是否有兴趣在本星期哪一天和我一起乘马车——到山里去兜兜？我们可以从菲耶索莱上山，然后打道塞蒂涅诺回来。那条路上有一个地方我们可以下来，在山坡上随便走走，逛上一小时。从那里看佛罗伦萨真是漂亮极了——比从菲耶索莱看到的那老一套风景漂亮多了。那正是阿莱西奥·巴尔多维内蒂[1]喜欢在画里采用的景色。此人对山水有他自己的鲜明的感情。情况确是这样。可是今天还有谁看他的画呢？唔，对我们说来这世界实在太难以理解了。”

巴特利特小姐没有听说过阿莱西奥·巴尔多维内蒂这个名字，不过她知道伊格先生决不是一位普通的副牧师。他是定居在佛罗伦萨并且把佛罗伦萨当作自己的家乡的那群外来人中的一个。他认得那些从来不随身携带旅游指南的人，他们已学会午饭后要午睡，乘马车到膳宿公寓旅客从未听说过的地方去兜风，并通过私人关系参观一些对后者不开放的画廊。那些人有的租赁了带家具的套间，有的住在菲耶索莱山坡上的文艺复兴时期的别墅里，深居简出；他们读书报、写文章、调查研究、交流心得，从而对佛罗伦萨非常熟悉，可称得上了如指掌，这绝不是那些口袋里装着伦敦库克旅行社所发给的旅游券的人所能做到的。

因此，副牧师的邀请是件值得自豪的事情。他常常是唯一

---

① 阿莱西奥·巴尔多维内蒂(1425？—1499)，意大利文艺复兴时期的画家，对选择风景作画有独到之处。

能把他羊群[1]中的两部分人联系起来的人，曾公开声明他的一贯做法是在他那四处流动的羊群中选择一些他看得起的人，让他们在长期居留者的牧地上逗留几小时。在文艺复兴时期的别墅里喝茶？关于这一点现在还只字未提。不过要是真有那么回事——露西一定会非常欣赏的！

如果这件事发生在几天前，露西是会有这相同的感受的。可是生活中的乐事正在重新组合。同伊格先生和巴特利特小姐乘马车到山里兜风——即使有参加住宅中的茶会作为高潮——已不再是最大的赏心乐事了。夏绿蒂显得兴高采烈，她却仅仅淡淡地附和了一声。只是当她听说毕比先生也参加时，她的感谢才变得较为真诚。

"这么说我们将是四个档[2]啰，"副牧师说。"在现今这种忙忙碌碌、动荡不安的日子里，人很需要乡村及乡村给人的启示：纯洁。走开！快走开，快走！啊，这个城市！它虽然很美，但毕竟是个城市。"

她们表示同意。

"我听说——就在这个广场上——昨天发生了一件十分恶劣的惨案。对于热爱但丁与萨沃纳罗拉[3]的佛罗伦萨的人来

---

① 牧师把教区里的全体教徒当做他的羊群，自己则是照看羊群的牧羊人。

② 原文为法语 partie carrée，尤指两男两女的四个档。

③ 萨沃纳罗拉(1452—1498)，意大利修道士、宗教与政治改革家，1494 年领导佛罗伦萨人民起义，被教皇判火刑处死。

说，这种亵渎行为带着些不祥的预兆——不祥而叫人感到耻辱。”

“确实叫人感到耻辱，”巴特利特小姐说。“这件惨案发生时，霍尼彻奇小姐刚巧打那里经过。对此她觉得惨不忍言。”她自豪地望着露西。

“你当时怎么会到这里来的？”副牧师像父亲那样关怀地问。

听到这句问话，巴特利特小姐最近表现的自由主义精神逐渐消失了。

“伊格先生，请不要责备她。这是我的过失，我没有陪伴她。”

“这么说你是一个人到这儿来的，霍尼彻奇小姐？”从他的语调可以听出既有责备的意思，又有同情，同时还表示听她讲述一些折磨人的细节也不是不可接受的。他黝黑英俊的脸悲哀地垂向她来听她回答。

“实际上是这样。”

“我们膳宿公寓的一位熟人好心地陪她回家，”巴特利特小姐说，巧妙地把这保护者的性别掩盖过去。

“这对她一定也是一场可怕的经历。我相信你们两位都根本没有——那惨案不会就发生在你们身旁吧。”

露西今天注意到的许多事情中，这一点并不是最不突出的：流血发生后，体面人士会像食尸鬼那样一点点地咀嚼回味。而乔治·艾默森当时却使这一话题显得特别纯洁。

她的回答是："我想他死在喷泉旁边吧。"

"那你和你的朋友——"

"在凉廊那边。"

"这样你们该可以避免看到很多悲惨的情景。你们当然没有看到那些丑恶的图片吧！黄色报刊把它们——这个人是个社会公害；他明知道我是定居在这里的，还要纠缠不清，非要我买他的那些庸俗的风景照。"

这位出售照片的小贩必定与露西结成了联盟——意大利式的联盟永远是与青春结盟的。他突然把照相集送到巴特利特小姐与伊格先生的面前，用一长串亮光光的教堂照片、名画画片和风景照把他们的手缚在一起。

"这实在太过分了！"副牧师喊叫起来，怒冲冲地拍打安哲利科画的一位天使。照片撕破了。小贩发出一声尖叫。看来这本集子比人们想象的要值钱。

"我愿意买下——"巴特利特小姐开口说。

"不要睬他，"伊格先生厉声说，他们大家便加快步伐离开广场。

然而意大利人从来不是不理睬所能打发的，尤其当他感到受了委屈的时候。他对伊格先生的折磨变得简直不可思议、毫不留情；他的恫吓声和恸哭声在空气中回响。他向露西请求，她不能为他说说情吗？他是个穷人——要维持一家人的生活——面包都要上税呢。他等在那里，叽里咕噜地说了一通，得到了赔偿，可是并不满足，直到把他们脑袋里的各种想法，不管是愉快的还是不愉快的，统统一扫而空后，才离他们而去。

接着而来的话题是购物。在副牧师的引导下，她们选购了许多难看的礼物与纪念品——像是用金光灿灿的面点制作成的华丽的小镜框；另外有些用栎木雕成、安放在小画架上的比较肃穆的小画框；一本犊皮纸制成的吸墨水纸；一幅用同样材料制成的但丁像；一些廉价的镶嵌别针，女仆们在下次圣诞节拿到时是根本分不清它们是真货还是赝品的；徽章、小器皿、有纹章的碟子、棕色的艺术画片；厄洛斯①与普赛克②的石膏像；圣·彼得③像用来配对——所有这一切，如在伦敦购买，可以少花一些钱。

这个大有收获的上午并没有留给露西什么愉快的印象。不知道为什么，拉维希小姐和伊格先生都使她感到有点害怕。说也奇怪，正因为他们使她感到害怕，她也不再尊敬他们了。她对拉维希小姐是位伟大的艺术家感到怀疑。她曾认为伊格先生是一位非常神圣、极有修养的人，现在也感到怀疑了。他们遇到了新的考验，结果她发现他们都不够格。至于夏绿蒂——至

---

① 厄洛斯，希腊神话中的爱神。
② 普赛克，希腊神话中以少女形象出现的人类灵魂的化身，与厄洛斯相恋。
③ 圣·彼得为渔夫的守护神。

于夏绿蒂，她可还是老样子。你可能会待她很好，但是你绝不可能爱她。

“一个劳工的儿子；说来也巧，我知道这确是事实。他年轻时做过技工这类工作；后来着手为社会主义者的报刊写稿。我是在布里克斯顿结识他的。”

他们在谈论艾默森父子。

“在当今的日子里，人们上升得好快呀！”巴特利特小姐叹了一口气，一面用手指摸弄一座比萨斜塔的模型。

“一般说来，”伊格先生应道，“人们对他们取得成功只有同情的份儿。至于受教育和提高社会地位的愿望——其中也有些并不完全是见不得人的东西。有一些工人，人们很愿意看到他们在这儿佛罗伦萨——尽管他们不会有什么大出息。”

“他现在是新闻记者吗?”巴特利特小姐问。

“不是；他结了一门很有利的亲事。”

他说这句话的音调意味深长，说罢叹了口气。

“噢，原来他有妻子。”

“死了，巴特利特小姐，死了。我弄不懂——是的，我弄不懂他怎么会脸皮厚得居然敢拿正眼看我，胆敢和我攀交情。好久以前，他住在我管辖的伦敦教区。那天在圣克罗彻教堂，他和霍尼彻奇小姐在一起，我故意冷落他。这样让他知道他只配受冷落。”

“什么?”露西嚷道，脸红起来。

“揭露他！”伊格先生发出嘘声。

他试图改变话题；但在取得戏剧性的效果因而获得一分的同时，他引起了他的听众的莫大兴趣，这是他始所未料的。巴特利特小姐充满了天然的好奇心。露西虽然希望永远不再见到艾默森父子，但是也不想为了一句话去谴责他们。

“你是说，”她问，“他是个没有宗教信仰的人？这个我们可早知道了。”

“露西，亲爱的——”巴特利特小姐说，温和地指摘她表妹不该插嘴。

“要是你真的知道全部情况，我倒要大吃一惊呢！那个年轻人——那时候他还是个天真的孩子——我就不谈了。他的教育以及他从父亲身上继承的品性会使他发展成为什么样的人，只有上帝才知道。”

“也许，”巴特利特小姐说，“这件事我们还是不听的好。”

“坦白地说，”伊格先生说，“正是这样，我不讲了。”

露西的叛逆思想第一次通过言辞冲出口来——她这样做还是生平第一次。

“你其实只讲了一点点。”

“我本来就不打算多讲，”他冷冷地应道。

他愤慨地注视着姑娘，姑娘也以同样愤慨的目光回望他。她从柜台旁转身向着他，胸部迅猛地起伏着。他望着她的前额以及突然使劲抿紧的嘴唇。她竟然不相信他，这可使他受不了。

“杀人，如果你想知道的话，”他愤怒地嚷道。“那个人杀害了自己的妻子!”

“怎样杀害的?”她反问。

“不管怎么样，他杀害了她。那天，在圣克罗彻教堂的那天——他们讲了我的坏话了吗?”

“一句也没有讲，伊格先生——一个字也没有讲。”

“哦，我还以为他们对你诽谤过我呢！不过我想你为他们辩护完全是由于他们的个人魅力吧。”

“我没有为他们辩护，”露西说，她的勇气消失了，重新陷入了老一套的混乱的思想方法中去。“他们和我没有任何关系。”

“你怎么能以为她在为他们辩护呢?”巴特利特小姐说，被这个不愉快的场面弄得狼狈不堪。售货员很可能在听他们的谈话呢。

“她将会发现为他们辩护是十分困难的，因为在上帝的眼里那个人杀害了自己的妻子。”

把上帝也包括进去，这可非同寻常。不过副牧师实在是用来修饰他那句唐突的话的。接着是一阵沉默，这原来很可能给人深刻印象，却只弄得很尴尬。于是巴特利特小姐连忙把那座斜塔买下，率先向大街走去。

“我必须走了，”他说，闭上眼睛，掏出怀表。

巴特利特小姐感谢他的美意，对不久将乘马车去游览的安排说了些热情的话。

“乘马车去游览？噢，那么我们这次游览去定了？”

这使露西恢复了常态，而经过几分努力后，伊格先生也回复到先前的踌躇满志的心态。

“什么游览不游览，真讨厌！”他刚离开，姑娘便嚷起来。“这就是我们同毕比先生一起商定的那次游览，我们可没有大惊小怪。为什么他邀请我们要用这样可笑的态度呢？倒不如我们开口邀请他的好。我们每个人都出自己的那份钱嘛。”

巴特利特小姐本来想说几句同情艾默森父子的话，听了露西这么说，倒引发了一些她原先没有想到的念头。

“如果真是这样，亲爱的——如果我们和毕比先生并带上伊格先生一起去游览与我们和毕比先生去游览真就是同一次的话，我可以预言，结果必定是一团糟。”

“怎么会呢？”

“因为毕比先生还请了埃莉诺·拉维希一起去。”

“这意味着需要另一辆马车。”

“还有更糟糕的呢！伊格先生不喜欢埃莉诺。这一点她本人也知道。必须把真实的情况讲清楚：对他说来，她太不符习俗了。”

她们现在来到了那家英国银行的报刊室。露西站在屋中央的那张桌子边，根本没有注意《笨拙》和《写真》，却试图解答在脑海里翻腾着的那些问题，或者，不管怎样，至少设法把它们系统地阐述一番。那个熟悉的世界已经四分五裂，却冒出了佛罗伦萨这个具有魔力的城市，在那里，人们想的和做的事情都十分离奇。谋杀、指控谋杀、一位女士紧紧缠住一个男子，却对另一个男子十分粗暴——这些都是这城市大街上司空见惯的现象吗？佛罗伦萨显著的美点，除了让人能看到的——一种也许能唤起不管是美好的还是邪恶的热情、并且能使这种热情很快便开花结果的魔力——还有什么吗？

快活的夏绿蒂虽然常常被无关紧要的琐事所困扰，但是对至关重要的事情却似乎不太在意；她能巧妙地推测“事情会发展到什么地步”，巧妙得令人叫绝，可是当她接近目标时，却又显得视而不见！现在她蜷缩在角落里，试图从挂在脖子上隐藏得十分严密的一只布袋(像是系在马脖子上的草料袋)里取出一张流通证[1]。人家告诉她这是在意大利携带钱款的唯一的安全办法；只有在英国银行四壁之内才能启用。她一面摸索、一面低声说：“到底是毕比先生忘了告诉伊格先生，还是伊格先生告诉我们时忘了，还是他们俩都决定干脆不请埃莉诺——那是他们几乎不可能做到的——不过，不管怎样，我们必须做好

① 这是今日流行的旅行支票的前身，是由伦敦的银行签发的信用证，持有者可以在旅行期间到外国的银行兑现。

准备。他们真心想请的是你；他们请我只是为了面子。你和两位先生一起走，我和埃莉诺跟在后面。我们乘一辆一匹马拉的马车就可以了。然而这一切多难啊！”

“的确是难，”姑娘回答，口气严肃得听起来充满了同情。

“你认为怎样?”巴特利特小姐问，刚才使了劲，脸都涨红了，她把衣服扣好。

“我不知道自己到底是怎么想的，也不知道到底想要什么。”

“天哪，露西！我真希望佛罗伦萨没有使你厌倦。只要你开一声口，你知道，我明天就陪你走遍天涯海角。”

“谢谢你，夏绿蒂，”露西说，对这个建议进行了一番思考。

写字台上有她的信——一封是她弟弟写来的，内容尽谈的是体育运动与生物学；一封是她母亲写来的，很有趣，只有她母亲的信才能写得这么有趣。信里谈到番红花，原以为买的是黄色的，谁想却开出紫褐色的花朵；谈到新来的客厅女仆，她竟用柠檬香精浇灌蕨类植物；还谈到那些一侧相连的小屋破坏了夏街的风貌，使哈里·奥特韦爵士十分伤心。她回想起家里的那种自由自在的愉快生活，在那里她可以爱怎么干就怎么干，而且从来也没有出过什么事。通过松林的那条路、明净的客厅、苏克塞斯郡威尔德地区的景色——这一切都清楚明亮地出现在她眼前，但像画廊里的一幅幅画，带有伤感的情调，好像一位游子，浪迹江湖后，重游故地，再次观赏那些名画时的心情。

“有什么消息吗?”巴特利特小姐问。

“维斯太太和她儿子到罗马去了，”露西说，把她最不感兴趣的那条消息说了。“你认识维斯一家吗?”

“哦，时间不那么长。可爱的主权广场我们怎么也不会玩够的。”

“他们人都很好，我说的是维斯一家。非常聪明——是我认为的那种真正的聪明。你不想到罗马去吗?”

“想死了!”

主权广场完全由石块铺成，因此不可能灿烂夺目。广场上没有草，没有花，没有壁画，没有闪闪发亮的大理石墙，也没有赏心悦目的一片片红砖墙。由于奇突的巧合——除非我们相信每个地方都有主宰它的守护神——那些使广场显得不那么肃穆的雕像给人的感觉不是童年的天真，也不是青春引以为豪的迷惘，而是壮年的自觉的成就。柏修斯[①]与朱迪思[②]，海格立斯[③]与瑟斯

---

① 柏修斯，希腊神话中主神宙斯与达那厄所生的儿子，他杀死了蛇发女怪美杜莎。

② 朱迪思，天主教徒使用的《圣经》中的一位犹太妇女，她具有舍己救人的高贵品质。

③ 海格立斯，罗马神话中主神宙斯的儿子，力大无比，曾完成十二项英雄事迹，又称大力神。

纳尔德[1]，他们都有所作为，也尝过艰辛，他们虽然都是神，但都是历尽苦难以后，而不是以前成神的。在这里，不仅仅是在与世隔绝的大自然中，一位英雄可能遇到一位女神，或者一位女英雄可能遇到一位男神。

“夏绿蒂!”姑娘突然嚷了起来。“我有个想法。明天我们就离开这里去罗马——直奔维斯他们住的旅馆，怎么样？因为我确实知道自己想要什么了。我在佛罗伦萨已经待腻了。刚才你说你要去天涯海角！那就去吧！去吧!”

巴特利特小姐和露西同样兴奋，应道：

“嘿，你这个促狭鬼！那么请问，乘马车去山间兜风怎么办?”

她们穿过具有萧瑟之美的广场，笑着谈论这一不切实际的建议。

---

① 瑟斯纳尔德，在该广场上，是个在悲悼的妇女的雕像，形象异常生动。

6 亚瑟·毕比牧师、卡斯伯特·伊格副牧师、艾默森先生、乔治·艾默森先生、埃莉诺·拉维希小姐、夏绿蒂·巴特利特小姐与露西·霍尼彻奇小姐乘马车出游去观赏山景；由意大利人驾驶马车

那个难忘的一天，是法厄同①赶车送他们去菲耶索莱的，这年轻人毫无责任感，像一团火，不顾一切地把他主人的马儿往石坡上赶。毕比先生一下子认出他来。无论是充满信仰的时代，还是怀疑一切的时代，对此人都没有影响；他正是在托斯卡纳区赶马车的法厄同。在路上他请求让普西芬尼②搭车，说她是他的妹妹——普西芬尼身材修长，脸色苍白，因春天来临，要回她母亲家去，当时光线太强，她还不太适应，用手遮着眼睛。伊格先生反对让她上车，说这看起来是小事，但是以

后会招来许多麻烦，为人必须谨慎，免得上当受骗。可是女士们为她说情，在向她说明这是一个很大的人情后，女神被准许上车，坐在男神的旁边。

法厄同立即把左边的缰绳套在她的头上，这样就能让自己搂着她的腰赶车。她并不在乎。伊格先生背对马匹坐着，因此没有看到这一不文雅的举动，继续同露西谈天。车上另外两位座客是老艾默森先生和拉维希小姐。一件可怕的事情发生了：毕比先生没有同伊格先生商量，便把出游的人数增加了一倍。巴特利特小姐和拉维希小姐虽然整个上午都在盘算马车上如何坐法，可是到了马车来到的紧要关头，她们却慌做了一团，于是拉维希小姐与露西一起登上了第一辆马车，而巴特利特小姐却同乔治·艾默森，还有毕比先生跟在后面。

对这可怜的副牧师说来，他安排的四人出游变成了这个样子，确实是件难以忍受的事。如果他曾经考虑要在一座文艺复兴时期的别墅里举行茶会，那么现在这可是不可能的了。露西和巴特利特小姐具有一定的风度，而毕比先生虽然使人捉摸不透，却是个有才华的人士。但是一个蹩脚的女作家和一个在上帝的心目中谋杀了自己妻子的记者——他可不能把他们引进任

---

① 法厄同，希腊神话中太阳神赫利俄斯的儿子，曾要求他父亲让他驾一天马车。作家特意为马车夫取了这一个名字。

② 普西芬尼，希腊神话中主神宙斯与谷物女神得墨特尔的女儿，后来成为阴曹王后。作家特意取了这个名字。

何别墅。

露西穿了一身高雅的白色衫裙，笔挺地坐在这些极易爆炸的成分中间，心情紧张，正聚精会神地听伊格先生讲话，对拉维希小姐显得很拘谨，却留神提防着老艾默森先生——幸而到那时为止，这位先生一直在睡觉，这是因为午饭吃得太饱以及春天充满了睡意的缘故。她把这次游览看作命运的安排。要不是这次游览，她就可能成功地回避乔治·艾默森了。他曾公开表示希望继续他们的亲密交往。她拒绝了，这并非由于她不喜欢他，而是由于不知道已发生了什么事，却怀疑他是知道的。这使她感到害怕。

因为真正已发生的事情——不管是什么——是发生在河边，而不是在凉廊。看到死亡而惊慌失措，原是可以原谅的。可是后来还要讨论，从讨论变为沉默，再由沉默变为同情，这错误就不是感情上吃惊的问题，而是整个气质的问题了。他们当时一起凝望阴暗的河水，共同的冲动使他们一路回家，没有相互看一眼，没有讲一句话，这里面(她认为)确实有可以指责的东西。起先这种干了坏事的感觉还是很轻微的。她差一点参加了那一群人一起去加卢塔。可是她每回避乔治一次，就觉得她更有必要再次回避他。而现在老天作弄人，它通过她表姐与两位牧师，要等到她与他这一次一起游山完毕，才允许她离开佛罗伦萨。

此时伊格先生一直彬彬有礼地同她叙话；他们之间的小小

口角早已烟消云散了。

“霍尼彻奇小姐，原来你是在旅游，是为了研究艺术出来旅游的？”

“哦，哎呀，不是——不是！”

“也许是为了研究人性吧，”拉维希小姐插嘴道，“像我一样？”

“哦，不。我到这里来只是旅游。”

“哦，原来如此，”伊格先生说。“你真的是出来旅游吗？如果你不认为我无礼的话，我们这些常住在这里的人有时候十分可怜你们这些可怜的游客——像一包商品被人传来传去，从威尼斯传到佛罗伦萨，从佛罗伦萨传到罗马，像牲口一样挤在膳宿公寓或旅馆里，除了旅游指南上说的，此外情况一无所知，他们唯一的热切愿望是‘快点了事’或‘快点完事’，然后到其他地方去。结果是：他们把城镇、河流、宫殿都搅和在一起，一笔糊涂账。你知道《笨拙》周刊上那位美国姑娘，她说：‘哎呀，爸爸，我们在罗马看到了些什么呀？’那做父亲的回答：‘嗯，我看罗马就是我们看到黄狗的那个地方吧。’这就是你们的所谓旅游。哈！哈！哈！”

“我很同意，”拉维希小姐说，她已数次试图打断他那尖利的俏皮话。“盎格鲁-撒克逊游客的狭隘与肤浅不折不扣地是个威胁。”

“正是这样。现在在佛罗伦萨的英国社区，霍尼彻奇小姐——有相当规模，虽然，情况当然不完全一样——譬如说，一些人在这里是为了做生意。可是大部分人是学生。海伦·拉弗斯托克夫人目前正忙于研究安哲利科。我提起她的名字是因为我们刚好经过在左边的她的别墅。不，你要站起来才能看得见——不，别站起来；你会跌倒的。她对那道浓密的树篱特别引以为豪。里面嘛，非常幽静。简直像是回到了六百年以前。一些评论家认为她家花园就是《十日谈》所提到的那个地点，这就给这幢别墅增添了几分情趣，是不是？”

“一点儿也不错！”拉维希小姐大声喊道。“告诉我。那个美妙的第七天的场景设在哪里？”

可是伊格先生却继续在对霍尼彻奇小姐说右边住的是著名人士某某先生，一个出类拔萃的美国人——难得的人才！——还有其他重要人物住在山下的远处。“毫无疑问，你一定知道他在《中世纪野史》系列丛书中所写的专题文章吧？他现在正在写《杰米斯图斯·普莱桑[①]》一文。有时候，我在他们的美丽的庭院里喝茶，听到大墙外面，满载着游客的电车在新筑成的路面上呼啸而过，那些愚蠢的游客，又热又脏，要在一小时内‘游毕’菲耶索莱，这样他们便可以说已去过那里了，而我觉得——我觉得——我觉得他们实在太不考虑他们身边的景观了。”

① 杰米斯图斯·普莱桑（1355？—1451？），拜占庭哲学家、人文主义学者。

说这番话时，在车夫座位上的两个身影正在打情骂俏，真不像话。露西不觉一阵嫉妒。就算他们想做出轻佻的举动来，他们能这样做也是使他们很欣慰的。很可能这次游览真正感到乐趣的只有他们。马车剧烈颠簸着，迅疾地通过菲耶索莱的广场，走上通往塞蒂涅诺的大道。

“慢一点！慢一点！”伊格先生叫道，伸手过头，文雅地挥舞着。

“没关系，先生，没关系，没关系，”车夫低声哼唱着，又挥动马鞭，驱马向前。

伊格先生与拉维希小姐这时开始就阿莱西奥·巴尔多维内蒂这个话题争执起来。他是文艺复兴的一个起因还是文艺复兴的一种表现？另外那辆马车被甩到后面去了。这辆马车不断增快速度，向前飞奔，艾默森先生熟睡中的魁梧身躯像机器一样有节奏地撞击着这位副牧师。

“慢一点！慢一点！”他喊道，眼睛望着露西，流露出殉道者的神情。

马车又意外地向前倾斜，使得他在座位上愤怒地转过身来。法厄同竭力想同普西芬尼接吻，已努力了好久，这时刚成功。

接着出现了一个小小的场面，巴特利特小姐后来说是个极不愉快的场面。马车被命令停下来，搂抱在一起的这对恋人被喝令立即分开，男的被罚去小费，女的必须立刻下车。

“她是我的妹妹，”车夫说，转身可怜巴巴地望着他们。

伊格先生不怕麻烦，对他说他在撒谎。法厄同垂下了头，他这样做并不是由于指控他的内容，而是由于指控他的态度。就在这当儿，艾默森先生被马车突然停顿而产生的震荡震醒了，宣称这对恋人绝不应该被拆开，竟拍拍他们的背表示赞赏。至于拉维希小姐，虽然不情愿同他结成同盟，但是觉得必须支持那种不受传统约束的豪放不羁的生活方式。

“我当然随他们去啰，”她大声说。“不过我敢说我不会得到多少支持。我一生中对传统习俗向来采取抵制的态度。我就是把这件事称做奇遇。”

“我们不应该屈服，”伊格先生说。“我知道他要来这一套。他把我们当作库克旅行社的一群游客了。”

“当然不屈服!”拉维希小姐说，她的热情很明显减弱了。

另外一辆马车在后面停住了，明白事理的毕比先生大声说受到了这一番警告，这对恋人的行为肯定会检点了。

“让他们去吧，”艾默森先生请求副牧师，他对副牧师是一点也不敬畏的。“难道我们遇到的快乐的事情就那么多，以致在车夫座位上偶然发生一些就非得驱除掉不可？有一对恋人替我们赶车——国王也会嫉妒我们的，再说，如果我们拆散了他们，那就是我所知道的最最地道的渎圣罪了。”

这时响起了巴特利特小姐的声音，她在说看热闹的人已经开始围拢来了。

与其说伊格先生意志坚决，还不如说他过分能言善辩，所以决心要让大家听听他的意见。他又同车夫讲起话来。意大利人讲意大利语就像深沉洪亮的流水，忽而出现瀑布，冲击巨石，使之不致单调乏味。可是到了伊格先生口中，却无非像带酸味的吱吱作响的泉水，音调愈来愈高，速度愈来愈快，声音愈来愈尖，忽然咔嗒一响，便突然停止了。

一番炫耀结束了，车夫对露西说了声“小姐”！他为什么向露西求援呢?

“小姐!”普西芬尼以动听的女低音跟着说。她用手指指另外一辆马车。这是为什么?

两位姑娘相互注视了片刻。然后普西芬尼从车夫座位上爬下来。

“终于胜利了!”伊格先生说，把双手重重地合拍了一下，这时马车再次起动了。

“这不是胜利，”艾默森先生说。“这是失败。你把沉浸在快乐中的一对拆开了。”

伊格先生闭上了眼睛。他不得不坐在艾默森先生旁边，但是不愿意同他讲话。那位老先生睡了一觉，精神特别好，对这件事显得很激动。他强制露西同意他的观点，还大声和他的儿子讲话，要他支持他。

“我们试图去买金钱买不到的东西。他通过讨价还价同意驾车送我们去，现在他正在这样做。我们没有权利管制他的心灵。”

拉维希小姐皱了皱眉。当一个你认为是典型的英国人讲出与他性格不相符的话来时，确实很使人难堪。

“他替我们驾驶马车驾驶得不好，”她说。“他使我们受尽了颠簸。”

“我否认这一点。车子平稳得像在睡觉。啊哈！他现在可让我们颠簸了。你感到奇怪吗？他想把我们都摔到车外去，而他完全有理由这样做。要是我迷信的话，我就会对这个姑娘感到害怕。伤害年轻人是不行的。你听说过洛伦佐·德·梅迪奇[①]吗？”

拉维希小姐十分光火。

“我当然听说过。你指的是大人物洛伦佐，还是封为乌尔比诺公爵的洛伦佐，还是因为身材矮小所以人们把他的名字叫成洛伦齐诺的那个洛伦佐？”

“天知道。可能老天才知道，我讲的是诗人洛伦佐。他写过一句诗——我是昨天听说的——是这样的：‘不要同春天作对。’”

伊格先生舍不得放弃一个可以炫耀他的博学的机会。

“Non fate guerra al Maggio，”他喃喃地说。“确切的意思是‘不要向五月宣战’[②]。”

---

① 洛伦佐·德·梅迪奇(1469—1492)，中世纪佛罗伦萨的统治者，也称大人物洛伦佐。曾写过相当数量相当出色的诗。

② 作者引用该诗句有一个小错误，实在意为“不要在五月中宣战”，而且那是洛伦佐的朋友、人文主义者诗人波利齐亚诺(1454—1494)所作。

“问题是我们已经向五月宣战了。看!”他指着阿诺河河谷，从正在抽芽的树缝中，可以看见它就在他们下面的远处。“五十英里长的春色，而我们正特地上山来欣赏。你以为大自然的春情与人的春情有什么区别吗？可我们就是这样，赞赏前者而指责后者，认为有失体统，而同样的规律对大自然与人都起着作用，永恒不变，我们却为此感到羞耻。”

没有人鼓励他讲下去。不久，伊格先生做了个手势，让马车停下，便率领这一群人在山间信步漫游。前面有块凹地，像一个圆形大剧场，有一级一级的台阶，还有为薄雾所笼罩的橄榄树，越过凹地，便是菲耶索莱的高地，而那条山路依然顺着弯曲的地势不断向前，即将一路延伸到耸立在旷野中的一座山岬上。山岬又荒凉、又潮湿，长满了灌木丛，偶尔也有一些树。将近五百年前，就是这个山岬吸引了阿莱西奥 · 巴尔多维内蒂。这位勤奋却名不见经传的大师登上了山岬，他这样做可能着眼于业务，也可能是为了登山的乐趣。他站在那里，看到了阿诺河河谷的景色与远处的佛罗伦萨，这些后来都进入了他的画幅，虽然并不十分出色。可是他究竟站在哪里呢？伊格先生现在希望解决的就是这个问题。而拉维希小姐的性情却是凡是疑难问题对她都有吸引力，因此变得同样起劲。

可是脑海里要装几幅阿莱西奥 · 巴尔多维内蒂的画并非易事，即使你没有忘记在出发前对这些画多看上几眼。而河谷里的迷雾增加了寻找的难度。那群人从一个草丛跳到另一个草从，他们渴望大家待在一起，但同样强烈地愿望各奔东西。最后他们分成几个小组。露西追随着巴特利特小姐与拉维希小姐；艾默森父子退回去和马车夫们吃力地交谈；而那两位牧师被认为有共同语言，因而就被撇下在一起。

两位年长的女士很快就抛弃了假面具。她们开始小声交谈，但仍可听得清楚，对此露西现在已很习惯了。她们谈论的不是阿莱西奥·巴尔多维内蒂，而是一路上乘马车兜风的事。巴特利特小姐曾经动问乔治·艾默森先生从事什么职业，他的回答是“铁路”。她很后悔问他。她根本没有想到会是这样可怕的回答，早知道这样她就不问他了。当时毕比先生很巧妙地转变了话题，而她希望那个年轻人并没有感到她的问话严重地刺痛了他。

“铁路!”拉维希小姐急急喘着气说。“啊唷，我气也透不过来了！当然是铁路啰!”她忍不住笑出声来。“他活脱像是个茶房——在东南铁路线上。”

“埃莉诺，别说了，”巴特利特小姐拉了拉她那位活跃的同伴。“嘘！他们会听见的——艾默森爷儿俩——”

“我一定要说。让我刻薄地说下去吧。一个茶房——”

“埃莉诺!”

“我相信不会有什么问题，”露西插嘴说。“艾默森父子不会听见的，即使听见了也不会在乎。”

露西这么说，拉维希小姐看来并不高兴。

“原来霍尼彻奇小姐在听我们讲话!”她相当光火地说。“去！去！你这个淘气的姑娘！走开!”

“啊，露西，我确信你应该和伊格先生待在一起。”

“我现在找不到他们了，而且也不想去找。”

“伊格先生会生气的。这次游览是为你组织的嘛。”

“请不要说了，我宁愿和你们待在这里。”

“别这样，我也这样看，”拉维希小姐说。“这像是一次学校组织的节日活动；小伙子们和姑娘们被隔开。露西小姐，你一定得离开。我们希望谈谈一些不适合你听的重要的话题。”

姑娘很倔强。她在佛罗伦萨余下的时间不多了，只有当她和她不感兴趣的人在一起时，她才感到自在。拉维希小姐便是这样的一位，在这个时刻，夏绿蒂也是这样的一位。露西多么希望她没有把她们的注意力引向自己；她们俩听了她那句话都感到着恼，看来下定决心要把她赶走。

“真够累的，”巴特利特小姐说。“唉，我真希望弗雷迪和你妈妈能在这里。”

对于巴特利特小姐说来，赤诚无私已经完全取代了热情可能起的作用。露西也不在观赏景色。只有等她安全地到达罗马后她才有心思玩。

“那么坐下吧，”拉维希小姐说。“请看，我有先见之明。”

她笑容满面，拿出两块方的防水胶布，那是用来保护游客的身体不致受到草地的潮气与大理石台阶的寒气的侵袭的。她坐在一块胶布上面；还有一块谁来坐呢?

“露西坐；毫无疑问，露西坐。我坐在地上能行。真的，我好多年没发风湿病了。如果感到要发，我就站起来。要是我让你穿着白裙子，坐在湿地上，想想你妈妈会怎么想。”她笨重地在一块看起来特别潮湿的地方坐下来。“好了，大家都舒舒服服地坐好了。即使我的裙子比较薄，因为是棕色的，也看不大出来。亲爱的，坐下吧。你为自己想得太少了；你没有好好地坚持自己的权利。”她清了清嗓子。“啊，不必惊慌；这不是感冒。只是一点点咳嗽，我已经咳了三天啦。这和坐在这里没有任何关系。”

应付这种局面只有一个办法。过了五分钟，露西便离开，去找毕比先生和伊格先生，被一块方的防水胶布征服了。

她主动地和车夫们讲话，他们正伸手伸脚地躺在马车里，抽着雪茄使坐垫都带着这种香味。那个不道德的无赖，一个瘦骨嶙峋、皮肤晒得黝黑的青年男子站起来招呼她，态度谦恭有礼，好像他是主人，又十分自信，好像他是她的一位亲戚。

“在哪里?”露西经过了一番疑虑，用意大利语说。

他的脸色一亮。他当然知道在哪里。而且不太远。他挥动手臂，囊括了四分之三的地平线。他只不过认为他确实知道在哪里。他把手指尖按在前额上，然后伸向她，似乎上面显出了可以清楚地看见的情报的片断。

看来还得多问问。“牧师”这个词意大利语是什么？

她终于用意大利语说了，“那些好先生在哪里？”

好？这个形容词对那两位贵人可用不上啊！他把他正在抽的雪茄给她看。

她接着说，“一个——比较——矮的，”意思是：“这支雪茄是两位好先生中比较矮的一位毕比先生给你的，是吗？”

像往常一样，她猜对了。他把马拴在一棵树上，踢了马一脚，让它安静下来，并且掸了掸马车，理了理头发，把帽子戴戴好，得意地摸了摸他的小胡子，不到十五秒钟，便准备就绪，为她带路。意大利人生来识途。看来整个世界不是像一张地图而是像一盘棋似的展现在他们面前，他们不断地在上面看到移动着位置的棋子与留出的空格。任何人都会找地方，但是找人的本领却是上帝的恩赐。

他只停过一次，采摘了一些大朵蓝色紫罗兰给她。她怀着衷心的喜悦感谢他。和这位普通人在一起，世界是美好的，也是直接相通的。她第一次感到春天的感染力。他把一臂朝地平线姿势优美地一挥；那边，紫罗兰像其他东西一样，十分茂盛；她有兴趣观赏紫罗兰吗？

“可是好先生们，”她用意大利语说。

他鞠了一躬。当然啰。先找好先生们，然后才去看紫罗兰。他们在矮树丛中轻快地走着，这矮树丛愈来愈稠密。他们已接近山岬的边缘，美景悄悄地包围了他们，可是矮树交织成的棕色网络把风景分割成无数小块。他正忙着抽雪茄，并把柔韧的树枝扳开。她正为能从枯燥沉闷中解脱出来而高兴。每一小步，每一条嫩枝，对她说来都不是没有意义的。

“那是什么?”

他们身后远处的林子里有说话的声音。是伊格先生的？他耸耸肩。有时候意大利人暴露的无知比他具备的丰富知识更加突出。她无法使他明白他们也许跟那两位牧师错过了。美景终于出现了；她可以清楚地看出河水、金色的原野、其他山峦。

“他就在那儿!”他叫起来。

就在这时，她脚下的地面塌下去，她不由叫了一声，从林子里摔出来。她给笼罩在阳光与美景之中。她掉在一片没有遮拦的小台地上，整片台地从这一头到那一头都铺满了紫罗兰。

“勇敢一些!”她的同伴这时正站在她上面六英尺左右的地方，大声对她说。“勇气加上爱情。”

她没有回答。可以看到她脚下的斜坡十分陡峭，大片紫罗兰像小河、小溪与瀑布般往下冲，用一片蓝色浇灌着山坡，在一棵棵树的树干四周打旋涡，在洼地里聚积成一个个小潭，用点点的蓝色泡沫铺满草地。然而再也不可能有这么茂盛的紫罗兰了；这片台地是泉源，美就是从这个主要源头涌出来灌溉大地的。

那位好先生正站在台地的边缘，像是个准备即将下水游泳的人。不过他不是露西所期待的那位好先生，而且他是独自一个人。

乔治听见她到来便转过身来，他一时打量着她，好像她是突然从天上掉下来似的。他看出她容光焕发，花朵像一阵阵蓝色的波浪冲击着她的衣裙。他们头顶上的树丛闭合着。他快步走向前去吻了她。

她还来不及开口，几乎还来不及感觉到这一吻，就响起一个声音，“露西！露西！露西！”巴特利特小姐打破了林间万物的寂静，她的棕色身影站立在景色的前边。

7　大家归来

整个下午，上下山坡时都在进行一场错综复杂的游戏。至于进行的是什么游戏，玩游戏的人究竟谁和谁是一方，露西过了好久才明白。伊格先生用一种询问的目光看她们。夏绿蒂则一直在闲谈，用这办法来抵制伊格先生。艾默森先生在找他的儿子，人们指点他到哪里去找。毕比先生保持着中立者的激动的外表，被吩咐把各方面的人集合起来，准备回家。大家心里都不踏实，感到惶惑不安。潘神混进他们中间了——不是已被埋葬两千年的潘大神[①]，而是主管社交方面发生的使人尴尬的小插曲与不成功的郊游的潘小神。毕比先生和所有的人失散了，独自一人享用了食品篮里的东西，他所以带着食品篮，原是想出其不意，让大家高兴高兴的。拉维希小姐和巴特利特小姐失散了。露西和伊格先生失散了。艾默森先生和乔治失散了。巴特利特小姐还失落了一块方的防水胶布。法厄同则在游戏中成了输家。

最后的那个事实是否认不了的。他爬上驾车座，浑身哆嗦，把领子翻了起来，预言风暴即将来临。

“我们马上离开这里吧，”他对大家说。“那位少爷要走回去了。”

“一直走到家？那他可要走好几个钟头呢！”毕比先生说。

“显然如此。我对他讲过这样做很不明智。”他不愿正眼看任何人；也许他对失败特别感到可耻。只有他一个人曾熟练地玩游戏，把全部天生的能耐都用上去了，而其他人只用了点滴的聪明才智。只有他一个人预见这到底是怎么一回事，并希望是怎么一回事。只有他一个人对露西五天前从一个奄奄一息的人的口中得到的信息作出了解释。普西芬尼——她一半生命等于是在坟墓里度过的——也能解释这个信息。可是这些英国人解释不了。他们了解情况相当缓慢，往往也许太迟了。

然而一个车夫的想法，不管多么公正，不太可能影响雇用他的人的生活。他是巴特利特小姐最大的劲敌，可也是最最不危险的对手。一旦回到了城里，他那洞察事物的本领与他所了解的情况就不会使英国女士们感到烦恼了。当然啰，这是一件非常不愉快的事；她在灌木丛中看到了他的一头黑发；他很可

---

① 潘，希腊神话中的畜牧神，是田野、森林、野兽、羊群的守护神。

能在小酒店里把这事加以宣扬。不过，话说回来，小酒店和我们又有什么关系呢？真正的威胁来自客厅。马车载着巴特利特小姐，迎着夕阳，飞驰下山，这时她考虑的就是客厅里的人士。露西坐在她的旁边；伊格先生坐在对面，企图引起她的注意；他隐隐约约地感到有些可疑。他们谈论着阿莱西奥·巴尔多维内蒂。

天色暗下来，同时下起了雨。两位女士蜷缩在一把遮蔽不了的阳伞下面。一道闪电掠过，在前面马车里的拉维希小姐，本来已够紧张的了，这时尖叫起来。接着又是一道闪电，露西也尖叫起来。伊格先生带着他职业的特点对她说：

“勇敢些，霍尼彻奇小姐，要有勇气和信念。如果我可以这样说的话，这样的风雨交作，雷电交加，几乎多少带些亵渎神灵的成分。难道我们真以为这么些云朵，这一切雷电的狂肆暴虐，都仅仅是为了消灭你我才应召出现的吗？”

“不——当然不——”

“即使从科学的观点来看，我们这些人不被雷电击中的可能性实在太大了。那些用餐的钢刀是唯一可能导电的物件，却都在另一辆马车里。再说，我们在车子里无论如何比在下面步行要安全得多。勇敢些——要有勇气和信念。”

露西感到她表姐的手在毛毯下面友好地按了她一下。有时候我们非常需要同情的表示，以致无暇顾及这一表示到底意味着什么，或者以后我们可能为此付出多少代价。巴特利特小姐这一及时锻炼肌肉的动作使她的收获比她几小时的说教或盘问所获得的要大得多。

两辆马车停下来，即将进入佛罗伦萨，巴特利特小姐又重复一次她的那个动作。

“伊格先生！”毕比先生叫道。“我们需要你的帮助。你替我们做做翻译好吗？”

“乔治！”艾默森先生[①]大声说。“问问你们的车夫，乔治从哪条路走的。这孩子可能迷路了。他可能被人杀死呢。”

“过去吧，伊格先生，”巴特利特小姐说。“不，别问我们的车夫；我们的车夫帮不了忙。过去扶扶可怜的毕比先生吧；他快神经错乱啦。”

“他可能被人杀死！”那老人叫道。“他可能被人杀死！”

“典型的表现，”副牧师一面下马车，一面说。“在现实面前，这种人免不了是要精神崩溃的。”

“他知道什么？”一等到她们俩单独在一起，露西就低声对巴特利特小姐说。“夏绿蒂，伊格先生到底知道多少？”

“什么也不知道，最最亲爱的；他什么也不知道。不过”——她指指车夫——“他可什么都知道，最最亲爱的，我们还是最好表示一下？要我来干吗？”她取出钱袋。“和下等人缠在一起太可怕了。他什么都看见了。”她用旅游指南轻轻地敲

---

① 他突然想起儿子是一路走回去的。

了敲法厄同的背，说，“不要对人说！”随手给他一法郎。

“好吧，”他回答，收下了这一法郎。他的一天就这样结束了，像往常一样。可是露西，一个人间的年轻姑娘，对他感到很失望。

大路前方发生了一起爆炸事故。风暴击中了有轨电车的架空电缆，一个大支架倒下来了。要是他们没有停车，他们很可能会受伤的。他们都愿意把这次脱险看做一个奇迹，于是每时每刻都可能促使生命开花结果的爱与真诚像山洪一样突然爆发了。他们从马车上下来，相互拥抱。有的人过去行为不够检点，现在得到别人的宽恕，固然心情愉快，但宽恕别人的人的心情也同样愉快。在那一瞬间，他们使善良由巨大的可能性变为现实。

年纪大一些的人很快便恢复到先前的状态。他们虽然万分激动，却知道这种情绪有失君子风度与大家闺秀的风范。拉维希小姐估计，即使他们刚才继续前进，也不会遇上这一事故。伊格先生低声做起适度的祷告来。可是车夫们赶了好几英里又暗又脏的路，向林中仙子与圣徒倾诉自己的衷肠，而露西也向她的表姐诉说。

“夏绿蒂，亲爱的夏绿蒂，吻我吧。再吻我一次。只有你才理解我。你警告过我要谨慎。而我——我却以为我一直在变得成熟呢。”

“不要哭，最亲爱的。慢慢说。”

“我一直很固执，也很愚蠢——比你了解的更糟，糟糕得多。有一次在河边——噢，不过他没有被杀死——他不会被杀死的，是吗?”

这一念头干扰了她的悔恨心情。事实上，一路上风雨有增无减；但她曾经面临危险，因此以为每个人都一定面临着危险。

“我想不会的。人们总该祈祷不要发生那样的事情。”

“他真是这样——我想他当时是完全出乎意料，就像我以前那样。不过这次不能怪我；我要你相信这一点。我完全是滑入那些紫罗兰花丛的。不，我要把全部真实情况讲出来。我也有些该责怪的地方。我有荒唐的想法。你知道，天空是金色的，大地全是蓝色的，就在那一刹那，他看上去像小说里的人物。”

“小说里的?”

“英雄——神——女学生的胡思乱想。”

“后来呢?”

“可是，夏绿蒂，你是知道后来发生了什么事的。”

巴特利特小姐沉默不语。她确实没有什么再需要了解的了。她的观察力相当敏锐，这时，她满怀深情地把她的年轻表妹拉到自己身边。在整个回家路上，露西怎么也控制不住连连深深地叹息，身躯不断地颤动。

“我要把真实情况讲出来，”她低声说。“把全部真实情况讲出来可真不容易啊!”

“别操心了，最亲爱的。等你平静下来再说。我们睡觉前在我房间里再细谈吧。”

于是她们紧紧地握着手，重新进入了这个城市。姑娘发现其他人的激情大大地减退了，觉得十分震惊。这时风暴已经停止，艾默森先生对儿子也不那么着急了。毕比先生又变得兴致勃勃起来，而伊格先生已经在开始冷落拉维希小姐了。露西感到使她放心的只有夏绿蒂——夏绿蒂，她的外表掩盖了非常深刻的洞察力与爱。

自我暴露这一种奢侈享受使得她几乎愉快地度过了漫长的黄昏。她考虑得更多的倒不是发生了什么事，而是她应该如何描述这事。她的种种感受、阵阵迸发的勇气、有时感到的莫名其妙的欢乐、说不清楚的不满足的感觉，都应该细致地在她表姐的面前和盘托出。然后两个人一起，推心置腹地对这一切进行清理并作出解释。

她想：“我终于会理解自己了。再也不会为那些无中生有、莫名其妙的事情庸人自扰了。”

艾伦小姐请她弹琴。她言词激烈地拒绝了。这时在她看来，演奏音乐似乎只是一种儿戏。她紧挨着她表姐坐着，而她表姐正以值得赞美的耐心在听别人叙述失落行李的详细经过。等那人讲完了，表姐讲了一番她自己失落行李的经历，竟讲得更精彩。这一耽搁，可使露西差一点歇斯底里发作。她试图阻止她讲下去，或者无论如何要加快故事的进程，但是都没有成功。直到夜深了，巴特利特小姐才讲完找回她的行李的经过，用她那习以为常的温和的自责口吻说："唔，亲爱的，不管怎样，我已作好梦游贝德福德郡[①]的准备了。到我的房间来吧，我替你好好把头发梳理一下。"

房门被郑重其事地关上了，给姑娘放好了一把藤椅。然后巴特利特小姐说：

"那么怎么办呢?"

对这个问题露西没有思想准备。她根本没有想到她必须采取什么行动。她原来想做的无非是详细地展示她的感情而已。

"怎么办呢？最亲爱的，这个问题只有你自己能解决。"

雨水从黑色窗户上淌下来，这间大房间又湿又冷。五斗橱上点燃着一支蜡烛，紧靠着巴特利特小姐的小圆帽，摇曳的烛光在上了闩的门上投下各种稀奇古怪、阴森恐怖的黑影。在黑暗中，一辆电车呼啸而过，露西感到说不出的悲哀，虽然她停止流泪已好一会儿了。她抬眼望着天花板，上面的鹰头狮身双翅怪兽与巴松管看上去很模糊，没有什么颜色，它们都是欢乐的幻影。

"雨已经下了快四小时了，"她终于开口了。

巴特利特小姐没有理会这句话。

---

① 贝德福德郡在英格兰中部。

“你说怎么能使他不讲出去?”

“你说的是车夫?”

“不，亲爱的小姐，不；是乔治·艾默森先生。”

露西开始在房间里来回走动。

她终于说话了，“我弄不明白。”

其实她很明白，不过她已不再希望把全部真实情况说出来了。

“你有什么办法可以阻止他讲出去?”

“我有一种感觉，他是永远也不会讲的。”

“我也想对他尽量估计得宽厚一点。不过，不幸的是，这种类型的人我以前见过。他们对自己的那些辉煌成就难以保密。”

“那些辉煌成就?”露西叫喊道，对这个词用了可怕的复数不禁眉头皱了一下。

“我可怜的好姑娘，难道你以为这是他第一次吗?过来，听我说。我只是从他自己讲的话里得出这个结论的。你还记得吗，那天吃午饭时，他和艾伦小姐争论，说喜欢了一个人，就多了一个理由去喜欢另一个人?”

“记得，”露西说，当时这个论点很中她的心意。

“好了，我可不是那种假正经的女人。没有必要把他说成是个不安好心的青年，不过，很清楚，他一点儿教养也没有。这一点，如果你愿意的话，我们可以归诸于他的可悲的祖先与教育。但是我们的问题还是停在老地方。你提个建议，该怎么办?”

露西的头脑中突然掠过一个念头，要是她早些时候就想到这个念头，而且使它成为她的一部分，那么这个念头很可能已被证明是能奏效的。

“我建议和他谈一次，”她说。

巴特利特小姐发出了一声真正惊慌的叫声。

“你知道，夏绿蒂，你的好心——我将永远铭记心中。不过，——正像你所说的——这是我的事情。我的和他的事情。”

“因此你将恳求他，请求他不要声张?”

“当然不是这样。但是不会有什么困难的。不管你问他什么，他总回答是或不；这样就过去了。过去我怕他。不过现在我一点儿也不怕了。”

“可是我们替你害怕啊，亲爱的。你非常年轻，缺乏经验，一直生活在好心人中间，以致你根本不可能认识到男人会坏到什么地步——他们会欺负一个女人，残酷无情地从中找到乐趣，但是女人们并不集合在她的周围来保护她。譬如说，今天下午，要是我没有及时赶到，那么会发生什么事情呢?”

“我想象不出，”露西严肃地说。

她嗓音中的某种变化使巴特利特小姐重复她的问话，并且特别使劲用了拖音。

“要是我没有及时赶到，那么会发生什么事情呢?”

“我想象不出，”露西又一次回答。

“他欺负你的时候，你打算怎样对付?”

“我当时来不及思考。你就来了。”

“对，不过你现在能否告诉我你那时会怎么干?”

“我会——”句子说了一半，她便顿住了。她走到淌着雨水的窗子面前，眼睛用力朝黑暗中看。她想不出她当时会怎么干。

“不要站在窗前，亲爱的，”巴特利特小姐说。“街上的人看得见你。”

露西服从了。她听任表姐的摆布。她一开始的基调就是贬低自己，现在也不可能改变嗓门，不唱这个调子。两人都没有再提露西的建议：她将和乔治谈一次，同他一起解决这个问题，不管到底是什么问题。

巴特利特小姐变得哀伤起来。

“但愿有一个真正的男子汉！我们只是两个女人，你和我。对毕比先生没有什么可以指望的。倒是伊格先生，不过你不信任他。要是你弟弟在这里就好了！他虽然年轻，但是我知道他姐姐受的欺侮会激发他成为一头雄狮。感谢上帝，骑士行为还没有完全消灭。毕竟还有一些男人能够尊敬女性。”

她一面说，一面把戒指脱掉，她手上原戴着好几只呢，她把它们并排放在缝针垫上。接着，她在一副手套里吹了口气说：

“赶早车将非常紧张，可是我们非得试试。”

“什么车?”

“去罗马的火车。”她带着挑剔的眼光望着她的手套。这通知轻松地发布了，它被姑娘同样轻松地接受了。

“去罗马的火车什么时候开?”

“八点。”

“贝尔托利尼太太会恼火的。”

“我们必须好好应付她，”巴特利特小姐说，不想说她早已通知房东太太了。

“她会要我们付足一个礼拜的房金与伙食费的。”

“我想她会的。无论如何，我们在维斯一家饭店住得将会舒服得多。那里的午后茶点不是免费供应的吗?”

“是的，不过酒他们要额外收费。”

说完这句话，她便一动也不动，不再开口了。凭她的疲惫的目光看来，夏绿蒂像梦幻中的幽灵那样搏动着，膨胀着。

她们开始收拾衣服，整理行装，因为时间非常紧，如果她们打算赶开往罗马的那班火车的话。露西在获得告诫后，便开始在两间房之间来回跑动，在烛光下整理行装非常不方便，她的这一感觉压倒了一种隐隐约约的不祥之感。夏绿蒂讲究实际，但能力不强，跪在一只空箱旁，试图在箱子里铺书，书有大有小，有厚有薄，总是铺不平。她叹了两三口气，由于老是弯着腰，她感到背疼，尽管她处理人际关系很在行，她觉得正在变老了。姑娘进入房间时，听见她在叹气，这时又兜起了一阵她常有的那种莫名其妙的感情冲动。她只感到假使她能给别人或从别人那里得到一些人类的爱，那么蜡烛就会明亮一些，收拾行李也会容易一些，整个世界也会快乐一些。这种冲动以前她也有过，不过从来没有像今天这样强烈。她在她表姐身边跪下，把她搂在怀里。

巴特利特小姐也热情和温柔地拥抱露西。但她不是个愚蠢的女人，完全清楚露西并不爱她，只是需要她来承受爱罢了。因此，过了好一会儿，她才用一种使人感到不妙的口气说道：

“最亲爱的露西，不知道你会不会原谅我?”

露西立刻警觉起来，凭着过去的惨痛经验，知道原谅巴特利特小姐意味着什么。她的感情平静下来，拥抱得稍为松弛了一些，说：

“亲爱的夏绿蒂，你这是什么意思？好像我有什么地方可以原谅你似的!”

“你有许多，而我也有许多地方需要原谅自己。我很清楚，每一次我都惹你生气。”

“不过，不是这么回事——”

巴特利特小姐扮演起她最喜欢扮演的角色，那就是一位富于自我牺牲精神的未老先衰的女人。

“噢，是的！我觉得我们一起旅行并不像我所希望的那样，是一次成功的旅游。我本来应该明白这是不可能会成功的。你需要一个更年轻、更强健而更能同情你的人做伴。我这个人太枯燥乏味，过时啰！——只配给你收拾行李和打开行李。”

“请你——”

“我唯一的安慰是你找到了更加适合你的口味的人，这样可以常常让我留在家里。对于一位小姐的举止应该怎么样，我有我自己的粗浅的看法，但是我希望，除了必要外，我没有强加于你。不管怎么样，关于这两间房间还是你作了主张的。”

“你不要这样讲话，”露西柔声说。

她对自己和夏绿蒂彼此全心全意地热爱着对方，仍然抱着希望。她们没有再说话，继续整理行装。

“我一直是个失败者，”巴特利特小姐一面说，一面费力地替露西的箱子而不是替自己的箱子系上皮带。“我没能使你高兴；没能尽到我对你妈妈应负的责任。她对我非常慷慨；经过了这场灾难，我再也没有脸去见她了。”

“不过妈妈会明白的。这次麻烦不是你的过错，而且也算不上一场灾难。”

“是我的过错，也正是一场灾难。她永远也不会原谅我，而且完全有理由这样做。譬如说，我有什么权利同拉维希小姐交朋友?”

“你有一切权利。”

“在我为了你才到这里来的一段时间里？要是我的确惹你

生气了，那么同样我也的确没有照看好你。你告诉你妈妈时，她看这件事将会和我一样清楚。”

露西从懦弱的愿望出发，想弥补事态，说：

“为什么妈妈需要知道呢?”

“可你什么事都告诉她的吧?”

“我想一般说来我是这样做的。”

“我不敢破坏你对她的信任。这种信任多少是神圣的。除非你认为这件事你不能告诉她。”

姑娘可不愿意把人格降低到这个地步。

“我当然应该告诉她。不过，万一她有怪你的意思，我答应你我就不会告诉她。我非常愿意不告诉她。这件事无论对她或者对其他人我永远不会提起。”

她的许诺使这一次拖得很长的交谈一下子结束了。巴特利特小姐潇洒地在她的两颊轻轻地亲了一下，祝她晚安，便把她打发到她自己的房间去了。

原先的麻烦暂时退居幕后。乔治的行为看来自始至终就像是个无赖；也许这就是人们最终会采取的对他的看法。当前她既不宣告他无罪，也不宣判他有罪；她并不作出判决。正当她要对他进行判断时，表姐的声音便插进来了，打那时起，控制局面的是巴特利特小姐；甚至现在都可以听到巴特利特小姐对着隔墙的一道裂缝在叹气；巴特利特小姐真正可算是一个既不言听计从，又不低声下气，也不自相矛盾的人。她像一位伟大的艺术家那样辛勤地工作；在一段时期内——的确，在好多年内——她似乎无所作为，不过到了最后却呈献给姑娘一幅完整的画，那是个没有欢乐也没有爱的世界，在这个世界里，青年人冲向毁灭，直到他们学会变得聪明些——那是个充满戒备与障碍的羞怯的世界，我们也许可以从那些最最充分利用了戒备与障碍的人身上作出判断：戒备与障碍可能使人避开邪恶，但是看来它们不会给人带来善良。

露西忍受着人间迄今为止所发现的最难以忍受的委屈：她的诚挚、她对同情与爱的渴望，被人施展了圆滑的手腕所利用了。这样的委屈是不会轻易忘却的。从此以后，她在袒露心迹以前都要郑重考虑和万分小心，免得被碰回来。而这种委屈会对心灵产生极其严重的影响。

门铃响了，她向百叶窗走去。她还没有走到窗前便犹豫起来，转过身子，吹灭了蜡烛。就这样，她看见下面有一个人影站在雨里，而他，虽然在抬头往上看，但没有看到她。

他要回到自己的房间，必须经过她的房间。她还没有换衣服。她突然闪过一个念头，她满可以偷偷地溜到过道里，仅仅告诉他第二天他起身时，她将已离开了，还有，他们这一段奇特的交往也就结束了。

她到底敢不敢这样做，始终没有得到证实。就在这个紧要关头，巴特利特小姐打开她自己的房门，只听得她的声音说：

“对不起，艾默森先生，我想在客厅里同你讲一句话。”

过了一会儿，又响起了他们的脚步声。巴特利特小姐说："晚安，艾默森先生。"

他那沉重、疲乏的喘气声是唯一的回答；这位少女监护人完成了她的任务。

露西出声叫道："这不是真的。这一切不可能都是真的。我不想变得浑浑噩噩。我要很快成长起来。"

巴特利特小姐轻轻地叩墙。

"亲爱的，马上去睡吧。你需要你能得到的全部休息。"

第二天早晨她们动身到罗马去了。

第二部

8　中世纪的遗风

风角客厅的窗帘被紧紧地拉拢了，因为地毯是新的，需要保护，不受八月骄阳的照射。窗帘十分厚实，几乎拖到地上，能透过的光线已大大减弱，但呈现各种颜色。一位诗人——事实上没有诗人在场——很可能会引用下面这行诗句，“生命像是五彩缤纷的玻璃圆顶[①]，”也可能把窗帘比作放下的闸门，用来阻挡难以承受的空中涌来的潮水。帘外是一大片夺目的光芒；帘内，虽然可以看到亮光，但已调整到适应人的接受能力了。

房间里坐着两个令人感到愉快的人。一个——是十九岁的男孩——正在钻研一本小开本的解剖学手册，偶尔对放在钢琴上的一块骨头看上一眼。他还时不时在椅子上蹦跳一下，喘口气，哼一声，因为天气实在太热，印刷字体又小，而人体骨骼又构造得那么复杂；还有个是他的母亲，正在写信，不断把她所写的内容念给他听。她还不断地从椅子上站起来，把窗帘拉开一点，于是一小道亮光落到地毯上。她说了声他们[②]仍旧在那里。

“什么地方没有他们呀?”男孩说，他是露西的弟弟弗雷迪。“我告诉你我已经感到相当厌倦[③]了。”

“那么看在老天的分上，离开我的客厅吧!”霍尼彻奇太太大声说，她希望通过从字面上理解一些话来治愈她的孩子喜欢用俚语的毛病。

弗雷迪动也没有动，也没有回答。

“我看事情快要见分晓了，”她说，巴不得听听她儿子对事态的意见，如果她不需要过分求他便可以得到的话。

“是时候了，他们不能再拖了。”

“我很高兴塞西尔又一次向她求婚。”

“这是他第三次‘上’了，是不是?”

“弗雷迪，我的的确确认为你这样讲话是很刻薄的。”

“我不是有意刻薄。”他接着说：“不过我的的确确认为露西满可以在意大利就把这件事讲清楚。我不知道姑娘们是怎

① 引自雪莱哀悼济慈的长诗《阿多奈伊斯》第 52 节第 3 行。

② 指正在外面谈心的露西和维斯太太的儿子塞西尔。

③ 原文为 getting. . . sick，当时尚被看作俚语，照字面可作“恶心、生病”解，所以他母亲叫他离开客厅去休息。

样处理这种事情的，可是她以前一定没有好好说‘不’这个字，要不然她今天就不需要再说一遍了。对这整个事情——我说不清楚——我确实感到非常不舒服。”

“你真这样吗，亲爱的？太有意思了！”

“我觉得——不说算了。”

他继续看他的书。

“你听听我写给维斯太太的信，是这么写的：‘亲爱的维斯太太——’”

“唷，妈妈，你念给我听过了。写得蛮精彩。”

“我写道：‘亲爱的维斯太太，塞西尔刚才征求我对他婚事的同意，我将会感到很高兴，如果这是露西的愿望的话。不过——’”她没有再往下念。“塞西尔居然来征求我的同意，我感到很有趣。他一向主张破除世俗观念，父母嘛根本不值一提，等等等等。可是到了紧要关头，他没有我就不行了。”

“没有我也不行。”

“你？”

弗雷迪点了点头。

“你这是什么意思？”

“他也征求过我的同意。”

她叫喊起来：“他这个人真怪！”

“这又有什么怪？”这位儿子兼继承人问。“为什么不该征求我的同意？”

“你对露西，对姑娘们，或者对其他事情又懂得些什么？你究竟说了些什么？”

“我对塞西尔说，‘你娶她或者不娶她都与我无关！’”

“你的回答真管用！”不过她自己的回答虽然措辞比较合乎习惯，意思却是相同的。

“伤脑筋的是这个，”弗雷迪说到这里。

接着他又钻研起他的功课来，他太怕难为情了，不敢说出到底什么事情伤脑筋。霍尼彻奇太太回到了窗边。

“弗雷迪，你得过来。他们还在那里！”

“我觉得你不应该这样偷看。”

“这样偷看！难道我不可以在自己家里朝窗外看？”

可是她还是回到了写字台前，在经过她儿子身边时看了看说，“还在看322页？”弗雷迪轻蔑地哼了一声，翻过去两页。两人沉默了一会儿。就在窗帘外面不远的地方，那两个人在长谈，柔声细语，没有间断过。

“伤脑筋的是这个：我对塞西尔讲错了话，弄得尴尬透了。”他神经紧张地咽了一口唾沫。“他对我的‘同意’不满足，要知道我的确表示过‘同意’——不过我说的是‘我不在乎’——得，他可不满意，想知道我是不是高兴得要发疯。他实际上是这样说的：要是他娶了露西，那么对露西也好，对风角总的来说也好，不是一件天大的好事吗？他一定要我回答——他说我的回答能加强他的求婚。”

“我希望你小心地回答他，亲爱的。”

“我的回答是‘不’，”男孩子咬牙切齿地说。“着！这下可闯下祸了！我实在没办法不这样说——我不得不这样说。我不得不说‘不’。他根本不该来问我。”

“你这孩子真荒唐！”他母亲嚷道。“你自以为那么神圣和真诚，实际上只是自高自大得令人作呕。难道你以为像塞西尔这样的人会把你说的真当一回事吗？我希望他给了你两下耳光。你怎么敢说‘不’？”

“噢，请保持安静，妈妈！当我没法说‘是’的时候，我只能说‘不’。我竭力大笑，好像我说的话只是开开玩笑，而塞西尔也大笑起来，我就乘这当儿走开了。也许不会有什么问题。不过我感到我讲错了话。哦，不过请保持安静，让人干一点工作。”

“不，”霍尼彻奇太太说，她的神气好像是对这个话题经过深思熟虑似的，“我不会保持安静的。你明明知道他们俩在罗马发生的一切；你明明知道他为什么到这里来，而你却故意侮辱他，想把他从我的家里赶走。”

“绝对没有这个意思！”他为自己辩护道。“我不过表示我不喜欢他罢了。我并不恨他，可是我不喜欢他。我担心的是他会去告诉露西。”

他瞥了一下窗帘，神情黯然。

“哦，我可喜欢他，”霍尼彻奇太太说。“我认识他的母亲；他人品好，又聪明，又有钱，有很多重要的社会关系——啊，你不必用脚踢钢琴！他有很多重要的社会关系——如果你喜欢，我可以再说一遍：他有很多重要的社会关系。”她顿住了，似乎刚在练习背诵她的颂词，不过脸上仍旧露出不满意的神情。她又补上一句：“而且举止潇洒。”

“到刚才为止我还很喜欢他。我想大概是因为他使露西回到家里过的第一个礼拜就那么扫兴的缘故；还有，因为毕比先生不了解情况，说了一些话。”

“毕比先生?”他的母亲问，一面试图掩盖她的好奇心。“我不明白这和毕比先生有什么关系。”

“你熟悉毕比先生的幽默风格，虽然你从来不太能理解他的话的意思。他说：‘维斯先生是一位理想的单身汉。’我当时很惊觉。我问他这话是什么意思。他说：‘哦，他跟我一样——比较超脱。’我怎么问他也不肯说下去，不过这倒使我好好地思索。自从塞西尔追求露西以来，他并不那么讨人喜欢，至少——我也解释不清楚。”

“你永远也解释不清楚，亲爱的。不过我能解释。你嫉妒塞西尔，因为他可能使露西不再为你编织丝领带。”

这个解释看来合情合理，弗雷迪也准备接受。然而在他的脑海深处却潜伏着一种隐隐约约的不信任感。塞西尔对人爱好体育运动，评价过高。是这个缘故吗？塞西尔让人顺着他的方式讲话，而不是让人顺着他自己的方式讲话。这样使人感到厌倦。是这个缘故吗？还有，塞西尔是那种绝对不肯戴别人戴过的帽子的人。弗雷迪并未意识到自己有深刻的思考能力，便不再往下想了。他一定是在嫉妒塞西尔，不然他就绝不会因为这些愚蠢的原因而不喜欢一个人。

“这样写可以吗？”他的母亲大声说。“‘亲爱的维斯太太，塞西尔刚才征求我对他婚事的同意，我将会感到很高兴，如果这是露西的愿望的话。’接着我在顶上写道，‘而我已把这些话告诉露西了。’我必须把信重抄一遍——‘而我已把这些话告诉露西了。不过露西似乎万分举棋不定，而在当今，年轻人必须自己作出决定。’我所以这样写是为了不让维斯太太认为我们是老古董。她热衷于参加各种讲座，提高智力，而自始至终，她床下积了厚厚的一层灰尘，电灯开关上都是女用人的肮脏的指印。她把那套公寓弄得一团糟——”

“假定露西嫁给了塞西尔，她将住公寓，还是住在乡下？”

“别胡乱打断我。我讲到哪里了？哦，是了——‘年轻人必须自己作出决定。我知道露西喜欢你的儿子，因为她什么都告诉我，而他第一次向她求婚，她就从罗马写信告诉我了。’不，我要把这最后一句划掉——这听上去有点高高在上的味道。就停在‘因为她什么都告诉我’这里好了。要不，我把这一句也划掉？”

“把这一句也划掉，”弗雷迪说。

霍尼彻奇太太把这一句保留了。

“这样，这封信就成为这个样子：‘亲爱的维斯太太，塞西尔刚才征求我对他婚事的同意，我将会感到很高兴，如果这是露西的愿望的话，而我已把这些话告诉露西了。不过露西似乎万分举棋不定，而在当今，年轻人必须自己作出决定。我知道露西喜欢你的儿子，因为她什么都告诉我。可是我不知道——’”

“注意！”弗雷迪叫道。

窗帘从中间分开了。

塞西尔的第一个动作便是恼怒的动作。他对霍尼彻奇一家为了保护家具而坐在黑暗里的习惯实在受不了。他本能地扯了一下窗帘，使它们顺着帘杆倏地分开了。光线进入了房间。于是露出了一个露台，这种露台许多郊区的别墅都有，两旁种着树木，上面有一把用带皮树枝制成的小椅，还有两块花坛。因为风角筑在俯瞰苏克塞斯郡威尔德地区的山坡上，这露台在远处风景的衬托下变了样。露西就坐在那把小椅上，倒像是坐在一块绿色的魔毯的边缘，而这块魔毯正在这颤抖的世界上空盘旋。

塞西尔进来了。

塞西尔这样晚才在故事中出现，因此必须立即加以描述。他富有中古遗风。像一座哥特式雕塑。他很高，很优雅，双肩似乎是靠一股意志的力量才撑得这么方正的，脑袋翘得比通常的视线水平略高一些，他很像那些守卫法国大教堂大门的爱挑剔的圣徒像。此人受过良好教育，有很好的天赋，体魄健全，然而未能摆脱某一魔鬼对他的控制，现代社会称这个魔鬼为自我意识，而中世纪人由于目光不太敏锐，把它看作禁欲主义来顶礼膜拜。哥特式雕像包含着禁欲的涵义，就像希腊雕像包含着享乐的涵义一样，也许毕比先生说的就是这个意思。而弗雷迪忽视了历史与艺术，无法想象塞西尔戴别人的帽子，也许是同样的意思。

霍尼彻奇太太把信留在写字台上，向她结识的这个年轻人走去。

“啊，塞西尔！”她叫道——“啊，塞西尔，快告诉我！”

“已成为约婚夫妇[1]了，”他说。

他们急切地凝视着他。

“她已接受我了，”他说，用英语说这句话的声音使得他脸红，笑得很开心，看上去多了些人情味。

“我太高兴了，”霍尼彻奇太太说，同时，弗雷迪伸出一只因接触化学药品而发黄的手来。他们多么希望也懂得意大利语，因为我们英国人表示赞同及惊讶的词语多适用于小场合，我们害怕在大场面用这些词语。我们不得不用一些略微带点诗意的语汇，或者求助于对《圣经》的回忆。

---

① 原文为意大利语，“I promessi sposi”，典出意大利小说家曼佐尼(1785—1873)的代表作的书名，通译为《约婚夫妇》。

“欢迎你成为我们家庭中的一员!”霍尼彻奇太太说，她向家具挥挥手。“今天真是个愉快的日子！我深信你将会使我们亲爱的露西幸福的。”

“我希望能这样，”青年人回答，把目光转向天花板。

“我们做妈妈的——”霍尼彻奇太太假笑着说，接着意识到她这样很做作，显得感情用事，夸夸其谈——其实她最讨厌这些。她为什么不能像弗雷迪那样？只见他正直挺挺地站立在房间中央，看上去满脸不高兴，但几乎可以说很英俊。

“喂，露西!”塞西尔叫道，因为谈话似乎在松弛下来。

露西从椅子上起来。她穿过草坪，向他们微笑，活像就要开口请他们去打网球似的。接着她看见了她弟弟的脸色。她嘴唇张开来，把他搂在怀里。他说，“冷静些!”

“不吻我一下吗?”她的母亲问。

露西也吻了她。

“你带他们到花园去，把一切都告诉霍尼彻奇太太好吗?”塞西尔建议道。“我就留在这里，写信通知我母亲。”

“我们跟露西走?”弗雷迪说，好像在接受命令。

“是的，你们跟露西走。”

他们走进阳光中。塞西尔看着他们穿过露台，走下台阶，消失了踪影。他知道他们的习惯——他们将继续往下走，经过灌木丛，经过草地网球场和大丽花花坛，一径走到菜园子。在那里，面对着土豆与豌豆，他们将议论这件大事。

他尽情地笑着，点了一支烟，把引导到这样一个快乐结局的各种事情在脑海里重新过了一遍。

他认识露西已有好几年，不过只把她当作一个恰巧爱好音乐的普普通通的女孩子。他仍然记得在罗马的那天下午的黯然心情，当时她和她的那位可怕的表姐像晴天霹雳一般向他袭来，坚决要求他把她们带到圣彼得教堂去。那天她像个典型的游客——嗓音很尖，没怎么打扮，由于旅途劳累，显得很憔悴。可是意大利在她身上制造了某种奇迹。它给了她光，并且——他认为更宝贵的是——它给了她影。不久，他发现她异常沉默寡言。她就像莱奥纳多·达·芬奇画中的一位女性，我们爱她主要不是爱她本人，而是爱她不愿告诉我们的那些事儿。可以断言，那些事儿不属于今世；莱奥纳多画中的女性不可能庸俗到有一番“经历”。她确乎一天天绝妙地成长起来了。

后来，他渐渐地从高高在上的彬彬有礼态度转变为即使说不上是热情奔放，也至少是一种强烈的心神不定的感觉。在罗马期间，他已暗示过他们两人也许彼此很匹配。听了这种暗示，她没有和他断绝关系，这使他深受感动。她拒绝得很明确，也很婉转；自此以后——就像那句可怕的话所说的——她对待他完全和过去一样。三个月后，在意大利的北疆，长满鲜花的阿尔卑斯山里，他用赤裸裸的、传统的语言再次向她求婚。她让他比往常更想起莱奥纳多的画了；那些奇形怪状的大石头使得她那被日光晒得黝黑的脸蛋儿蒙上阴影；听到他说话，她转过身来，站在他和阳光之间，背后是一望无际的旷野。①他陪她散步回家，并不感到羞愧，完全没有遭到拒绝的求婚者的那种感觉。真正至关紧要的东西没有动摇。

所以现在他又一次向她求婚，而她还是像过去那样明确而婉转，她接受了他，并没有忸怩作态地讲述她推迟的理由，只简单地说她爱他，将尽最大的努力使他幸福。他的母亲也将会很高兴；她曾劝他采取这一步骤；他必须写一封长信给她。

他看了看手，生怕弗雷迪手上的化学药品弄到他的手上来，然后走到写字台前。那里他看到了“亲爱的维斯太太”，后面有许多擦抹的痕迹。他吓了一跳，没有看下去，稍微犹豫了一下，就在别的地方坐下，把信纸搁在膝上，用铅笔写了一封短信。

然后他又点上一支烟，觉得这一支似乎不像第一支那样味道好，他开始动脑筋怎样可以使风角的客厅更具有特色。有了这样的景色，这客厅应该成为一间出色的房间，不过这里留有托特纳姆宫路的痕迹。他几乎可以想象舒尔布雷德公司与梅普尔公司②的货运车到达门口，把这把椅子、那些漆得发亮的书柜、那张写字台放下。写字台使他想起了霍尼彻奇太太的信。

---

① 达·芬奇的人像画往往以岩石及平原为背景。

② 这两家家具陈设大公司当时都在托特纳姆宫路上。

他不想看那封信——这种事情从来没有对他产生过诱惑力；不过他还是有点担心。她要和他母亲议论他完全是他自己的不是所招来的；他为了赢得露西作出第三次努力，需要她的支持；他希望有这样一种感觉——其他人，不管是谁，都赞同他，因此才去征求他们的同意。霍尼彻奇太太很客气，但是在一些主要问题方面却感觉很迟钝，至于弗雷迪——

“他不过是个孩子，”他思忖道。“我代表着他所鄙视的一切。他为什么要我做姐夫呢?”

霍尼彻奇一家是个受人尊敬的家族，不过他开始认识到露西是另一种材料制成的；也许——他没有把话说得非常明确——他应该尽早引导她进入与她的气质更加相投的圈子中去。

“毕比先生!”女仆说，于是夏街的新教区长被引进来了；由于露西从佛罗伦萨寄回家的信件中对他推崇备至，因此他一开始工作，大家就对他都很友好。

塞西尔带着挑剔的眼光同他打招呼。

“维斯先生，我是来喝茶的。你看我会有茶喝吗?”

“我说你会有的。在这里总是可以吃到东西的——喃，别坐那把椅子；小霍尼彻奇在上面放了一根骨头。”

“嗐!”

“我知道的，”塞西尔说。“我是知道的。我无法想象霍尼彻奇太太怎么会允许他这样做。”

这是因为塞西尔把骨头和梅普尔公司的家具分开来考虑的缘故；他没有认识到如果把这二者联系在一起，它们就会使这房间充满他所希望有的那种生气。

“我是来喝茶和聊天的。这不是新闻吗?”

“新闻? 我不明白你讲的是什么，”塞西尔说。“什么新闻?”

毕比先生的新闻是一种完全不同性质的新闻，他唠唠叨叨地说开了。

“我来的时候遇见哈里·奥特韦爵士；我完全有理由指望自己是第一个了解这方面情况的人。他从弗拉克先生手里买下了希西和艾伯特!”

“真是这样吗?”塞西尔说，竭力使自己恢复镇定。他陷入了一个多么巨大的失误啊！难道一位牧师和一位绅士对他的订婚采取这样轻率的态度是可能的吗? 不过他仍然保持了生硬的态度，尽管他问毕比先生希西和艾伯特是什么人，但是他仍旧认为毕比先生是个着实鲁莽的人。

“真是个不可饶恕的问题！在风角住了一个礼拜，竟还没见到希西和艾伯特，那是造在教堂对面的两幢半独立的小房子啊！我要把霍尼彻奇太太排到你的后面去了。”

“我对本地情况无知得到了惊人的地步，”那个年轻人懒洋洋地说。“我甚至对农村教区委员会与地方政府委员会有什么区别也搞不清楚。也许没有什么区别，也许我说的名称不对头。我到乡下来只是来看望朋友和欣赏风景而已。我实在太粗心了。只有在意大利和伦敦这两个地方我才感到我不是在勉强地活下去。”

塞西尔如此郑重其事地看待希西与艾伯特，使毕比先生感到难堪，决定改换话题。

“让我想想看，维斯先生——我记不起来了——你从事什么职业?”

“我没有职业，”塞西尔说。“这是我颓废的又一证明。我的态度——其实这种态度没有什么可以辩护的——是：只要我不给别人添麻烦，我就有权利我行我素。我知道我应该从别人身上赚钱，或者努力干那些我丝毫也不感兴趣的事情，不过，不知怎么着，我还没能开始这样做。”

“你真幸运，”毕比先生说。“拥有闲暇，这可是难能可贵的机会啊!”

他的嗓音很像地方教区人的那样，他不知道怎么样才能回答得自然。像所有有固定职业的人一样，他认为其他人也应该有。

“我很高兴你赞成我的看法。我可不敢对心地健康的人这样讲——譬如说，弗雷迪 · 霍尼彻奇。”

“哦，弗雷迪是个好人，可不是吗?”

“好得使人佩服。他就属于把英国建设成为今日英国的那种人。”

塞西尔对自己感到惊讶不已。为什么偏偏在今天这样大唱其反调呢？他试图纠正自己，便热情洋溢地问候毕比先生的母亲，其实他对这位老太太并不特别关注。接着他恭维起这位神职人员来，对他的开明思想以及对待哲学与科学所持的开明态度，赞扬备至。

“其他人在哪里？”毕比先生终于提出。“我坚持先喝茶再做晚礼拜。”

“我看安妮根本没有告诉他们你在这里。在这个家庭里，客人第一天到达就被谆谆告知众仆人的情况。安妮的缺点是她明明完全听清楚了，却要说对不起，让你再说一遍，而且一面用脚踢椅子的脚。玛丽的缺点是——我已经忘了玛丽的缺点是什么了，不过她的缺点是顶严重的。我们到花园里去看看好吗？”

“我知道玛丽的缺点，她把畚箕留在楼梯上。”

“尤菲米娅的缺点是她不愿意，就是不愿意把板油切成小块小块的。”

两人都笑了，气氛开始融洽起来。

“弗雷迪的缺点——”塞西尔继续说。

“啊，他的缺点可太多了。除了他妈妈，没人能记住弗雷迪的缺点。讲讲霍尼彻奇小姐的缺点吧；她的缺点可并不多得数不清。”

“她没有缺点，”年轻人说，态度既严肃又诚恳。

"我很同意。目前她没有缺点。"

"目前?"

"我并不是个玩世不恭的人。我只是在思考我的那套关于霍尼彻奇小姐的得意理论。想想看,她琴弹得这样出色,而生活得却这样宁静,这合乎情理吗?我想总有一天她在这两方面都会很出色的。她心头的水密舱将会被水冲破,于是音乐与生活将会结合在一起。那时我们可以说她好得不得了,或者坏得不得了——也许太突出了,说不上好,也说不上坏。"

塞西尔觉得这位伙伴很有意思。

"而目前,从生活方面来看,你认为她并不怎么出色,是吗?"

"唔,我必须说我只是在顿桥井见过她,她在那里并不怎么样,还有就是在佛罗伦萨了。我来到夏街后,她一直不在这里。你以前见过她的,不是吗?在罗马和阿尔卑斯山区。哎呀,我忘记了;当然,你是早就认识她的。是的,她在佛罗伦萨也不怎么样,不过我一直期望着她会变得很出色的。"

"在什么方面?"

他们谈得很投机,两人在露台上走来走去。

"我可以毫无困难地告诉你她要弹的下一支曲调是什么。我的感觉只是她已经找到了翅膀,而且很想使用它们。我可以给你看我在意大利写的日记中的一幅美丽的图画:把霍尼彻奇小姐当作一只风筝,巴特利特小姐握着绳子。第二幅画:绳子断了。”

他的日记中有这幅素描，不过这是他后来用艺术的眼光观察事物时画的。当时，他本人也曾有几次偷偷地拉过绳子。

“难道这绳子永远拉不断?”

“是的。我可能没有看到霍尼彻奇小姐飞起来，可是我肯定应该听到巴特利特小姐摔倒。”

“绳子现在断了，”年轻人低声说，声音在颤抖。

他立刻意识到在所有宣布订婚的方式中，狂妄自大的也好，荒谬可笑的也好，为人不齿的也好，他的这种方式是最糟糕的了。他诅咒自己喜欢运用隐喻；他刚才讲的话听起来会不会使人认为他是一颗星，而露西正向高空飞去，为的是得到他?

“断了？你这是什么意思?”

“我的意思是，”塞西尔生硬地说，“她将要嫁给我。”

这神职人员感到某种苦涩的失望，他不想流露，可是从他的声音里还是听得出来。

“对不起；我必须向你道歉。我没有想到你和她是这样亲密，不然我绝不会这样随便并肤浅地议论她。维斯先生，你应该制止我。”他看到露西本人正在花园远处；是的，他感到失望。

塞西尔自然宁愿要祝贺而不要道歉，他的嘴角顿时下垂了。难道社会就这样来对待他的行动？当然啰，把社会作为整体来看，他对社会是蔑视的；每个有思想的人都应该如此；这几乎是人是否具有高雅气质的试金石。然而他对以后遇到的连续发生的小事却很敏感。

偶尔他能变得相当粗鲁。

“很抱歉我使你大吃一惊了，”他干巴巴地说。“我怕露西的选择不会得到你的赞同。”

“不是这个意思。不过你应该制止我。从交往的时间来看，我对霍尼彻奇小姐了解得还不多。也许我不应该这样随便地同别人谈论她；当然更不应该同你谈论她啰！”

“你是感到你说了些不够谨慎的话吗?”

毕比先生恢复了镇定。说真的，维斯先生具有一种置人于极不痛快的处境的本领。毕比先生被迫使用他的职业所赋予他的特权。

“不，我没有讲什么不够谨慎的话。在佛罗伦萨时，我就预料到她那平静无事的童年一定会结束，而它已经结束了。我模模糊糊地感到她可能采取某种重大的步骤。现在她已经采取了。她已经懂得——请允许我毫不拘束地谈，因为我一开始就毫不拘束地谈的——她已经懂得谈情说爱意味着什么：有些人会告诉你它是我们在尘世的生活所能提供的最伟大的课程。”这时他应该向走过来的三位挥帽致意了。他并没有忘记这样做。“她是通过你才懂得的，”如果说他的声音仍然带着神职人员的腔调，这时却也是诚挚的，“希望你关心的是她所获得的知识对她有好处。”

“非常感谢!”塞西尔用意大利语说，他不喜欢教区长这一类人。

“你听到了吗?”霍尼彻奇太太嚷道，一面艰巨地爬上花园里的坡地。“啊，毕比先生，你听到了消息没有?”

弗雷迪这时可是春风满面，用口哨吹奏着《婚礼进行曲》。青年人对既成事实往往不加批评。

“我当然听到了!”他嚷道。他注视着露西。当着她的面，他可不再能扮演教区长的角色了——无论如何不能不带着歉意来扮演这一角色。“霍尼彻奇太太，我将要做我经常被认为应该做的事，不过通常的情况是我这个人太怕难为情。我要祈求神灵赐各种福给他们，庄严的和欢乐的福，大福和小福。我要他们作为夫妻也好，作为父母也好，整个一生都十分善良和十分幸福。现在我要喝茶了。”

“你提出这个请求可真是时候，”太太回嘴道。“在风角你怎么竟敢一本正经起来?”

他采用了她的语气。于是再也没人提出什么深深祝福之类的话，再也没人引用诗句或《圣经》典故来增强隆重气氛。他们中间再也没人敢或者能够使自己一本正经起来。

婚约的效应无比强大，它使谈论的人迟早都陷入这种叫人既高兴又敬畏的心情。离开了这场合，一个人关在房间里，毕比先生，甚至弗雷迪，都可能会重新变得挑剔起来。可是在当场，彼此都在场，他们真心诚意地感到兴高采烈。婚约有一种奇异的力量，因为它不但使人口服，而且使人心服。主要的类比——拿一件重要的事情与另一件重要的事情进行比较——是某种不同信仰的教堂对我们所施加的影响。站在外面，我们会嘲笑它，反对它，至多感到有一点伤感罢了。可是到了里面，虽然那些神仙圣徒都不属于我们所信奉的宗教，如果有真正的信徒在场，我们也会成为真正的信徒的。

于是在这下午经历了种种试探与疑虑后，他们振奋起精神，欢天喜地地坐下来吃茶点。如果他们是伪君子，他们自己并不知道，而环境为他们的伪善提供了各种机会，有可能得以实现。安妮把每只盘子都当作结婚礼品一样放在桌上，使得大家十分兴奋。她用脚推开客厅门以前，总要朝大家笑一笑，大家对笑也不甘落后。毕比先生不时发出咂嘴声。弗雷迪说出了他最最风趣的话，称塞西尔为“败北将军”——这是这一家送给未婚夫婿的引以为荣的双关语①。霍尼彻奇太太为人诙谐，长得一副福相，完全有希望成为一位好岳母。至于露西和塞西尔，那教堂正是为他们建造的，他们也参与了这个欢乐的仪式，不过像虔诚的信徒应该做的那样，正等待着某种更加神圣的幸福殿堂出现。

① 败北将军原文是 fiasco，意为“惨败”，未婚夫的原文是 fiancé，两词的拼法与发音都很相似。弗雷迪称塞西尔为“败北将军”，确实很幽默。

9　作为一件艺术品的露西

订婚消息宣布了，几天以后，霍尼彻奇太太要露西与她的“败北将军”参加一次邻近的小型游园会，因为理所当然，她希望让大家看看她女儿将要嫁给一位仪表不凡的男士。

塞西尔岂止是仪表不凡；他看上去雍容华贵，看到他那修长的身材与露西并肩行走以及露西同他讲话时他那清秀的长脸作出热烈的反应，使人十分愉快。人们纷纷向霍尼彻奇太太祝贺，这我以为是一个社交方面的失误，但是她对此却很高兴，几乎不加任何选择地把塞西尔介绍给几位古板而且乏味的富孀。

吃茶点时发生了一件不幸的事：一杯咖啡倒翻了，泼在露西那条印花绸裙上。虽然露西装出一副满不在乎的样子，她的母亲却丝毫不掩饰自己的情绪，把她拉进屋内，让一个好心的女仆把这连衣裙擦干净。她们俩离开有好一会儿，留下塞西尔与那些富孀周旋。她们回来后，发现他不像先前那样给人好感了。

他们乘车回家途中，他问，“你常常参加这种活动吗?”

“哦，时不时参加，”露西说，她玩得相当开心。

“这是典型的地方社交活动吗?”

“我想是的。妈妈，你说呢?”

“社交活动很多，”霍尼彻奇太太说，她正在努力回忆一件衣裙的下摆的样式。

塞西尔发现她在想别的心事，便弯身向露西说道：

“对我说来，这样的社交活动真是糟透了，令人惊讶，简直是一场灾难。”

“很抱歉，你被弄得束手无策。”

“倒不是这一点，而是那些祝贺。把订婚当作公共财产——就像是一块荒地那样，人人都可以在那里倾吐自己的庸俗的感想，真令人恶心。那些老太婆一个个在那里傻笑不止!”

“我看人人都得过这一关吧。下次她们就不会这样注意我们了。”

“不过我要说的是她们的整个态度都错了。订婚——首先这是一个可怕的词儿——是个人的事情，就应该把它作为个人的事情来对待。”

从个人的观点来看，那些傻笑的老太婆是错了，然而从种族的观点来看，她们再错也还是正确的。通过她们的微笑，世世代代的精神得到了体现，它为塞西尔与露西的婚约欢欣鼓舞，因为婚约使地球上的生命得以延续下去。婚约许给塞西尔和露西的东西却很不一样——那是个人的爱情。因而产生了塞西尔的怒气以及露西认为塞西尔的怒气是合情合理的想法。

"真讨厌!"她说。"你不能脱身去打网球吗?"

"我不打网球——至少在公开场合不打。这样，这一带就不会流传有关我在体育方面很活跃的传说了。有关我的传说是意大利化的英国人①的传说。"

"意大利化的英国人?"

"他是魔鬼的化身②！你知道这句谚语吗?"

她不知道。这句谚语也不适用于一位和他母亲在罗马安静地度过一个冬天的青年男子。不过塞西尔从订婚以来喜欢装出一副见过世面的调皮样子，实际上他丝毫也不具备那种气质。

"好吧，"他说，"要是他们不赞成我，我也没有办法。我和他们之间有着某些无法搬掉的屏障，然而我必须接受他们。"

"我想我们大家都有自己的局限吧，"露西明智地说。

"不过有时候这些是强加给我们的，"塞西尔说，从她的

---

① 原文为 Inglese Italianato，意大利语。

② 原文为 È un diavolo incarnato，意大利语。

话里发现她没有好好理解他的态度。

“怎么强加法?”

“我们在自己的周围筑起一道栅栏，还是别人筑起栅栏把我们隔在外边，这二者是不一样的，对不?”

她想了一会儿，同意二者是不一样的。

“不一样?”霍尼彻奇太太突然警觉起来，叫道。“我可看不出什么不一样。栅栏就是栅栏，尤其是在同一个地方的。”

“我们是在讨论动机啊，”塞西尔说，人家打断他，使他很不痛快。

“亲爱的塞西尔，你来看。”她把双膝放平，把牌盒搁在膝上。“这张是我。那张是风角。剩下的那些就是其他人。动机嘛都没有问题，但栅栏就在这里。”

“我们讲的可不是真的栅栏啊，”露西说着笑了起来。

“哦，亲爱的，我明白了——是诗歌。”

她安详地向后靠去。塞西尔弄不懂为什么露西感到顶有趣。

“我来告诉你谁没有筑起你所说的那种‘栅栏’吧，”她说，“那就是毕比先生。”

“一个不被栅栏围住的牧师意味着是个无法自卫的牧师。”

尽管露西在领会别人讲话方面相当迟钝，但还是能相当快地辨别所讲的话的意思。她没有听懂塞西尔的那句警句，但是领会了促使塞西尔讲这句话的情绪。

“你不喜欢毕比先生吗?”她问道，陷入了沉思。

“我从来没有说过不喜欢毕比先生!”他嚷了起来。“我认为他远远在一般人之上。我只是否认——”他迅速地又转到栅栏这一话题，讲得精彩极了。

“说到一个我确实十分讨厌的牧师，”她说，想说一些同情的话，“一个的确筑起了栅栏，而且是最糟糕的栅栏的牧师，那就是伊格先生，在佛罗伦萨的那位英国副牧师。他虚伪透顶——不仅是态度令人遗憾的问题。他还是个势利小人，沾沾自喜到了极点，他确实说过这种刻薄的话。”

“什么话?”

“贝尔托利尼公寓有位老人，他说那位老人谋害了自己的妻子。”

“也许是真的呢?”

“啊，不!”

“为什么‘不’?”

“他是一个非常好的老人，我可以肯定。”

塞西尔听了她这种女性的缺乏逻辑性的话，不觉笑出来。

“哦，对他的话我进行了仔细的分析。伊格先生永远不把话讲到点子上。他喜欢讲得很玄——说那个老人‘实际上’谋害了自己的妻子——在上帝的眼里他谋害了她。”

“小声点，亲爱的!”霍尼彻奇太太心不在焉地说。

“有这么一个人，说是我们的楷模，可是他却到处传播中伤的谣言，这难道是可以容忍的吗？我相信主要是由于他的缘故，那位老人才被开除的。人们借口说老人很庸俗下流，可是他绝不是那种人。”

“可怜的老人！他叫什么名字？”

“哈里斯，”露西信口说道。

“但愿没有哈里斯太太其人，”她的母亲说。

塞西尔理解地点了点头。

“伊格先生不是属于很有修养的那一类牧师吗？”他问。

“我不知道。我讨厌他。我听他讲解过乔托。我讨厌他。他心胸狭窄，这是再清楚不过的事了。我真讨厌他！”

“哎呀，我的天，孩子啊！”霍尼彻奇太太叫道，“我的头都要给你搞昏了！有什么好嚷嚷的？我不许你和塞西尔再讨厌什么牧师了。”

他笑了。露西对伊格先生义愤填膺地发作确实有点不协调的地方。这就好像你竟看到莱奥纳多的作品出现在西斯廷教堂的天花板上一样[①]。他很想暗示她，她的才能不在这方面；一个女人的魔力和魅力在于她是个谜，而不在于她慷慨陈词。但是慷慨陈词也可能是生命力旺盛的标志：它对这位美人造成了损害，但是却说明了她是活生生的。过了一会儿，他端详着她

① 罗马梵蒂冈的西斯廷教堂的天顶画为米开朗琪罗所作。

的涨红的脸与激动的手势，心里带着几分赞许。他克制自己不去抑制青春的源泉。

他认为在众多的话题中，大自然这一话题是最简单的了。大自然现在就在他们身边。他赞美松林、长满欧洲蕨的深潭、灌木丛中的斑斑红叶、美丽有用的收费公路。他对外面的世界不太熟悉，偶尔会把一桩事实搞错。当他谈到落叶松四季常青时，霍尼彻奇太太的嘴抽搐了一下。

“我认为我是个幸运儿，”他得出这个结论。“我在伦敦时，我感到我再也离不开它了。可是我在乡村时，对乡村又有同感。我深信鸟啊、树啊，还有天空，终究是生活中最美好的东西，而生活在其中的人，一定是最美好的人。说实在的，十个人中间有九个人好像什么也没有注意到。乡村绅士和乡村雇工，各有其特点，但他们都是最扫兴的伙伴。不过他们对大自然的变化，有一种默默的同情，而我们这些城里人却没有这种感情。霍尼彻奇太太，你有没有这种感觉?”

霍尼彻奇太太吃了一惊，微微一笑。她刚才没有好好在听。塞西尔坐在马车的前座，被挤得东歪西倒，心里很烦恼，决意不再提有趣的事情了。

露西也没有在听。她皱着眉，看上去仍然非常生气——他的结论是：这完全是道德锻炼太多的结果。看到她对八月中的树林这样的美好景色视而不见，实在使人感到悲哀。

“‘姑娘啊，从那边山上的高处下来吧，’”他引用了一句诗，一面用自己的膝盖碰碰她的。

她的脸又红了，说："什么高处？"

> "姑娘啊，从那边山上的高处下来吧；
> 生活在高处，在高处和灿烂的群山中，
> 有什么乐趣呢？（牧羊人唱道）[①]

我们还是接受霍尼彻奇太太的劝告，不要再讨厌牧师了。这是什么地方？"

"当然是夏街啰，"露西说着，惊醒过来。

树林豁然开朗，让位给一块三角形的斜坡草地。草地两侧排列着漂亮的小房子，地势较高的第三边被一座用石头新砌的教堂占去了，它朴实大方，但造价昂贵，上面有一座很好看的铺着木瓦的尖塔。毕比先生的房子就在教堂附近。它几乎并不比那些小房子高。附近还有几处大宅第，但周围都是树木，所以看不见。这景色使人想起瑞士的阿尔卑斯高山，而不是悠闲的社会的圣地或中心，而美中不足的是有两幢难看的小别墅——它们像是在和塞西尔的订婚进行比赛，因为就在塞西尔获得露西的那个下午，哈里·奥特韦爵士获得了这两幢别墅。

其中的一幢叫做"希西"，另一幢叫"艾伯特"。两个名

① 引自英国诗人丁尼生的长诗《公主》。与原文略有出入。

字不仅以衬有阴影的哥特体出现在院门上，还以大写印刷体沿着入口处半圆形拱门的曲线，第二次出现在门廊上。“艾伯特”楼有人居住。它那饱尝苦难的花园盛开着灿烂的天竺葵与半边莲，还铺有闪闪发亮的贝壳。楼房的小窗子都遮着素净的诺丁汉花边窗帘。“希西”楼准备出租。多金公司的三块布告板懒洋洋地靠在栅栏上，宣布这人们意料之中的事实。它的那些小径已杂草丛生；不过手帕大小的一方草坪开满了金黄色的蒲公英。

“这地方给毁了！”太太和小姐毫无表情地说。“夏街永远不会是以前的夏街了。”

马车驶过时，“希西”楼的门开了，一位先生从里面走出来。

“停车！”霍尼彻奇太太喊道，用花阳伞碰了碰马车夫。“哈里爵士来了。现在我们就会知道了。哈里爵士，请立刻把这些都拆了！”

哈里·奥特韦爵士——此人不需要描绘——走到马车边说：

“霍尼彻奇太太，我是想拆的。可是不能，我实在不能把弗拉克小姐撵出去。”

“我不是总是说得对的吗？签合同之前她早就该离开了。她是不是还像过去她侄子住在这里时一样，仍旧白住在这里？”

“可我又有什么法子呢？”他压低了嗓音说。“一位老太太，非常招人嫌，又病得几乎起不了床。”

“把她撵出去，”塞西尔鼓起了勇气说。

哈里爵士叹了口气，忧伤地望着两幢房子。弗拉克先生的打算，他早就完全得知，原可以在房屋建造之前，就把这块地买下来；但是他却拖拖拉拉，漠然处之。多少年来，他对夏街已是非常熟悉，以致无法想象夏街会受到糟蹋。直到弗拉克太太安放好奠基石，红色与奶油色的砖块砌起的幽灵不断升高时，他才惊慌起来。他去拜访了当地的这位营造商弗拉克先生——一位非常通情达理、受人尊敬的先生——此人同意应用瓦片盖屋顶可使之更具有艺术风格，可是指出石板比瓦片便宜。不过他对科林斯式圆柱①像水蛭那样紧附在凸肚窗框上提出不同意见，说按照他个人意见，他想在屋子的门面上加一些装饰，这样不致太单调。哈里爵士则暗示，如果可能的话，柱子既是一种装饰，更是一种支撑结构。弗拉克先生回答说所有的柱子都已定制了，还补充道：“所有的柱顶造型都不一样——有一个是龙伏在叶丛里，另一个接近爱奥尼亚风格②，还有一个标有弗拉克太太姓名的第一个字母——每个柱顶都各不相同。”这是因为他读过他所喜欢的罗斯金③的作品的缘故。

① 科林斯是古希腊著名的奴隶制城邦，其圆柱风格带有叶形装饰的钟状柱顶。

② 爱奥尼亚人是古希腊四种民族之一，其柱子的柱顶有涡卷形装饰。

③ 罗斯金在专著《威尼斯的石建筑》和《建筑的七盏灯》中主张屋主有权利照自己的心愿把屋子建造得富有变化而多样化。

他建造别墅可以说是随心所欲；只是在他把他的一位很难搬动的姑母安置在一幢楼里以后，哈里爵士才把别墅买了下来。

爵士把身子靠在霍尼彻奇太太的马车上，这一笔白费心思又得不偿失的交易使得他心里充满了悲哀。他对乡村未能恪尽自己的职责，而乡村也在嘲笑他。他花了钱，但夏街仍然被糟蹋得不成样子。他现在所能做的只是为“希西”楼找一位称心的房客——某一位真正称心的房客。

“那房租便宜得简直荒谬，”他对他们说，“而我嘛，也许可以算是一个容易对付的房东。不过房子的大小很伤脑筋。对农民阶层来说它太大了，但是对多少有点儿跟我们相像的人来说，它又太小了。”

塞西尔一直犹豫不决，不知道应该鄙视那些小别墅呢，还是应该鄙视哈里爵士，因为爵士鄙视小别墅。似乎后面的那种冲动更有成效。

“你应该马上找一位房客，”他不怀好意地说。“对一个银行小职员来说，这所房子可算是理想的天堂啊。”

“一点也不错!”哈里爵士兴奋地说。“我怕的就是这个，维斯先生。它会把不合适的人请进来。现在火车服务有了改进——照我看来，这种改进简直是致命伤。再说，在目前的自行车时代，离火车站五英里又算得了什么?”

“那他必须是个体力充沛的小职员才行，”露西说。

通过中世纪的方式来作弄人，塞西尔倒很擅长，便回答说下中产阶层人士的体格有了速度惊人的改善。她发现他在嘲笑他们这位无辜的邻居，便振作起来制止他。

“哈里爵士！”她嚷道。“我有个主意。你觉得老小姐怎么样?”

“亲爱的露西，那真是好极了。你认识什么老小姐吗?”

“是的；我在海外结识过一些。”

“是大家闺秀吗?”他试探地问。

“是的，的确是的，可是目前却无家可归。我上星期收到她们的信。特莉莎小姐和凯瑟琳·艾伦小姐，我真的不是在开玩笑，她们可算是合适的人选。毕比先生也认识她们。我可以让她们给你写信吗?”

“完全可以！”他大声说道。“现在我们的难题已经解决了。多么令人高兴呀！还有额外的好处——请告诉她们，她们将享受额外的好处，因为我将不收代办费。天哪，那些代理商！他们给我找来的人多可怕呀！有一位是妇女，我写信给她——你知道，一封非常婉转的信——请她告诉我她的社会地位，她却回答说她可以预付房租。似乎房租是什么了不起的事似的！而由我查询所得的几份介绍材料都极不令人满意——那些人中，有的是骗子，有的身份有问题。啊，天大的骗局！上星期我看到了多少阴暗面啊。甚至听上去非常有前途的人也在进行欺骗！亲爱的露西，天大的骗局啊！”

她点了点头。

霍尼彻奇太太插进来说，“我劝你压根儿不要理会露西和她的那两位家道中落的大家闺秀。我熟悉那种人。我可不愿结交那些曾经过过好日子、带着使屋子闻起来一股霉味儿的传家宝的人。这种情况确实很悲惨，不过我宁愿把房子租给一个社会地位正在上升的人，而不愿租给一个已经走下坡路的人。”

“我想我懂你的意思，”哈里爵士说，“不过，正如你所说的，这种情况很悲惨。”

“两位艾伦小姐可不是那种人！”露西大声说。

“是的，她们是那种人，”塞西尔说。“我和她们没有见过面，但是我要说她们加入这一地区是极不合适的。”

“别听他的话，哈里爵士——他真讨厌。”

“讨厌的可是我啊，”他回答。“我不该把自己的苦恼向青年人诉说。可是我真的非常担心，而奥特韦夫人只会说我这个人再仔细也不会过分，这话当然不错，可是实在帮不了什么忙。”

“那么我可以写信给两位艾伦小姐吗？”

“请写吧！”他叫道。

然而当霍尼彻奇太太大声说下面的话时，他的目光变得犹豫了。

“当心！她们一定会养金丝雀的。哈里爵士，对金丝雀可得小心：它们把鸟食从笼子的条缝中吐出来，结果把老鼠都召来了。你对女人都得小心。把房子只租给男人吧。”

“不至于吧——”他谦恭有礼地低声说，尽管认为她的话很有道理。

“男人喝茶时不会搬弄是非。如果他们喝酒喝醉了，他们就醉了，到此为止——他们舒舒服服地躺下，一直睡到酒醒。如果他们是粗人，他们也只限于自己粗俗。粗俗不会因此得到传播。我欢迎男人——当然他必须衣冠整洁。”

哈里爵士脸红了。对男性这样坦率的恭维，他与塞西尔听了都感到不舒服。即使把邋遢男子排除在外，他们也没有感到殊荣。他提议如果霍尼彻奇太太有工夫的话，可以下车，亲自到“希西”楼去看看。她十分高兴。老天爷存心要她贫穷，住在这样的屋子里。家庭布置向来对她具有吸引力，尤其是小规模的家庭布置。

露西跟着她的母亲走，塞西尔把她拉回来。

“霍尼彻奇太太，”他说，“我们两个把你撇下，自己走回家，怎么样?”

“当然可以!”她亲切地回答。

哈里爵士似乎同样高兴能摆脱他们。他知趣地对他们笑着说，“啊哈！这些年轻人，这些年轻人，这些年轻人啊!”接着他迅速地用钥匙打开了楼屋的大门。

“简直俗不可耐，无药可救!”几乎还没等他们走到听不见的地方，塞西尔便嚷了起来。

“我说塞西尔!”

"我实在忍不住了。这老家伙不讨人厌才怪呢!"

"他这个人不太聪明，可实实在在是个好人。"

"不，露西，他代表着乡村生活中所有的不好的东西。在伦敦他就会安分守己了。他会成为笨蛋俱乐部的成员，他的老婆请起客来也将是笨头笨脑的。在这里他却成了一尊小小的偶像，一副温文尔雅的恩赐态度，还有他那套冒牌美学，每个人——甚至你母亲——也受了他的骗。"

"你说的这一切都很对，" 露西说，虽然感到有些泄气。"我不知道这——这一点是否那么重要。"

"这一点可是绝对重要。哈里爵士体现着那次游园会的本质。天哪，我感到非常生气！我真希望他的那幢别墅找到一个俗不可耐的房客——某一个真正俗不可耐的女人，让他也觉察到。上流社会人士！哼！就凭他的秃顶和陷进去的下巴！得了，我们不谈他了。"

露西很高兴这样做。要是塞西尔不喜欢哈里·奥特韦爵士和毕比先生，那么真正和她关系亲密的人要逃脱这番厄运又有什么保障呢？就拿弗雷迪来说吧。弗雷迪既不聪明，又不敏锐，长得也不漂亮，任何时候塞西尔都会说，"弗雷迪不讨人厌才怪呢!"怎样才能阻挡他这样说呢？而她又该怎样回答呢？她只想到弗雷迪为止，没有再想下去，但是这已经足够使她担心的了。她只能这样来安慰自己：塞西尔与弗雷迪相识已有一段时间，他们相处得一直很愉快，除了也许最近这几天，这或许是一种巧合吧。

“我们走哪条路?”她问他。

大自然——这是再简单不过的话题，她这样想——就在他们的周围。夏街就在树林深处，她走到公路和一条小路的交叉处停了步。

“难道有两条路可走吗?”

“也许走大路更明智些，因为我们都穿得漂漂亮亮的。”

“我可宁愿穿林子，”塞西尔抑制着恼怒说，而露西已觉察到他整个下午都带着这种情绪。“露西，你为什么老是说要走大路？你可知道，自从我们订婚以来，你一次也没有陪我在田间或树林里走过。”

“是吗？那就穿林子吧，”露西说，对他的怪脾气感到吃惊，不过深信他以后会解释清楚的；让她对自己的意图堕入五里雾中可不是塞西尔的习惯。

她领先进入发出飒飒声响的松林，果然，他们走了还不到十来码，他就开始解释了。

“我有个想法——我敢说是个错误的想法——你我一起在房间里时，你感到更加自在。”

“在房间里?”她重复一遍，完全搞糊涂了。

“是的，或者至多在花园里，或者在大路上。可绝不会像这样的真正乡间。”

“唉，塞西尔，你到底是什么意思啊？我可从来没有这样的感觉。听你讲，我好像是个女诗人什么的人了。”

“我可不知道你不是那样的人。我把你同一种风景——某种风景——联系起来。你为什么不把我和房间联系起来?”

她思索了一会儿，然后笑出声来，说：

“你可知道你说得完全正确吗？这我可知道。说到底，我一定是个女诗人。我想到你时，总好像是在房间里。真有意思!”

使她惊奇的是他好像生气了。

“请问是客厅吧？看不到风景，是不是?”

“是的，我想看不到风景。为什么不可以这样呢?”

他带着责备的口气说，“我宁愿你把我和野外联系在一起。”

她又说了一遍，“唉，塞西尔，你到底是什么意思啊?”

她见他不想作解释，也就不再去想这个话题了，认为这对一个姑娘来说是太难解了，便领着他向树林深处走去，时而在一些特别美丽或特别熟悉的树丛前停下来。自从她能单独散步以来，就熟悉从夏街到风角的这片树林了；她曾和弗雷迪在林子里玩，故意让弗雷迪迷失方向，那时弗雷迪还是个紫红脸色的小宝宝；而今她虽然去过意大利，这片树林对她却并没有减少丝毫的魅力。

不一会儿，他们便来到松林中的一小片空地——又有一座小小的绿色山冈，这时候非常清静，环抱着一个浅水塘。

她叫嚷道，“神圣湖!”

“你为什么叫它神圣湖?”

“这个我记不清了。我想这个名字出自某一本书吧。如今它只是一个小水潭了，不过你看到通过水潭的那条小溪吗?哦，下暴雨后，大量的水流下来，一时出不去，这样小潭就变得相当大，而且也好看了。那时弗雷迪常在这里洗澡。他非常喜欢这个水塘。”

“那么你呢?”

他的意思是“你喜欢吗?”可是她却像在梦幻中一样，回答说，“我也在这里洗澡，直到我被发现。于是引起了轩然大波。”

如果在其他场合，他很可能会感到震惊，因为迂腐的道德观念在他脑中是很根深蒂固的。可是现在，他一时热衷于迷恋新鲜空气，对露西的这种值得赞赏的纯真感到欣慰。她站在水塘边上，他望着她。用她刚才的话说，她穿得漂漂亮亮的，使他想起一朵光辉灿烂的花朵，这朵花没有自己的叶子，但是一下子从一片绿色丛中开出花来。

“是谁发现你的?”

“夏绿蒂，”她低声说。“她当时住在我们家里。夏绿蒂——夏绿蒂。”

“可怜的姑娘!”

她严肃地笑笑。他有一项计划，过去一直不敢提出来，这时似乎是切实可行的了。

“露西!”

“嗯，我看我们应该回去了，”这是她的回答。

“露西，我对你有一个请求，那是我以前从没提出过的。”

听到他一本正经的语调，她坦率而和蔼地向他走去。

“塞西尔，什么请求?”

“我一直没有——甚至那天在草地上你答应嫁给我的时候，我都没有——”

他变得很不自然，眼光不断向周围扫去，生怕有人看到他们。他的勇气消失了。

“什么事?”

“到现在为止，我还没有吻过你。”

她的脸变得通红，好像他用了十分粗鲁的话谈论接吻似的。

“是的——你没有，”她嗫嗫嚅嚅地说。

“那么我问你——现在我可以吗?”

“当然可以，塞西尔。你以前就可以。你知道，我可不能把身子投向你啊!”

在这一十分美妙的时刻，他只感觉到一切都很荒谬可笑。她的回答令人不够满意。她只是有条不紊地朝上揭开她的面纱。他一面向她迎上去，一面心里却希望能后撤。当他接触她的面颊时，他的金丝边眼镜从鼻梁上滑了下来，给紧压在两人之间。

他们就这样拥抱了一下。他认为这一次确确实实失败了。应该相信炽热的爱情是不可阻挡的。什么彬彬有礼呀，体贴入微呀，以及绅士风度的其他种种需要诅咒的表现，都应该统统置诸脑后。首先，当你有权通行时，就不应去请求获得批准。他为什么不能像普通工人或苦力——不，像任何年轻的站柜台的那样行动呢？他重新设计了那一幕。露西花枝招展地站在水塘边；他冲向前去，把她搂在怀里；她先是斥责他，后来顺从了，并且由于他的男子汉气概而从此很钦佩他。因为他相信女人钦佩男人是为了男人具有男子汉气概的缘故。

这是他向她唯一的致意，后来他们就默默地离开了水塘。他期待她讲一些话，这些话将向他启示她内心世界的最深处。她终于说话了。严肃得恰如其分。

“他的姓氏是艾默森，不是哈里斯。”

“什么姓氏?”

“老人的姓氏。”

“哪个老人?”

“我对你讲过的那个老人。就是伊格先生对他很不客气的那个老人。”

他不可能知道这正是他们之间的一次最亲密的谈话。

10 作为一位幽默家的塞西尔

塞西尔打算把露西拯救出来的那个社交圈子也许并不十分美妙，然而它比露西祖先赋予她生活权利的那个社交圈子美妙得多。她的父亲是当地一位初级律师，业务相当发达，在这一地区的开发时期建造了风角，原本作为一项投机活动，但是却迷上了自己的创作，最后自己就住到那里去了。他结婚后不久，这社区的氛围开始变化。在南面陡峭的山坡顶上造起了其他的房屋，后面的松林里以及北边丘陵地的白垩石上，也都造起了房子。大多数房屋都比风角大，住的人家多半不是本地人，而是来自伦敦，他们把霍尼彻奇一家错误地看作这一地区贵族世家的残存后裔。露西的父亲感到惶恐，可是他的妻子却坦然处之，不亢不卑。她会这样说，“我想象不出人们在干什么，不过对我们的孩子们说来，这可是莫大的幸运。”她拜访了所有的人家；人们也热情地进行回访，等到他们发现她并不完全属于他们的那个“环境”时，他们已经喜欢上她了，因此看来关系不大。霍尼彻奇先生临死前，满意地发现他们一家已扎根在可能获得的最佳的社交圈子里了，而对这种满足，诚实的律师中很少有人会加以鄙视。

这里是可能获得的最佳的社交圈子。当然很多迁居此地的人都很乏味，而露西从意大利回来后更加深刻地体会到了这一点。迄今为止，她一直毫不怀疑地接受了他们的种种理想——他们友好和富有，他们的宗教观念并不激烈，他们不喜欢纸袋、橘皮及碎瓶子。露西可是个十足的激进分子，学会了在讲到大城市的郊区生活时总带着厌恶的情绪。她努力设想的生活是一群讨人喜欢的有钱人组成的一个圈子，他们有着相同的兴趣和相同的敌人。人就在这个圈子里思想、结婚和死亡。这个圈子的外面就是贫困与庸俗，它们无孔不入，就像伦敦的大雾试图渗入松林，通过山口涌入北面的山岭。不过当她在意大利时，这种生活概念消失了，在那里，一个人只要愿意，就可以得到平等的温暖，就像人人能享受日光一样。她的各种感觉扩大了；她感到不可能不喜欢上每一个人。而社会隔阂是毫无疑问不可能排除的，但是这隔阂并不一定特别深。你越过这些隔阂，就像你跳入亚平宁山区一家农民的橄榄园，受到他的欢迎一样。她带着新眼光回来了。

塞西尔也是带着新眼光回来的；然而意大利激发了塞西尔，并没有促使他变得宽容，反而促使他变得恼怒了。他认为当地的社交圈子太狭隘了，可是并没有说“难道这有天大的关系吗?”而是产生了反感，企图用一个他称之为宽广的社交圈子取而代之。他没有认识到千百种点点滴滴的友好行为已逐渐在露西心里产生了一股温情，使她把周围的环境看作一片圣洁的土地，而她的眼睛虽然看到了它有缺点，但是她的心却不愿完全鄙视它。塞西尔也没有认识到更重要的一点——如果说露西太好了，不适合于那个社交圈子， 那么应该说她好得不适合所有的社交圈子， 她已到达只有个人交流才能使她满足的阶段。她是个叛逆者，但不是他所理解的那种叛逆者——是一个希望获得与她所爱的人同样的平等地位、而不是追求更大居室的叛逆者。因为意大利给了她人在世界上所能占有的最宝贵的东西——那就是她自己的心灵。

露西正在和教区长的十三岁侄女明妮·毕比玩一种击球游戏，这是一种古老、高雅的游戏，那是将网球高高地击入空中，让球掉在网的另一边，弹跳得很高；有一些球打中了霍尼彻奇太太；有一些失落了。这末一句话意义不明确，但却更好地说明露西的心态，因为她正试图同时和毕比先生交谈。

“唉，这可真是桩讨厌事——起先是他，后来是她们——没有人知道她们想要什么，而所有的人又都那么讨厌。”

“可是她们真的要来啊，” 毕比先生说。“前几天我写信给特莉莎小姐——她很想知道肉店老板隔多少时候来一次，我回答说一个月来一次，这一定使她很满意。她们就要来了。我今天早晨收到了她们的信。”

“我将会讨厌这两位艾伦小姐!”霍尼彻奇太太嚷道。“就因为她们老糊涂了，人们就得说，‘看，多可爱呀!’我讨厌挂在她们嘴边的那些‘假使’啊、‘不过’啊和‘还有’啊等等。这可怜的露西，她瘦得不成样子，不过也是活该。”

毕比先生注视着那个瘦得不成样子的人影在网球场上跳来跳去，大喊大叫。塞西尔不在——他在场时大家就不玩击球游戏了。

“哦，如果她们要来——不，明妮，不要土星。”土星是一只网球的名字，它的外层已有部分脱线了。在转动时，球面四周出现一道环。“如果她们要来，哈里爵士会让她们在二十九日前搬进去的，他还会把那个粉刷天花板的条款删掉，因为这会使她们紧张，并且加进合理损耗的条款。——那一下不算。我讲过不要土星嘛。”

“玩击球游戏，土星还是可以的，”弗雷迪大声嚷道，他过来参加她们一起玩。“明妮，别听她的。”

“土星弹不起来。”

“土星弹得还是可以的。”

“不，它弹不起来。”

“得，它弹得可比俊白魔[1]高呢。”

“轻一点，亲爱的，”霍尼彻奇太太说。

“不过你瞧露西——嘴里在埋怨土星，可手里一直握着俊白魔，准备出击。对了，明妮，朝她冲过去——用球拍打她的小腿——打她的小腿！”

露西跌倒在地，俊白魔从她的手里滚了出去。

毕比先生把球捡起来说：“对不起，这只球的名字叫维托利亚·科隆博纳。”可是他的纠正并没有受到人们注意。

弗雷迪把小女孩逗弄得疯疯癫癫，很有一手，因此不过片刻，就把明妮这个规规矩矩的孩子弄得大喊大叫，闹得天昏地暗。塞西尔在屋内听到她们的声音，他虽然有许多有趣的消息，但是生怕被网球打中，因此没有走到草地上来把消息告诉大家。他可不是懦夫，他能像任何男子汉一样忍受必要的痛苦。不过他非常讨厌年轻人对身体施用暴力。他是多么正确呀！果然这一切以哭声告终。

“我希望两位艾伦小姐能见到这场面，”毕比先生发表意见说，那时露西正好在护理受伤的明妮，而她自己却被她弟弟抱起来，弄得双脚离了地。

“那两位艾伦小姐是谁？”弗雷迪气喘吁吁地说。

① 指维托利亚·科隆博纳(1557—1585)，罗马教皇西克斯图斯五世的甥女，为英国剧作家韦伯斯特的悲剧《白魔》中的女主人公。此处为一只网球的外号。

“她们已经租下了希西别墅。”

“不是这个姓氏——”

就在这当儿他的脚滑了一下，他们全都乐呵呵地跌倒在草地上。这样过了一会儿。

“不是什么姓氏?”露西问，她弟弟的头倒在她的膝上。

“不是艾伦。那个租下哈里爵士的别墅的人不叫这个。”

“简直是胡闹，弗雷迪！这件事你根本不知道。”

“你自己才是胡闹！我刚才还见到过他。他对我说，‘嗯哼！霍尼彻奇’”——弗雷迪的摹仿能力并不高明——“‘嗯哼！嗯哼！我终于找到了真正称—称—称—心的房客。’我说，‘好哇，老兄!’我还拍拍他的后背呢!”

“一点不错。是那两位艾伦小姐吧?”

“好像不是。倒有点像是安德森。”

“噢，天哪，可不能再来一笔糊涂账了!”霍尼彻奇太太嚷道。“露西，你看到我是不会错的了吧? 我说过别管希西别墅的闲事。我是不会错的。我错的次数少到绝无仅有，使得我都感到不好意思呢。”

“那只是弗雷迪的又一笔糊涂账罢了。弗雷迪甚至连他自以为租下了那所房子的人的姓氏都不知道。”

“不，我是知道的。我想起来了。是艾默森。”

“什么姓氏?”

“艾默森。随便你愿意赌什么，我都奉陪。”

"哈里爵士这个人真是变化多端，"露西平静地说。"我要是根本没操这份心就好了。"

说着她仰卧在草地上，眼睛望着万里晴空。毕比先生对她一天比一天器重，当下低声对他的侄女说，要是碰上那么一点不顺心的事，这就是应当采取的态度。

同一时刻，新房客的姓氏也分散了霍尼彻奇太太的注意力，使她不再热衷考虑自己的能力。

"弗雷迪，是艾默森吧？你知道这艾默森是什么样的人家吗?"

"我还不知道他们是不是姓艾默森呢!"弗雷迪回答，他是个具有民主思想的人。像对他姐姐和大多数青年人一样，平等思想很自然地对他具有吸引力，而世界上确实存在各种各样的艾默森这一无可辩驳的事实使他烦恼得异乎寻常。

"我相信他们是正派人。好吧，露西"——她正又一次坐起来——"我看你露出不屑的样子，大概认为你妈妈是个势利小人吧！可是世界上确实有正派人和不正派人的区别，假装没有这种区别实际上是一种做作。"

"艾默森这个姓很普通，"露西说。

她正在向旁边看。她坐在岬角上，一眼望去，可以看到下面一座座愈来愈低的苍松覆盖的山岬，一直伸入威尔德地区。从花园愈往下走，这横向的景色愈加绚丽灿烂。

"弗雷迪，我只是想说，我想他们不会是那位姓艾默森的哲学家[①]的亲戚吧。那位哲学家可真让人受不了。请问，你现在满意了吗?”

“嗯，是的，满意了，”他咕哝道。“而且你也会满意的，因为他们是塞西尔的朋友；所以”——他的语气充满了挖苦——“你和其他乡绅家庭可以完全放心地去串门。”

“塞西尔的朋友?”露西叫了起来。

“别这么粗鲁，亲爱的，”她母亲平静地说。“露西，别这么尖叫。你现在正在养成这种新的坏习惯。”

“不过，难道塞西尔已经——”

“是塞西尔的朋友嘛，”他重复道，“‘那当然是十分称—称—心的了。嗯哼！霍尼彻奇，我刚才已拍电报给他们了。’”

露西从草地上站了起来。

这一下使她很难堪。毕比先生非常同情她。她只要相信这次为艾伦小姐的事所受到的怠慢出自哈里·奥特韦爵士，便能大大方方地忍着。可是当她听说这部分地是由于她的恋人插手时，她就有足够的理由“尖叫”起来。维斯先生喜欢捉弄人——他做得比捉弄人还要过分：从中作梗给予他幸灾乐祸的喜悦。这一点教区长很清楚，便比往常更慈祥地望着霍尼彻奇小姐。

① 该是指美国著名思想家、作家爱默生(1830—1882)。

当她大声说“可是塞西尔的那两位艾默森先生——他们不可能就是——要知道——”时，教区长并不觉得这些话很奇怪，倒是从中看到了一个机会，可以转变话题，好让她恢复镇静。他就用下面的话岔开：

“你说的是曾经去过佛罗伦萨的那两位艾默森先生？不，我想不会是他们。他们和维斯先生的朋友们可能相差一大截呢。啊，霍尼彻奇太太，他们是一对怪人！真是最最怪的人！至于我们，倒是顶喜欢他们的，不是吗？”他问露西。“为了紫罗兰还闹过一场大笑话呢！他们采了许多紫罗兰，把两位艾伦小姐房间里的花瓶都插满了，就是现在来不了希西别墅的那两位。两位可怜的小老太太！她们又震惊、又高兴。这是凯瑟琳小姐最得意地讲述的故事之一。它是这样开头的：‘我亲爱的姐姐最喜欢花。’她们发现整个房间是一片蓝色——花瓶里、水瓶里都是这样——而这故事是这样结束的：‘这样缺乏绅士风度，却又这样美好。真叫人难堪啊！’是的，我老是把那两位佛罗伦萨的艾默森先生同紫罗兰联系起来。”

“败北将军这次可镇住你了，”弗雷迪说，没有注意到他姐姐的脸已涨得绯红。她无法恢复镇静。毕比先生注意到了，便继续努力转换话题。

“那两位艾默森先生是父子两人——儿子是个漂亮的小伙子，即便算不上是个好青年；我认为他并不蠢，但是很不成熟——悲观等等。我们特别欣赏的是那位父亲——一个极其容易感情用事的宝贝，而人们却说他谋害了他的妻子。”

处于平时的正常心态，毕比先生是不会转述这种流言蜚语的，可是他此时正努力设法庇护碰到了小小的麻烦的露西。他脑子里想到什么无聊废话，嘴里也就重复一遍。

“谋害他的妻子?”霍尼彻奇太太问。“露西，不要离开我们——还是继续玩你的击球游戏吧。说真的，贝尔托利尼公寓一定是个极其离奇的地方。这是我听到在那里的第二个谋杀者了。夏绿蒂到底在干什么，非要住到那里去?我说，日后我们真的一定要请夏绿蒂到这里来。”

毕比先生实在想不起来有第二个谋杀者。他暗示女主人搞错了。霍尼彻奇太太面对这一不同意她意见的暗示，变得很激动。她完全可以肯定有人讲过同一故事，是关于另一位游客的。只是名字她记不起了。叫什么名字来着?哦，叫什么名字来着?她双手抱膝，思索着这名字。是萨克雷作品中的什么人的名字[①]。她敲敲她那主妇的前额。

露西问她弟弟塞西尔是不是在屋内。

“喂，不要走!”他叫起来，试图抓住她的足踝。

“我一定得走，”她严肃地说。“别胡闹了。你玩的时候总是胡来一气。”

---

① 也许霍尼彻奇太太记错了，把哈里斯和萨克雷的长篇小说《亨利·埃斯蒙德》的主人公亨利(昵称哈里)混为一谈了。

她离开他们时，她母亲高叫一声“哈里斯!”，使平静的空气颤动起来，也提醒她，人家对她说了谎，还没有纠正过来。竟然是这样愚蠢的谎话，然而却使她失魂落魄，把这两位艾默森先生，塞西尔的朋友，与两个普普通通的游客联系起来。迄今为止，她总是习惯于讲真话。她体会到今后一定要提高警惕，还要——完全讲真话？好吧，无论如何，她一定不可以说谎。她急匆匆地向花园上方走去，脸颊还是因羞愧而发红。她确信只要塞西尔一句话就足以抚慰她了。

“塞西尔!”

“喂!”他喊道，一面将身子探出吸烟室窗户。他看来情绪非常好。“我刚才还在盼着你到这里来呐！你们吵吵闹闹，我全听见了，不过这里还有更有趣的事呢！我，甚至我也替喜剧女神打了一次漂亮的胜仗。乔治·梅瑞狄斯[①]是对的——喜剧的缘由与真理的缘由其实是相同的；而我，甚至我也替多灾多难的希西别墅找到了房客。别生气！别生气！你了解全部情况后会原谅我的。”

塞西尔面带笑容时是很有魅力的，而她的那些荒谬可笑的不祥预感一下子就被他驱散了。

“我都听说了，”她说，“弗雷迪告诉我们了。塞西尔，

① 乔治·梅瑞狄斯(1828—1909)，英国诗人、小说家。他的《论喜剧与喜剧精神的作用》一文受到很高的评价。

你真坏！我想我一定得原谅你。你想想，我花了那么多心血，结果却是一场空！当然啰，那两位艾伦小姐确实比较乏味，而我宁可要你的那些可爱的朋友。不过你不应该这样戏弄人。”

“我的朋友？”塞西尔大笑。“可是，露西，真正的笑话还在后面呢！你过来。”可是她仍然站在原来的地方。“你知道我在哪里遇到这些称心的房客吗？在国家美术馆，上星期我去看妈妈的时候。”

“在那儿会遇到熟人，真怪！”她神经紧张地说。“我不太明白。”

“在翁布里亚[1]室。完全是萍水相逢。他们正在欣赏卢卡·西纽雷利[2]的作品——当然啰，这是相当愚蠢的。不管怎么样，我们开始交谈，他们使我着实感到来劲儿。他们去过意大利。”

“不过，塞西尔——”

他兴高采烈地说下去。

“在交谈中，他们说起要在乡下租一幢别墅——父亲将住在那里，儿子则从城里回来过周末。我就想‘这可是让哈里爵士出洋相的一次好机会！’就记下了他们的地址和在伦敦的一个保证人，发现实际上他们不是什么坏人——这实在太有趣

① 翁布里亚，意大利中部的一地区，位于佛罗伦萨的东南。
② 卢卡·西纽雷利(1445？—1523)，意大利画家，绘有不少宗教题材的作品。

了——我就写信给他，要弄清——”

“塞西尔！这样做不公平。我很可能以前遇见过他们——”

他把她压下去。

“非常公平。对势利小人的任何惩罚都是公平的。那个老头儿将会对整个邻里带来天大的好处。哈里爵士的那一套‘家道中落的大家闺秀’的论调，实在太讨人厌了。我早就想在什么时候教训他一顿。不，露西，不同阶级的人应该混合在一起，过不了多久你就会同意我这观点的。应该相互通婚——等等等等。我是相信民主的——”

“不，你不相信民主，”她厉声说。“你不懂这个词儿的意义。”

他凝视着她，又一次感到她不像达·芬奇画中的人物了。“不，你不相信民主！”她的脸缺乏艺术情调——倒像是一张暴躁的泼妇的脸。

“这是不公平的，塞西尔。我指责你——我强烈地指责你。你没有权利破坏我为两位艾伦小姐所做的事，让我出丑。你把这行动称做出哈里爵士的洋相，可是你有没有认识到这全是以损害我为代价的？我认为你这样做是对我的大大不忠。”

她撇下他走了。

“发小姐脾气！”他心里想，扬起了眉毛。

不，这不止是发小姐脾气——而是一种势利行为。只要她以为他自己的这两位时髦朋友将取代两位艾伦小姐，她就不在乎了。塞西尔发现这些新房客所起的教育作用可能颇有价值。他将宽容地对待这位父亲，同时设法引儿子开口，而他显得沉默寡言。为了维护喜剧女神与真理的利益，他要把他们带到风角来。

11　在维斯太太的陈设齐全的公寓里

喜剧女神虽然懂得照看自己的利益，但是也不蔑视维斯先生的帮助。他要把艾默森父子带到风角来的主意使她认为十分高明，她便顺顺当当地进行了磋商。哈里·奥特韦爵士签署了协议书，同艾默森先生会了面，却感到相当失望。两位艾伦小姐相当生气，写了一封义正词严的信给露西，她们认为露西应该对这次租赁失败负责。毕比先生为新房客们设想好如何提供愉快的时刻，对霍尼彻奇太太说，等他们一到，弗雷迪就该去拜访他们。说真的，哈里斯先生这名罪魁祸首，从来就不是身强力壮的人，而女神神通广大，因此就让他垂下了头，被大家遗忘，最后死去。

露西从光芒万丈的天上落到了地面上，因为那里有山，这样就有了阴影。露西起先沉进了失望的深渊，经过了一番思索，觉得这件事实在无关紧要，心情便平静了下来。她既然已订婚，艾默森父子就不会欺负她了，当然该欢迎他们搬到这一带来居住。而塞西尔也大可把他喜欢的人带到这里来。因此塞西尔可以把艾默森父子带到这里来。不过，我已说过，这需要一番思考，然而——姑娘们是很不符合逻辑的——这件事原本没什么，但是对她说来却关系重大，而且很可怕。因此她很高兴原先约好去探望维斯太太的日子已到来；这样当新房客迁入希西别墅时，她已经安安全全地在伦敦的公寓里了。

到达伦敦的傍晚，她轻声地呼唤着“塞西尔——塞西尔我的宝贝”，投入了他的怀抱。

塞西尔也表现出他的热情。他发现那股必不可少的火已在露西心中点燃。她终于渴望他的温存了，女人原是应该这样的，她很器重他，因为他是个男人。

“这么说你是真爱我的啰，小东西?”他低声说。

“哦，塞西尔，我爱你，我爱你！我不知道没有了你该怎么办。”

几天过去了。露西收到巴特利特小姐的一封来信。

两位表姐妹之间关系变得冷淡起来，自从八月分手以来，她们没有通过信。关系冷淡是从夏绿蒂称之为“逃往罗马”开始的。而在罗马这种冷淡惊人地加深了。因为这位同伴，如果处在中世纪社会，还不过是格格不入而已，但一到古典的环境里，却变得叫人难以容忍了。夏绿蒂在古罗马广场遗址上可能被认为是个大公无私的人，但是即使换了个性情比露西温柔的人，也会感到难以承受这考验，而到了卡拉卡拉[1]浴池，她们甚至怀疑两人是否能继续做伴旅行。露西说过她将和维斯一家一起走——她母亲认识维斯太太。因此这打算并没有什么不当之处——而巴特利特小姐则回答说，她已习惯于被人突然抛弃了。结果并没有发生这类事情；但是她们之间的关系依然很冷淡，而且对露西来说，当她拆开信，读了下面的内容后，对夏绿蒂的冷淡更加深了。这封信是从风角转来的。

顿桥井

九月

最亲爱的露西，

我终于得到了有关你的消息！拉维希小姐骑自行车在你们那一带兜风，但她不知道去拜访你是否会受到欢迎。她的车胎在夏街附近被戳破了，补胎时她愁眉苦脸地坐在那座美丽的教堂的院子里，突然对面的门开了，她吃惊地看到姓艾默森的那个年轻小伙子走了出来。他说他父亲刚租下这幢房子，他还说他不知道你就住在这一带(?)。他根本没有提要请埃莉诺喝茶。亲爱的露西，我很担心，我劝你把他过去的所作所为毫无保留地全讲给你妈妈、弗雷迪和维斯先生听，他们将会禁止他上门等等。那件事实在太不幸了，我敢说你已经对他们讲过了。维斯先生非常敏感。

① 卡拉卡拉(188—217)，古罗马皇帝。

我还记得在罗马时我常常使他心神不宁。我对这一切非常不安，除非向你提出劝告，不然我是不会心安的。

请相信我，

你的焦急的、亲爱的表姐，

夏绿蒂

露西很恼火，回信如下：

比彻姆大厦，伦敦西南区

亲爱的夏绿蒂，

多谢你的劝告。艾默森先生在山上忘乎所以的时候，你要我答应不把此事告诉妈妈，因为你说她会责备你没有一直和我待在一起。我遵守了诺言，当然现在也不可能告诉她了。我对她和塞西尔都讲过我在佛罗伦萨遇见过艾默森父子，他们都是正派人——我现在也**确实**这样认为——至于他没有请拉维希小姐喝茶，理由很可能是他自己根本不喝茶。她应该到教区长的寓所去喝。到了现在这个阶段，我不能忽然大惊小怪起来。你一定懂得这样做太荒唐了。如果艾默森父子听到我对他们抱怨，他们就会以为他们很重要，而他们恰恰不是这样。我喜欢那位老父亲，希望以后再见到他。至于那个儿子，我们再见面时，我将为**他**而不是为我自己感到难过。塞西尔认识他们，他的身体很好，前几天还谈到过你。我们将于一月结婚。

拉维希小姐不可能告诉你很多关于我的情况，因为我根本不在风角，而是在这里。以后写信请不要在信封上写上“亲启”两字。没有人会私拆我的信件的。

你的亲爱的

露·M·霍尼彻奇

保密有它不利的这一面：我们丧失了对事物的分寸感；我们无法辨别我们的秘密是重要还是不重要。究竟露西和她表姐埋在心底里的秘密是一件会毁了塞西尔一生的大事情，如果他发现了的话，还是一件他将会付诸一笑的小事情？巴特利特小姐提出该是前者。也许她是对的。现在它已成为一件大事情。要是让露西自己处理这件事，她就会老老实实地讲给她母亲和恋人听，那么这件事就会依旧是件小事。几星期前，事情还仅仅是这么回事：“是艾默森，而不是哈里斯。”甚至现在当他们谈笑风生地谈到在学生时代曾使塞西尔为之倾倒的某位漂亮的小姐时，她还想告诉他。可是她的身躯却表现得顶可笑，她也就没有讲。

在人们纷纷离去的大都市里，露西和她的秘密继续保持了十天，他们去观光了一些后来非常熟悉的地方。塞西尔认为虽然社交圈内的人都去高尔夫球场或去荒原狩猎了，但让她了解一些社交准则并没有坏处。天气很凉快，这对她也没有坏处。虽说这是打高尔夫球与狩猎的季节，维斯太太还是把那些名人的孙儿辈凑拢来，设了一次晚宴。那天菜肴实在不怎么样，但人们的谈话中流露出一种不乏俏皮劲儿的厌倦情绪，倒给了露西很深刻的印象。看来人们对一切都感到无聊。一个个慷慨陈词，却又突然讲不下去了，但仍能保持风度，在一片友好的笑声中，重新振作起来。在这种气氛中，贝尔托利尼公寓与风角显得同样粗野，于是露西意识到她的伦敦生涯将使她与她过去所热爱的一切疏远一些。

那些孙儿辈请她弹钢琴。她弹了舒曼的作品。当那如怨如诉的动听乐声消逝时，塞西尔嚷道，“现在来一曲贝多芬吧!”她摇摇头，又弹起了舒曼。乐曲的旋律向上升，具有一种徒劳无功的魔力。乐曲戛然中断；断了又续，续了又断，从摇篮走向坟墓并非一次完成的。那种不完整的情绪的悲哀——往往就是人生的悲哀，但绝对不是艺术的悲哀——展现在支离破碎的音乐短句中，使听众的神经为之震撼。露西在贝尔托利尼公寓里那架覆盖着布的小钢琴上弹奏时可不是这样的，她又弹起舒曼时，毕比先生也没有对他自己说，“舒曼的东西弹得太多了。”

客人们散了，露西也去睡了，维斯太太在客厅里来回走动，和她的儿子议论这次小规模的聚会。维斯太太是一位和蔼可亲的妇女，但是她的个性，像许多其他人的个性一样，被伦敦社会淹没了，因为要在许多人中间生活必须有坚强的头脑。她的命运的圈子太大了，把她压倒了；她见到的社交季节、城市与男人太多了，她的才能应付不了，她甚至对待塞西尔也很生硬，仿佛塞西尔不是一个儿子，而可以说是一群孝顺的人。

“让露西成为我们家的一员吧，”她说，每讲完一句话都敏捷地朝四周看看，在讲下一句话前，总是用力地张开了双唇。“露西现在变得真了不起——真了不起。”

“她的演奏总是那样了不起。”

“是啊，可是她现在正在涤除霍尼彻奇家的污点——霍尼彻奇一家人都非常好，不过你懂得我的意思。她并没有老是说仆人们怎么说，或者打听这种布丁是怎么做的。”

“这是意大利的功劳。”

“也许吧，”她低声说，想起了那个对她说来就代表着意大利的博物馆。“这是可能的。塞西尔，明年一月你一定要和她结婚。她已经是我们中间的一员了。”

“可她的演奏！”他嚷道。“她那风格！她坚持弹舒曼，而我却像个傻瓜要听贝多芬。舒曼很适合今晚。今晚就应该弹舒曼。妈妈，你知道，我要我们的孩子就像露西那样接受教育。让他们在朴实的乡下人中间长大，这样可以充满生气，然后送他们去意大利，让他们懂得含蓄，然后——只有到了那个时候——才让他们到伦敦来。我不相信伦敦的那些教育方式——”他想起他自己也曾接受过伦敦的一种教育方式，便住了口，最后才说，“不管怎么样，对女人都不适合。”

“让她成为我们家的一员吧！”维斯太太又说了一遍，便准备上床去睡了。

她快要睡去时，从露西房内传来一声叫喊——做恶梦的叫喊声。露西原可以按铃叫女仆来，可是维斯太太认为她亲自去看看更为亲切。她发现姑娘直挺挺地坐在床上，一只手捂着脸颊。

“对不起，维斯太太——都是这些梦的缘故！”

“是恶梦吗？”

“就是梦嘛。”

这位年长的太太笑了，吻了她，非常清晰地对她说：“亲爱的，你要是听到我们刚才谈论你的话就好了。他现在更加爱慕你了。你就梦这个吧！”

露西还报了一吻，一只手还是捂住了一边的脸颊。维斯太太退出去，回到床上。那声叫喊没有把塞西尔吵醒，他正在打鼾呢。黑暗笼罩着整个公寓。

12 第十二章

那是个星期六的下午，大雨方过，显得生机盎然，阳光灿烂，虽然已是秋天季节，却蕴藏着青春气息。一切优雅的东西都取得了胜利。汽车驶过夏街时，只扬起少量尘土，难闻的汽油味也立刻被风吹散，代之以湿漉漉的桦树和松树的清香。毕比先生探身靠在教区长住宅的院门上，悠闲地享受着生活的乐趣。弗雷迪靠在他身旁，抽着一支朝下弯的烟斗。

“我们到对面新搬来的房客那里去打扰一会儿吧。”

“嗯。”

“他们可能会使你感到有趣。”

弗雷迪的同类从来也没有使他感到有趣过，于是他提出新房客刚搬进来，可能很忙等等。

“我刚才建议去打扰他们一下，”毕比先生说。“他们是值得打扰的。”他拔去院门的插栓，漫步穿过三角形草地，向希西别墅走去。

“你好!”他向开着的门里面叫，通过开着的大门可以看到里面很不干净。

一个沉着的声音回答，“你好!”

“我带了一个人来看你们。”

“我马上下来。”

通道被一口大橱阻挡着；搬运工没能将它搬上楼去。毕比先生艰难地绕着大橱，从边上挤过去。客厅本身堆满了书籍。

“这两个人非常喜欢读书吧?”弗雷迪轻声说。“他们是读书人?”

“我想他们是懂得怎样读书的——这是难得的造诣。让我看看他们有些什么书? 拜伦。果然不出所料。《西罗普郡少年》。没听说过。《众生之路》①。没听说过。吉本②。您好！亲爱的乔治还能读懂德文呢！嗯——嗯——叔本华、尼采等等。唔，霍尼彻奇，我看你们这一代对自己所干的一行一定都很精通吧。”

“毕比先生，来看看这个，”弗雷迪用惊讶的声音说。

大橱的上檐涂着这些字：“‘规定要穿新衣服的企业不可信。’③

① 《众生之路》为英国作家塞缪尔·巴特勒(1835—1902)的自传体小说。

② 吉本(1737—1794)，英国历史学家，其代表作为6卷本《罗马帝国衰亡史》。

③ 引自美国作家亨利·戴维·梭罗(1817—1862)的代表作《瓦尔登湖》第一章“经济篇”中谈到人的衣着的段落。和原文略有出入。原文为：“我说你得提防那些规定要穿新衣服的企业，尽可不必提防一个穿新衣服的人。”

一看就知道不是油漆工刷的。”

“我知道。这不是顶有意思吗？我喜欢这个。我肯定这是那老头儿的杰作。”

“他真古怪！”

“你一定同意吧？”

然而弗雷迪毕竟是他母亲的儿子，觉得不应该糟蹋家具。

“看这些画片！”教区长仓促地在房间里走动着，继续说。“乔托——他们在佛罗伦萨买的，我敢肯定。”

“与露西买的一样。”

“哦，顺便问一下，霍尼彻奇小姐在伦敦过得愉快吗？”

“她昨天回来了。”

“我想她玩得很痛快吧？”

“是的，非常痛快，”弗雷迪说，随手拿起一本书。“她和塞西尔好得如胶似漆。”

“这是好消息。”

“毕比先生，我倒希望我不是个大傻瓜。”

毕比先生没有理睬他这句话。

“露西以前几乎和我一样傻，不过现在就会大大地不同了，妈妈这样认为。她将要读各种各样的书。”

“你也一样。”

“只读医学书。不是那些读后可以谈论的书。塞西尔在教露西意大利语，他说她钢琴弹得美妙极了。这里面有许多我们从来也没有发觉的东西。塞西尔说——”

“那些人究竟在楼上干什么呀？艾默森——我看我们还是下次再来吧。”

乔治冲下楼来，一句话也不说，把他们推进了房间。

“请允许我介绍霍尼彻奇先生，一位邻居。”

此时弗雷迪作出了青年人常有的惊人之举。也许因为他有点害臊，也许是作为友好的表示，还也许他认为乔治的脸需要洗一洗。不管是哪一种情况，他竟向他招呼说，“你好？去游水吧。”

“噢，好吧，”乔治冷淡地说。

毕比先生却觉得十分有趣。

“你好？你好？去游水吧，”他吃吃地笑着说。“这是我听到的所有交谈中最精彩的开场白了。不过我怕只是在男人之间才行得通。你能想象一位女士由另一位女士把她介绍给第三位女士时，用‘你好？去游水吧’作为客套话的开场白吗？然而你却要对我说男女是平等的。”

“我说男女将会是平等的，”艾默森先生说，他正从楼梯上慢慢地走下来。“下午好，毕比先生。我说他们将成为同志，而乔治也这样看。”

“难道我们要把女士们提高到我们的水平？”教区长问。

“伊甸园，”艾默森继续说，一面仍旧在往下走，“你把它看作过去的事，实际上却还没来临呢。当我们不再鄙视我们的肉体时，我们将进入伊甸园。”

毕比先生否认曾把伊甸园划归任何时代。

“在这方面——而不是在其他方面——我们男人走在前面了。我们不像女人那样鄙视自己的肉体。但只有在我们成为同志时，我们才能进入伊甸园。”

“我说，到底去不去游水?”弗雷迪低声说，对大量哲学性的谈话扑向他来感到惊慌失措。

“我一度相信回归自然。可是我们从来也没有和自然在一起过，又怎么能回归自然呢？我现在相信我们必须发现自然。取得多次胜利后，我们就能返璞归真。这是我们的传统。”

“我来介绍霍尼彻奇先生，你一定会记得在佛罗伦萨见过他的姐姐。”

“你好？非常高兴看到你，非常高兴你要带乔治去游水。非常高兴听到你姐姐就要结婚。结婚是一种责任。我相信她将会很幸福，因为我们也认识维斯先生。他非常和善。他和我们在国家美术馆不期而遇，为这所可爱的房屋作出了一切安排。不过，我希望我并没有使哈里·奥特韦爵士感到烦恼。我见到过的自由党的地主很少，热切盼望把他对狩猎法规的态度与保守党人的态度比较一下。啊，这风！你们去游水很合适。霍尼彻奇，你们这里乡下真是个好地方!”

“一点儿也不好!” 弗雷迪咕哝道。“我必须——那就是说，我不得不——我希望照我妈妈的吩咐，以后有幸来拜访你们。”

“拜访，小伙子？是谁教会我们这一套社交废话的？还是拜访你的老祖母去吧！你听这松林里的风声！你们的乡下真是个好地方。”

毕比先生来解围了。

“艾默森先生，他要来拜访你们，我也要来拜访你们；不出十天，你或者你的儿子将对我们回访。我相信你一定注意到这十天的间隔。我昨天帮你修楼梯不算在内。今天下午他们要去游水也不算在内。”

“对了，乔治，去游水吧！你们为什么还在这里磨嘴皮子浪费时间？把他们带回来喝茶。带一些牛奶、蛋糕、蜂蜜回来。变换一下环境对你有好处。乔治这一阵在办公室内干得非常卖力。我认为他的健康不会好。”

乔治低下了头，神情抑郁，身上都是灰，散发出一个刚才在搬动家具的人身上才有的怪味道。

“你真想去游水？”弗雷迪问他。“你知道，仅仅是个小水塘罢了。我敢说你平时游水肯定比这条件好得多。”

“真的——我已经说过‘真的’了。”

毕比先生觉得他有义务助他这年轻朋友一臂之力，便率先走出这幢房屋，走进松林。真是个好地方！有那么一会儿，他们还听到后面老艾默森先生的声音在向他们表示良好的祝愿，并谈论哲学。随即话音停止了，他们只听到相当大的风吹动蕨丛和树木的声音。

毕比先生能够不开口，但是大伙儿不声不响，他就受不了，既然这次游水活动看来要告吹，而这两个同伴都闷声不响，便觉得不得不唠叨一番。他谈到佛罗伦萨。乔治一本正经地听着，时而作出一些轻微但又坚决的手势，表示赞同或不赞同，这些手势就像他们头顶上的树顶的摆动那样费解。

“你们会遇见维斯先生，真是巧事！你在这里可以看到贝尔托利尼公寓的所有旅客，你想到过没有?”

“没有。拉维希小姐对我讲过。”

“我年轻时老是想写一部《巧事史》。”

反应并不热烈。

“话得说回来，事实上巧事要比我们想象的少得多。譬如说，你们如今在这里，可并不完全是巧合，如果你好好想一想的话。”

使他宽慰的是乔治开始讲话了。

“是巧合。我想过了。这是命运。一切都是命运。命运把我们联在一起，命运把我们拆开——联在一起，拆开。四面八方吹来的风吹得我们——我们什么也定不下来——”

“你根本没有好好想过，”教区长斥责他。“艾默森，我来给你提出一个有益的劝告吧：什么都不要归诸命运。不要说，‘我没有做过这一个，’因为十有八九你是做过的。现在我要盘问你。你第一次遇到霍尼彻奇小姐和我在什么地方?”

"在意大利。"

"维斯先生将要同霍尼彻奇小姐结婚，那么你又是在什么地方遇到维斯先生的?"

"在国家美术馆。"

"在欣赏意大利艺术。问题就出在这里，而你还要说什么巧合和命运！你很自然地去寻找属于意大利的东西，我们和我们的朋友们也是这样。这就把范围缩得极小极小了，我们就又在其间相会。"

"我到这里来是命运安排的，"乔治坚持说。"不过你可以把它叫做意大利，如果这样可以使你减少一些不快活的情绪的话。"

毕比先生看到讨论这一话题如此严肃，便悄悄从中脱身。然而他对青年人是非常宽容的，他不想冷落乔治。

"所以为了这个以及其他原因，我那部《巧事史》还是要写的。"

沉默。

他希望把这件事圆满地结束掉，便加上一句，"我们都非常高兴你们搬来了。"

沉默。

"到了！"弗雷迪叫道。

"好啊！"毕比先生高声说，一面擦抹前额上的汗水。

"里面就是水塘。但愿它大一点就好了，"他抱歉地说。

他们爬下一道滑溜溜的铺满松针的坡堤。水塘就在那里，镶嵌在一小片绿色的草坡中——不过是个水塘而已，可是大得足够容纳人的躯体，塘水清得可以照得见天空。由于最近雨水多，四周的草地都浸在水里，看上去像是一条艳丽的翡翠通道，引诱人朝中央的水塘走去。

“就水塘来说，它非常管用，”毕比先生说。“不需要为它进行辩护。”

乔治拣了一块干的地方坐下来，无精打采地解皮靴上的带子。

“那一簇簇柳叶菜不是挺美吗？我最喜爱在结籽的柳叶菜。这一种芳香扑鼻的植物叫什么名字？”

没有人知道，看来也没有人对它感兴趣。

“这里生长的植物突然改变了——这一小片是海绵样的水生植物，而两边长的都是坚韧或发脆的树丛——石楠、羊齿、越橘、松树。太迷人了，太迷人了。”

“毕比先生，你不来游水吗？”弗雷迪一面脱衣服，一面叫他。

毕比先生不打算游水。

“水太好了！”弗雷迪大叫一声，跳了进去。

“水就是水嘛，”乔治自言自语道。他先把头发弄湿——这明确地表明他无动于衷——便跟随着弗雷迪跳入这片神圣世界，一副满不在意的样子，似乎他是一尊雕像，而水塘则是一桶肥皂泡沫。舒展肌肉是必要的。保持清洁也是必要的。毕比先生注视着他们，注视着柳叶菜的种子成群结队地在他们头上跃动。

“推进，推进，推进，”弗雷迪开始游水，向两边各划了两下，然后就被芦苇和泥浆缠住了。

“值得下水吗?”另一个问，站在被水淹没的塘边，活像一座米开朗琪罗式的雕像。

土堤压垮了，他还没来得及好好考虑这一问题，就跌进了水塘。

“嘻——噗——我吞下了一只蝌蚪。毕比先生，这水实在妙极了，真是呱呱叫。”

“水是不错，”乔治说，从扎下水去的地方探出头来，把水泼溅到阳光中。

“水妙极了。毕比先生，下来吧。”

“推进，哼。”

毕比先生这时热得不得了，而且他这个人，只要可能的话，总会表示同意的，便向周围看了看。只见四面都是拔地而起的苍松，在蓝天的衬托下相互摆手示意，不见一个教区居民。真是美呀！汽车与乡区主管牧师的世界无限地退到远方了。有的是水、天、常青树，还有风——这些东西不受四季的影响，肯定也不是人所能强行介入的?

“我还是也来洗个澡吧，”说罢他的衣服很快就成为草地上的第三小堆，他也对水的美妙赞叹不已。

这不过是普普通通的水，水量也不多，并且正像弗雷迪所说，使人想起在一盘色拉里游泳。三位男士露出了上身，在水塘里旋转，仿效《众神的黄昏》[1]里的三个仙女那样。也许是雨水使他们变得清新活泼，也许由于太阳散发出炽热的光辉，还也许由于两位男士正当青春，而第三位也是人老心不老——不知怎的，他们身上起了一种变化，都忘却了意大利、植物学与命运。他们开始戏水。毕比先生与弗雷迪相互泼水。然后他们带着几分恭敬用水泼起乔治来。乔治没有出声；他们害怕自己已冒犯了他。接着他身上所有的青春活力都迸发出来了。他笑着向他们扑过去，用水泼溅他们，然后闪身躲开，用脚踢他们，向他们投掷污泥，把他们赶出水塘。

“好吧，跟你们绕着水塘跑，看谁跑得快，”弗雷迪叫道。于是他们在阳光下赛跑起来，乔治抄了一条近路，把两条小腿都弄脏了，不得不重新洗一遍。这时，毕比先生也同意跑了——这真是难忘的一幕。

他们奔跑是为了能干得快一些，他们泡在水里是图凉快，他们装作印第安人在柳叶菜和羊齿丛里玩，然后跳入水塘，把身子洗干净。在这段时间里，那三小堆衣服慎重其事地躺在草

① 《众神的黄昏》为德国作曲家华格纳(1813—1883)所作的歌剧四部曲《尼伯龙根的指环》的第四部，三仙女为莱茵河的水仙。

地上，宣布道：

“不。我们才是最重要的。没有我们什么事情都没法做。最后所有的肉体都得来求我们。”

“射门！射门！”弗雷迪喊道，一把抓起乔治的那堆衣服，把它放在一根假想中的球门柱边。

“足球规则，”乔治回敬了一句，他一脚踢去，把弗雷迪的那堆衣服踢得七零八落。

“进了！”

“进了！”

“传给我！”

“当心我的表！”毕比先生叫道。

衣服向四面八方飞去。

“当心我的帽子！好了，弗雷迪，差不多了。穿好衣服吧！得，听我的话！”

但是两个年轻人兴奋得发狂似的。他们轻快地进入树林，弗雷迪腋下挟了一件牧师穿的背心，乔治的湿淋淋的头发上戴了一顶牧师戴的宽边软毡帽。

“够了！”毕比先生大吼一声，想起他毕竟是在自己的教区里。接着他的嗓音起了变化，似乎把每一棵松树都当作一位乡区主管牧师。“嗨！冷静一点！你们两个，我看到有人来了！”

一声声叫喊，声浪在斑斑点点的泥地上向四面八方传开去。

“嗨，嗨，是女士们！”

乔治与弗雷迪都不是真正讲究文雅举止的人。再说，毕比先生最后的警告他们没有听见，不然的话，他们会避开霍尼彻奇太太、塞西尔与露西的，这些人正在走来，要去探望年迈的巴特沃思太太。弗雷迪把背心撂在他们脚边，一头扎进羊齿丛中。乔治迎着来人大叫一声，转身就逃，沿着通向水塘的小径飞奔而去，头上仍旧戴着毕比先生的帽子。

“我的天哪！”霍尼彻奇太太惊叫起来。“这些不幸的人是些什么人啊？喔唷，亲爱的，快别看！还有可怜的毕比先生呢！到底出了什么事啊？”

“快走这边，”塞西尔下达命令，他一向以为女人应该受他领导，虽然并不知道把她们领到哪里去；还有，女人应该受他保护，虽然也不知道要保护她们免遭什么伤害。他当即带领她们朝羊齿丛走去，弗雷迪正好藏身其中，坐在那里。

“哦，可怜的毕比先生！那件掉在小路上的背心是他的吧？塞西尔，毕比先生的背心——”

“这不是我们要操心的事，”塞西尔说，望望露西，只见她全给阳伞遮住了，显然在“操心”。

“我好像看到毕比先生跳回水塘里去了。”

“请走这边，霍尼彻奇太太，这边走。”

她们跟着他走上土堤，装出紧张而又若无其事的样子，这是女士们在这类场合适宜采取的表情。

“唔，我实在没有办法，”前面不远处有个声音说，接着弗雷迪的长着雀斑的面孔和两只雪白的肩膀从羊齿丛中伸了出来。“我总不能让人踩在我的身上吧，是不是?”

“我的天哪，亲爱的！原来是你！这样的安排实在太糟糕了！为什么不在家里舒舒服服地洗个澡？家里要冷水有冷水，要热水有热水。”

“妈妈，听我说：人总是要洗澡的，总得把身体弄干吧，如果另外有人——”

“亲爱的，毫无疑问，你像往常一样都是对的，不过你现在不适宜于辩论。露西，来吧。”她们转过身去。“哦，你看——快别看！哦，可怜的毕比先生！又一次多么不幸——”

因为毕比先生正好在爬出水塘，水面上漂浮着一些贴身穿的内衣；而乔治，那个厌世的乔治，正向弗雷迪大声叫喊，说他钓到了一条鱼。

“我呢，已经吞了一条下去，”羊齿丛中的那人回答。“我吞下了一条蝌蚪。它在我肚子里扭来扭去。我要死了——艾默森，你这畜生，你穿上了我的裤子啦。”

“别说话，亲爱的，”霍尼彻奇太太说，发现要保持万分震惊的状态已不可能。“首先，你们一定要把身体完全擦干。得各种各样的感冒都是因为没有完全擦干的缘故。”

“妈妈，快走吧，”露西说。“看在老天分上，快走吧!”

“喂!”，乔治大声叫喊，于是女士们又一次停下来。

他自以为已穿好衣服了。他实际上还赤着脚，袒着胸，在幽暗的林子的衬托下，显得容光焕发，分外潇洒。他叫道：

“你好，霍尼彻奇小姐！你好!”

“鞠躬，露西；你最好鞠躬。他究竟是谁啊？我也要鞠躬。”

霍尼彻奇小姐鞠了个躬。

那天黄昏和整个夜晚，塘水流失了。第二天，水塘缩小到原来的面积，失去了前一天的光辉。那是一次对热血和放松了的意志的召唤，是一次转瞬即逝而影响却没有消逝的祝福，是一股神圣的力量，是一道具有魔力的符咒，是一次青春的短暂的圣餐。

13　巴特利特小姐的锅炉是如何令人厌倦的

行这样的鞠躬礼，这样的会面，露西已排练过无数次啦！不过她总是在室内排练的，身上佩戴着某些装饰品，我们当然有权这样设想。可是谁会预见到她和乔治竟会在文明丧失殆尽的场合中，在七歪八竖地散落在阳光灿烂的大地上的一大堆外衣、硬领和靴子之间会晤？她曾想象过一位年轻的艾默森先生，他可能有点腼腆，或者心理病态，或者态度冷淡，或者暗地里傲慢无礼。对上述情况，她都有思想准备。但是她从来也没有想到过这个人会高高兴兴地像晨星一样向她欢呼。

她本人坐在屋内，与老迈的巴特沃思太太一起用茶，想到人生真是难以逆料，不可能有丝毫的正确性，而对人生进行预先排练简直是不可能的。只要布景出一点差错，观众中有一张脸表示不满，有个观众突然冲上台来，我们所有精心设计的手势就都显得毫无意义，或者过火了。她曾经想过“我会鞠躬。我不会和他握手。那样才最恰当”。她鞠了一躬——可是向谁鞠躬来着呢？向众神，向众英雄，向女学生们的胡思乱想！她是隔了一堆给世界制造很多麻烦的垃圾鞠躬的。

她就这样想着，而她的脑筋却集中在塞西尔身上。这是另一次可怕的订婚后的串门。巴特沃思太太想见见他，而他却不想让她见自己。他不想听她谈绣球花，为什么海边的绣球花颜色不一样。他也不想加入慈善机构协会[①]。他碰到不痛快时，总是煞费苦心地与人周旋，本来回答“是”或“不是”就可以的时候，他却要巧妙地讲上半天。露西使他平静下来，用一种可以指望他们婚后和谐的方式对他说的话做一些不太高明的修正和补充。世界上没有完美的人，在婚前发现对方的缺点还是比较明智的。巴特利特小姐虽然没有讲大道理，却在实践中使姑娘认识到我们生活中的一切都不是美满的。露西虽然不喜欢这位老师，却认为她教授的内容很深刻，便把它应用到她恋人身上。

她们回到家里，她的母亲说，“露西，塞西尔有什么不对头的地方吗?”

这句问话是个不祥的预兆。迄今为止，霍尼彻奇太太始终

① 该机构成立于 1869 年，其宗旨为调节贫民救济法的执行、协调各慈善团体之间的关系。1946 年更名为家庭福利协会。

很宽容，也很有节制。

“不，我觉得没什么，妈妈；塞西尔没事。”

“也许他太累了吧。”

露西作了妥协：也许塞西尔是有点累了。

“因为倘使不是这样——”她把系帽子的别针一只只拔出来，显得愈来愈不高兴——“因为倘使不是这样，我就无法解释他的态度了。”

“我的确认为巴特沃思太太这个人很乏味，要是你指的是这件事的话。”

“是塞西尔叫你这样想的。你小时候就热爱她，生伤寒的时候，她对你可好得没法说。不——总是这么回事，哪儿都一样。”

“我来帮你把帽子收起来，好吗？”

“他对她维持半小时的礼貌总可以吧？”

“塞西尔对人有一种非常高的标准，”露西结结巴巴地说，她知道还会有麻烦。“这高标准是他的理想的一部分——正是他的理想使他有时候看来——”

“哼，完全是胡说八道！要是崇高的理想使一个年轻人可以对人粗暴无礼，那么这种崇高的理想愈早抛弃愈好，”霍尼彻奇太太一面说话，一面把帽子递给露西。

“可是，妈妈！你也有对巴特沃思太太不客气的时候，我看到过！”

“这个不一样。有时候我真恨不得把她宰了。可就是不一样。不。塞西尔完全就是那种人。”

“我想起来了——我以前没有告诉你。我在伦敦时收到过夏绿蒂的一封信。”

这一试图变换话题的做法实在太幼稚了，霍尼彻奇太太对此感到愤慨。

“塞西尔从伦敦回来后，好像对什么都不满意。只要我一开口，他就皱起眉头——我看到他的，露西；你否认也没有用。毫无疑问，我这个人既不懂艺术，又不懂文学，没有什么学问，对音乐也是一窍不通，可是我对客厅的家具无能为力：是你爸爸买下的，我们只得将就着用，所以只好请塞西尔行行好记住这一点。”

“我——我明白你的意思，当然啰，塞西尔不应该那样。不过他不是故意失礼——有一次他说过——使他心烦的是东西——丑陋的东西很容易使他心烦——他不是对人不客气。”

“那么弗雷迪唱歌，是东西还是人?”

“你总不能指望真正懂得音乐的人会像我们那样对滑稽小调感到津津有味吧!”

“那么他为什么不到别的房间去呢? 为什么要坐在那里，扭动着身躯，露出不屑一顾的神色，使每个人都感到扫兴呢?”

“我们不应该待人不公平，”露西支支吾吾道。有某种东西使得她变得软弱了，而她为了给塞西尔争面子，这在伦敦她把握得非常完美，可是现在却无法奏效。两种文明发生了冲突——塞西尔曾暗示过很可能会发生冲突——她感到眼花缭乱、不知所措，似乎聚在整个文明后面的光芒把她的眼睛都搞花了。高雅的情趣与低俗的情趣原不过是时髦的语汇、不同式样的衣服罢了；而音乐本身通过了松林，会渐渐消失，只剩下耳语般的声响，那时一首歌和一曲滑稽小调就没有什么区别了。

霍尼彻奇太太在换衣服，准备吃晚饭，这时露西仍然处在很尴尬的心情中；她虽然不时说上一两句话，但是仍旧无济于事。事实是无法掩饰的——塞西尔存心显得态度傲慢，而他成功了。但露西——她不知什么缘故——却希望麻烦不要在这个时候发生。

“去换衣服吧，亲爱的；你要迟到了。”

“好的，妈妈——”

“不要嘴上说‘好的’，两只脚却动也不动。走吧！”

她服从了，但是却在扶梯平台的窗前郁郁不乐地逗留下来。窗是朝北的，所以看不见什么景色，也看不见天空。现在松树就在她的眼前，像冬天那样。你就会把扶梯平台的窗子和忧郁联系在一起。并没有什么具体问题威胁着她，可是她却独自叹了口气说，“天哪，我该怎么办，我该怎么办呢?”在她看来，除了她自己外，所有的人的态度都非常不好。而且她不该提起巴特利特小姐的信。她必须更加小心：她的母亲相当好奇，很可能会问起信上写了些什么。天啊，她该怎么办呢？——就在那时，弗雷迪跳跳蹦蹦地上楼来了，他也成了态度不好的人中间的一员。

“喂，那些人真呱呱叫。”

“亲爱的宝贝，你多么令人讨厌啊！你没有必要带他们到神圣湖去游水；那个地方太公开了。你游游水倒无所谓，可其他人就很糟糕。以后务必小心一些。你忘了这地方已成为半郊区了。”

“我说，下个礼拜的今天有什么事吗？”

“就我所知道的，没有。”

“那么我要请艾默森爷儿俩来打星期天网球。”

“哦，弗雷迪，要是我就不想这样做，现在乱得一团糟，我就不想这样做。”

“网球场有什么问题吗？他们不会在乎有些隆起的地方的，再说，我已经去订购了新球。”

“我认为还是不请的好。我真的这样认为。”

他抓住了她的两肘，诙谐地带她顺着过道跳起舞来。她假装不在乎，但真想着恼地尖叫起来。塞西尔到盥洗室去时，扫视了他们一眼，玛丽正捧着一大叠热水罐过来，让他们给挡了道。就在这时，霍尼彻奇太太打开门说，“露西，你闹得真凶啊！我有话对你讲。你刚才说收到过夏绿蒂的信，是吗？”弗雷迪就此溜之大吉。

“是的。我实在不能留下来。我也必须去换衣服。”

“夏绿蒂怎么样?”

“很好。”

“露西!”

这倒霉的姑娘转回来。

“你有个坏习惯，别人的话才讲了一半，你就急着要离开。夏绿蒂提起她的锅炉没有?”

“她的什么?”

“难道你不记得她的锅炉十月份要检修，洗澡水的蓄水箱要清洗，还有各种要做的麻烦事儿?”

“我实在记不得夏绿蒂的所有烦恼了，”露西带着苦涩说。“既然你对塞西尔不满意，我自己的烦恼也将是够多的。”

霍尼彻奇太太原是可以发火的。但是她没有。她说：“过来，好姑娘——谢谢你替我把帽子收了起来——吻我一下吧。”虽然世界上的一切都不是完美的，但是那一瞬间，露西觉得她妈妈、风角以及斜阳照耀下的威尔德地区都是很完美的。

生活中的摩擦就这样消除了。在风角摩擦常常得到消除。社交机器到了无法运转的最后关头，这个家庭的某个成员就会给它加上一滴油。塞西尔看不起她们的这些办法——也许他是对的。不管怎么样，这些可不是他本人的办法。

七点半开晚饭。弗雷迪急匆匆地做了感恩祷告，大家把椅子拖近桌子，就吃起来。幸运的是男士们都饿了。一直到上布丁，没有发生过任何出格的事。这时弗雷迪说：

“露西，艾默森是怎么样的一个人?”

“我是在佛罗伦萨看到他的，”露西说，希望这样也能算是回答了。

“他属于聪明人那一类，还是是个正派人?”

“问塞西尔好了；他是塞西尔请来的。”

“他属于聪明人那一类，就像我本人一样，”塞西尔说。

弗雷迪带着狐疑的眼光看着他。

“你们住在贝尔托利尼公寓时，你跟他们熟悉到什么程度?”霍尼彻奇太太问。

“噢，只是泛泛之交而已。我想说的是夏绿蒂对他们甚至比我还不熟悉。”

“哦，这使我想起——你从没告诉过我夏绿蒂在信里讲了一些什么。”

“不过东讲讲，西讲讲罢了，”露西说，不知道她是否能不说谎话就把这顿饭吃完。“除了这些，还有她的一个令人望而生畏的女朋友曾骑自行车经过夏街，她说不知道是否来看望过我们，结果谢天谢地，她没有来。”

“露西，我真的想说你讲话很刻薄。”

“她是写小说的，”露西狡黠地说。这句话非常巧妙，因为霍尼彻奇太太最恼火的事情便是女人着手搞文学了。她会摒弃所有的话题，专门谴责那些不照料家务和孩子、一心想通过出书来沽名钓誉的女人。她的态度是：“如果必须写书，那就让男人来写好了。”她继续就题发挥，滔滔不绝，而塞西尔不断地打呵欠，弗雷迪则用李子核玩起一种叫做“今年成功、明年成功、要么现在就成功、要么永远也不成功”的游戏来，而露西却机灵地不断在她母亲的怒火上添柴加薪。不过不久这大火就熄灭了，幽灵开始在黑暗中聚集。幽灵实在太多了。最早的幽灵——在她脸颊上的那一吻——肯定早就被驱散了；在山上，曾有人一度吻了她一下，这对她说来算不了什么。可是这个幽灵却招来了一大帮幽灵——哈里斯先生、巴特利特小姐的信、毕比先生关于紫罗兰的回忆——而这些幽灵，不是这个，便是那个，必然会当着塞西尔的面来纠缠她。现在回来的幽灵正是巴特利特小姐，形象生动得叫人胆战心惊。

“露西，我一直在想夏绿蒂的那封信。她怎么样?”

“信给我撕了。”

“她没有说起自己怎么样吗? 她信上的口气怎样? 高兴吗?”

“哦，是的，我想是的——不——我想不太高兴。”

“那么，毫无疑问，准是因为锅炉的问题啰。我自己就体会到水的问题多么折磨人。我宁可其他任何事情出问题——甚至肉烧坏了都没有关系。”

塞西尔把一只手蒙住了眼睛。

“我也是这样认为的，”弗雷迪表明自己的看法，支持他的母亲——支持他母亲说的话的精神，而不是支持它的内容。

“我一直在想，”她神情相当紧张地接着说，“我们当然可以挤出一些地方让夏绿蒂下星期来住下，等水暖工在顿桥井完工前，让她好好儿度个假期。我已经有好久没有见到可怜的夏绿蒂啦。”

露西感到她的神经承受不了啦。可是她妈妈刚才在楼上对她那么好，她实在不好意思强烈地反对。

“妈妈，这样不行！”她恳求道。“这是不可能的。我们不能不顾一切来考虑夏绿蒂的问题；拿目前的情况看，我们已经挤得要死了。弗雷迪的一个朋友星期二要来，还有塞西尔，而且由于怕白喉传染，你还答应让明妮·毕比来住。这简直是不可能的事。”

“胡说！就是可能。”

“除非让明妮睡在浴室里。没有其他办法。”

“明妮可以和你一起睡。”

“我不要。”

“如果你这样自私，那么弗洛伊德先生必须和弗雷迪合住一间了。”

“巴特利特小姐，巴特利特小姐，巴特利特小姐，”塞西尔低声抱怨道，又一次用手蒙住了眼睛。

“这是不可能的，”露西再次说。“我不想制造麻烦，可是这样把屋子挤得满满的，对女用人来说，确实也是不公平的。”

唉！

“亲爱的，事实的真相是你不喜欢夏绿蒂。”

“是的，我不喜欢她。塞西尔也同样不喜欢她。她使得我们心烦。你近来没有见到过她，不知道她可以多么讨人厌，尽管她是个大好人。妈妈，这是最后一个夏天了，所以请不要让我们心烦；不要请她来，就惯我们一次吧。”

“说得好，说得好！”塞西尔说。

霍尼彻奇太太的神情显得比平时严肃，带着比平时所流露的更多的激情，应道，“你们两个这样讲话太不厚道。你们彼此可以做伴，可以在所有这些林子里散步，有那么多的美景；而可怜的夏绿蒂连水源也切断了，只有几个水暖工做伴。亲爱的，你们很年轻，但不管青年人多么聪明，不管他们读过多少书，他们永远也无法体会变得愈来愈老是什么滋味。”

塞西尔把他的面包撕成碎块。

“我必须说那一年我骑自行车去探望夏绿蒂表姐时，她待我好极了，”弗雷迪插进来说。“她一而再地感谢我去看她，使我感到自己是个大傻瓜，还手忙脚乱地团团转，为的是煮一个鸡蛋给我当点心，要煮得恰到好处。”

“亲爱的，这我知道。她待每个人都很好，可是当我们设法给她一点点回报时，露西却留难起来。”

但露西铁了心。待巴特利特小姐好可没有什么好报。她已试过好多次，最近还试过。一个人待人好可能使他在天堂里贮存一笔财富，但是他无法使巴特利特小姐或其他人在地球上富起来。她被逼得只好说：“妈妈，我实在没有办法。我不喜欢夏绿蒂。我承认我这样真要不得。”

“从你本人写的信来看，你早就对她这样说过了。”

“唉，你知道她一定要那么愚蠢地离开佛罗伦萨。她慌慌张张地——”

幽灵又回来了；那些幽灵布满了意大利，甚至正在侵占她童年时代就熟悉的那些地方。神圣湖再也不会是过去的神圣湖了，而下星期日，风角也会发生变化。她将怎样同幽灵搏斗呢？一刹那间，看得见的世界渐渐消失了，似乎只有回忆与感情才真正存在。

“依我看，巴特利特小姐鸡蛋煮得那么好，她是一定该来的，”塞西尔说，多亏晚餐烹调得非常出色，他的心情还比较愉快。

“我不是说鸡蛋煮得多么好，”弗雷迪纠正他，“因为事实上她忘了把鸡蛋从火上拿开，而且其实我也并不喜欢吃鸡蛋。我只是想说她看起来非常友好。”

塞西尔又皱起了眉。唉，霍尼彻奇这一家子啊！鸡蛋、锅炉、绣球花、女用人——这些就是他们生活的组成。“我和露西可以离开座位吗？”他问，丝毫也不掩饰他的傲慢态度。“我们不想吃甜点心。”

14　露西勇敢地面对外部的局势

当然，巴特利特小姐接受了邀请。同样理所当然的是，她感到她肯定将成为一名给别人添很多麻烦的人，因此请求给她一间较差的备用房间——譬如说看不见风景的房间，或者随便什么房间。她还向露西问好。同样理所当然的是，下星期天乔治·艾默森能前来打网球。

露西勇敢地面对这一局势，虽然，她和我们大多数人一样，仅仅是面对她周围的局势。她从来不把目光投向内部。如果有时候有些古怪的形象从她内心深处浮现出来，她便把它们归为神经紧张的缘故。塞西尔把艾默森父子弄到夏街来，使她神经紧张。夏绿蒂很可能会把过去的荒唐事梳妆打扮后端出来，这也可能使她神经紧张。一到晚上，她的神经就很紧张。她和乔治谈话时——他们几乎立刻在教区长家里又会晤了——

他的嗓音深深地打动了她，她巴不得继续和他在一起。要是她真巴不得和他继续在一起，那是多么可怕呀！当然，这种想法也是由于神经紧张才有的，神经紧张就喜欢这样恶意地作弄我们。有一次，她被“一些无中生有的、她弄不明白是什么意思的情绪”所困扰。后来在一个下雨天的下午，塞西尔对她讲解了心理学，于是青年人在这个她很不理解的世界里的一切烦恼都可以给打消。

情况很清楚，读者可以得出结论：“她爱上了小艾默森。”但是如果一位读者处于露西的地位，他就会感到情况并不那么清楚了。记录生活中所发生的事是容易的，但是该怎样生活却使人感到惶惑，因此我们欢迎“神经紧张”或其他能掩盖我们个人欲望的陈词滥调。她爱塞西尔；乔治使她神经紧张；读者可愿意向她解释这两句话里的词语应该倒过来用？

然而外部的局势——她将勇敢地面对它。

在教区长家里的那次会晤相当顺利。当时，她站在毕比先生与塞西尔之间，有几次恰如其分地提到了意大利，乔治做了回答。她迫切地想表明自己并不胆怯，很高兴乔治也并不显得胆怯。

“是个好小伙子，”毕比先生后来说。“他到时候会把自己的不成熟的地方消除的。倒是有些青年人，八面玲珑，应付自如，我却有些信不过。”

露西说，“看来他的情绪比先前好。笑得比以前多了。”

“是的，”教区长回答。“他正在苏醒。”

事情的经过就是这样。可是随着那一周时光的流逝，她的防御工事又倒塌了一些，脑海里出现的形象是个俊男子。

尽管有关巴特利特小姐应如何到达风角的说明写得再清楚不过，她还是把事情弄得一团糟。她应该准时抵达多金的东南铁路的车站，霍尼彻奇太太乘车去那里接她。然而她却来到了伦敦和布赖顿铁路的车站，然后不得不雇一辆马车过来。那时家里除了弗雷迪和他那个朋友外，没有别人，他们只好停止打网球来招待她，足足陪了她一小时。塞西尔和露西四点回到家，这些人加上小明妮·毕比组成了一个多少带点忧郁的六人小组，在高坡的草地上吃茶点。

“我将永远不会原谅自己，”巴特利特小姐说，她不断地站起来，大家不得不恳求她坐下来继续用茶。“我把一切都搞乱了。闯到年轻人中间来！不过我坚持要付来这里的马车钱。无论如何，请允许我付车钱。”

“我们家的客人从来不做这样令人震惊的事，”露西说，她的弟弟也嚷道，“露西，我已经讲了半个钟头，讲来讲去要夏绿蒂表姐相信的就是这一点。”他的语气很烦躁，在他的记忆中，那只水煮鸡蛋已经很淡薄了。

“我不认为我自己是个一般客人，”巴特利特小姐说，注视着她的那双已经磨损的手套。

“好吧，假使你一定要付的话。五先令，我还给了车夫一先令。”

巴特利特小姐朝钱袋里一看。只有几个金镑和便士。有人能找零钱给她吗？弗雷迪有半镑，他那个朋友有四枚面值两先令六便士的硬币。巴特利特小姐收下了他们的钱币，接着说，“这个金镑我应该给谁?”

“这件事放一放，等妈妈回来再说吧，”露西建议。

“不，亲爱的；你妈妈现在没有我来牵制她，可能去兜风了。我们每个人都有自己的一点小小的怪脾气，而我的怪脾气就是账要马上结清。”

这时，弗雷迪的朋友弗洛伊德先生说了他的唯一一句值得引述的话：他提出用投掷弗雷迪的那枚钱币的办法来决定巴特利特小姐的那个金镑的归属。一种解决办法似乎已在望，连一直以引人注意的姿态对着景色喝着茶的塞西尔也感受到机会之神所具有的永恒的魅力，于是他转过身来。

然而这个方法也不行。

“对不起——对不起——我知道我是个十分糟糕、使人扫兴的人，不过这样做会使我很难受。我实际上是在掠夺输家。”

“弗雷迪欠我十五先令，”塞西尔插话道。“假使你把那镑钱给我就万事大吉了。”

“十五先令，”巴特利特小姐满腹狐疑地说。“维斯先生，这是怎么回事?”

“你不明白吗？这是因为弗雷迪给你付的车钱。你把英镑给我，我们就能避免这场不幸的赌博了。”

巴特利特小姐对数字不很精通，这下子给搞糊涂了，便把英镑交了出来，弗雷迪与弗洛伊德竭力想忍住，但还是咯咯地笑出声来。那一瞬间，塞西尔十分得意。他正在和身份与他相同的人在一起瞎胡闹啊。接着他朝露西一望，只见她脸上的淡淡的忧虑神情破坏了她的笑容。明年一月，他就将把他的莱奥纳多①从这种极端无聊的废话中拯救出来。

“但是这样我不明白！”明妮·毕比高声嚷道，她仔细地观看了这一幕不公平的交易。“我不明白为什么维斯先生要得到这个英镑。”

“那是因为是十五先令和五先令，”他们严肃地说。“你知道，十五先令加五先令正好是一镑。”

“但是我不明白——”

他们塞给她许多蛋糕，不让她说话。

“不，谢谢。我吃饱了。我不明白为什么——弗雷迪，别拿手指捅我。霍尼彻奇小姐，你弟弟把我戳痛了。啊唷！那么弗洛伊德先生的十先令怎么办？啊唷！是啊，我不明白，而且将永远弄不明白那位叫什么来着的小姐不该支付给车夫的那一

① 他在这里把露西的表情比作莱奥纳多·达·芬奇的《蒙娜·丽莎》的神秘的微笑。

先令。”

“我忘了那个车夫了，”巴特利特小姐说，脸颊泛红了。“亲爱的，谢谢你提醒我。是一先令，是不？谁能给这枚两先令六便士的硬币找钱？”

“我去拿，”年轻的女主人说，果断地站起来。“塞西尔，把那个金镑给我。对——拿出来给我。我让尤菲米娅去把它兑开，我们来从头算起。”

“露西——露西——我多惹人厌啊！”巴特利特小姐表示反对，便跟着她穿过草地。露西在前面轻快地走着，装出兴高采烈的样子。等她们走到了别人听不见她们讲话的地方，巴特利特小姐不再唉声叹气，而是相当欢快地说：“关于他，你跟他讲了没有？”

“没有，我没有讲，”露西回答，接着，因为自己这样快就领会她表姐的意思，恨不得咬掉自己的舌头。“让我想想——一个金镑换多少银币。”

她躲到厨房里去了。巴特利特小姐突然改变话题，实在太不可思议了。有时候她说的每句话或引起她说每一句话的原因好像都是有计划的；所有这些有关车钱和找零钱的令人头痛的事好像也是一种策略，为了对她的心灵进行突然袭击。

“没有，我没有告诉塞西尔或任何人。”她从厨房里出来说。“我答应过你不告诉任何人的。钱在这里——除了两枚两先令六便士的硬币，都是先令。你数一下好吗？你现在可以满意地了结你的欠账了。”

这时巴特利特小姐正在客厅里，凝视着那幅圣约翰升天图，这幅画已配上了镜框。

“多可怕呀!”她喃喃地说，“要是维斯先生从别人嘴里知道这件事，那简直不堪设想。”

“不会的，夏绿蒂，”姑娘说，她进入了战斗。“乔治·艾默森不会有问题，那么还有什么别人呢?”

巴特利特小姐想了想。“譬如说，那个车夫。我看到他透过树丛偷看你们。我还记得他嘴里衔了一支紫罗兰。”

露西微微战栗起来。“要是我们不小心，这件蠢事就会搞得我们心神不安。一名佛罗伦萨的车夫怎么可能找到塞西尔呢?”

“我们必须考虑各种可能性。”

“噢，这不会有什么问题。”

“再说，也许老艾默森先生知道这件事，事实上，他一定知道的。”

“我不在乎他知道不知道。我很感谢你的信，不过即使消息真的传开了，我想我也能信赖塞西尔会付之一笑。”

“会反驳?”

“不，会一笑了之。”不过她心里明白她是不能信赖他的，因为他希望她白璧无瑕。

“很好，亲爱的，你最最明白。或许先生们和我年轻时的先生们不一样了。女士们是肯定不一样了。”

“啊，夏绿蒂!”她开玩笑地打了她一下。“你这个好心的、喜欢替人担心的人儿！你到底要我怎么样呢？起先你说，‘不要讲，’后来你又说，‘讲。’那么到底讲还是不讲？快说!”

巴特利特小姐叹了口气。“最亲爱的，我讲不过你。我想到在佛罗伦萨如何对你干预，而你却能非常好地照顾自己，在各方面都比我聪明得多，我真感到羞愧。你永远也不会原谅我了。”

“那么我们出去好不好？要是我们不出去，他们会把所有的瓷器都打碎的。”

因为这时空气中震响着明妮的尖叫声，有人用茶匙在刮她的头皮。

“等一下，亲爱的——我们很可能再也没有这样谈心的机会了。你见到过那个年轻人没有?”

“是的，见到过。”

“是怎么回事?”

“我们在教区长家里会晤的。”

“他采取什么态度?”

“没有什么态度。他像其他人一样谈到了意大利。真的没有什么问题。直话直说，要是他真的耍无赖，对他又有什么好处？我真希望能使你和我一样看问题。他不会惹什么麻烦的，夏绿蒂。”

“一次是无赖，终身是无赖。这是我区区的意见。”

露西停顿了一下。“有一天，塞西尔说——我认为他说得非常深刻——有两种无赖——有意识的和下意识的无赖。”她又停下来，想把塞西尔说的话的深刻含义明确地传达出来。她向窗外望去，看到了塞西尔本人，正在翻阅一本小说。这是从史密斯图书馆借来的一本新书。看来她的妈妈一定已从车站回来了。

“一次是无赖，终身是无赖，”巴特利特小姐念念有词地说。

“我说的下意识指的是艾默森先生失去了自制。我跌倒在一大片紫罗兰花丛里，他一时晕头转向，猝不及防。我想我们不应该过分指责他。当你冷不防看到一个人背后有那么多美丽的东西，感觉就大不一样。真的不一样，大大的不一样，于是他失去了自制；他一点也不爱慕我，或者有诸如此类的无聊想法，拿我当一棵小草。弗雷迪很喜欢他，请他星期天到这里来，这样你可以自己去作出判断。他很有进步，并不老是看上去就要突然哭起来的样子。他现在是一家大铁路公司总经理办公室的职员——可不是茶房——周末赶来看望他的爸爸。他爸爸原想搞新闻工作，不过现在得了风湿病，退休在家。好啦！我们现在到花园里去吧！”她挽起了客人的手臂。“我们不再谈这起荒唐的意大利事件好不好？我们希望你这次在风角无忧无虑，能安安静静、舒舒服服地玩上几天。”

露西自以为这番话讲得挺不错。读者可能察觉这里面有个不幸的漏洞。至于巴特利特小姐是否察觉这一点倒也难说，因为要深入地看清上了年纪的人的内心是不可能的。她可能还要讲下去，不过女主人进屋打断了她们。于是有一番解释，在这过程中，露西悄悄地溜走了，脑海里的那些形象搏动得更加鲜龙活跳了。

15 内部的灾难

巴特利特小姐到来后的那个星期天是个阳光灿烂的日子，像那一年的大多数日子一样。在威尔德地区，秋天已逼近，打破了夏天的单一的绿色，公园里蒙上了一层灰色的薄雾，山毛榉树呈现赤褐色，栎树则被装点成金色。在高地上，一片片发黑的松树目睹了这些变化，但是本身却依然故我。不管是夏天还是秋天，乡间总是晴空万里，而不管是夏天还是秋天，教堂里都传出叮叮当当的钟声。

此刻风角的花园空荡荡的，只有一本红封面的书躺在沙砾小路上晒太阳。屋子里断断续续地传出各种声音，原来是妇女们在准备去教堂。“先生们说他们不去”——“唔，我可不怪他们”——“明妮问她一定得去吗?”——“告诉她，不要胡闹”——“安妮！玛丽！帮我把背后的搭扣钩好!”——“最亲爱的露西亚，我可以麻烦你给我一只别针吗?”这是因为巴特利特小姐已宣布她无论如何是去教堂中的一个。

太阳在它的运行途中愈升愈高，引导它前进的不是法厄同，而是阿波罗①，阳光神圣而强烈，不偏不倚。每当女士们走向卧室的窗前，太阳的光线便照射在她们的身上；也照射在下面夏街上的毕比先生身上，他正笑容满面地读着凯瑟琳·艾伦小姐的来信；也照射在乔治·艾默森身上，他正在替他父亲擦皮靴；最后，也照射在先前提到过的那本红书上，这样值得记叙的大事便全部记录在案了。女士们移动身子，毕比先生移动身子，乔治移动身子，而移动就可能会产生阴影。但是那本书却躺在那里动也不动，整个上午都接受阳光的爱抚，它的封面微微翘起，似乎在对阳光的爱抚表示感谢。

过了一会儿，露西从客厅的落地长窗里走出来。她穿的那身樱桃色的新衣裙并不生色，使她看上去俗艳而无血色。她脖子前别了一只石榴红的别针，手指上戴了一个镶了好几块红宝石的戒指——她的订婚戒。她的眼睛望着威尔德地区。她眉毛微蹙——倒不是在生气，而是像一个勇敢的孩子竭力忍住不哭时的样子。在那一大片空旷的土地上，没有眼睛注视着她，她尽可以皱眉，没有人会指责她，并且还可以打量阿波罗与西边

---

① 阿波罗，希腊罗马神话中主管阳光、智慧、音乐、诗歌、医药、预言、男性美的神；即太阳神。

山峦之间的那段空间。

“露西！露西！那是本什么书？谁从书架上拿了书，把它扔在那里，听凭它给弄脏?”

“只不过是塞西尔一直在看的那本从图书馆借来的书。”

“不过还是把它捡起来吧，不要站在那里什么事也不干，像一只红鹳那样。”

露西把书捡了起来，无精打采地朝书名看了一眼：《凉廊下》。她现在不再看小说了，把所有的空暇时间都用来阅读严肃的文学专著，希望能赶上塞西尔。真是可怕，她的知识十分有限，甚至她自以为知道的东西，像意大利画家，她发现也已忘得一干二净。就在今天早晨，她还把弗朗切斯科·弗朗切亚与皮埃罗·德拉·弗朗切斯卡搞混了，塞西尔就说，“什么！难道你已经把你的意大利忘记了不成?”这也使她的目光中增添焦虑的神色，这时她正怀着敬意注视着面前的使她感到非常亲切的景色和花园，还有上空那很难想象会出现在别处的、使她感到非常亲切的太阳。

“露西——你有没有一枚六便士的硬币可以给明妮，一枚一先令的硬币给你自己用?”

她赶紧进屋向她的母亲走去，霍尼彻奇太太正慌慌张张地忙得团团转，她星期天总是这样的。

“这是一次特别捐献——我忘记为了什么了。我请求你们不要用半便士的小钱，弄得在盘子里叮叮当当响得多么讨厌；

一定要让明妮有一枚干干净净、银光闪闪的六便士硬币。这孩子到哪里去了？明妮！瞧那本书给弄得完全变了形。（天哪，你看上去多平淡啊!）把书压在地图册下面吧。明妮!”

“嗳，霍尼彻奇太太——”从花园的高处传来了声音。

“明妮，别迟到。马儿来了。”——她总是说马儿，从来不说马车。“夏绿蒂在哪儿？跑去叫她快点来。她为什么这样慢？其实她也没有什么事要做啊。她老是什么也不带，只带衬衫来。可怜的夏绿蒂——我多讨厌衬衫啊！明妮!”

不信教像是一种传染病——比白喉或笃信宗教更厉害——于是这教区长的侄女被带到教堂去，她呢，连声抗议着。她像平常一样，不明白为什么要去教堂。为什么不能和青年男士一起坐着晒太阳呢？那两个青年男士现在走出来了，用不客气的话讥笑她。霍尼彻奇太太为正统的信仰辩护，就在这一片忙乱中，巴特利特小姐打扮得非常时髦，从楼梯上款款而下。

“亲爱的玛丽安，非常对不起，我没有零钱——只有金镑和两先令半的硬币。有没有人能给我——”

“有，而且很容易。上来吧。天啊，你打扮得漂亮极了。这身连衣裙真好看！你使我们全都黯然失色了。”

“要是我现在还不穿我的那些最讲究的破烂货，那么还有什么时候穿呢?”巴特利特小姐带着责问的口气说。她登上双座四轮敞篷马车，背对着马儿坐好。接着是一番必然会有的喧闹，她们便上路了。

“再见！好生去吧！”塞西尔叫道。

露西咬了咬嘴唇，因为他的语调带着讥讽的意味。关于“上教堂和诸如此类的事情”的话题，他们曾经有过一番难以令人满意的谈话。他说过人应该自我检查，可是她不想检查自己；她也不知道如何来进行。塞西尔对真诚的正统信仰是尊重的，不过一直认为真诚是精神危机的产物；他无法想象真诚是人生来就有的天赋权利，会像花树一样向天空伸展。他有关这一话题说的所有的话刺痛了她，虽然他的每一个毛孔都散发出宽容来；然而不知为什么艾默森父子就是不一样。

做完礼拜以后，她看到了艾默森父子。马车在路上排成了一行，霍尼彻奇家的马车碰巧就停在希西别墅对面。她们为了节约时间，就从草地上走过去乘车，碰到这爷儿俩正在花园里吸烟。

“给我介绍一下，”她母亲说。“除非那年轻人认为他已经认得我了。”

很可能他认得她；但是露西不管神圣湖的那番经历，正式为他们作了介绍。老艾默森先生很热情地同她打招呼，说他很高兴她将要结婚。她说是的，她也很高兴；那时，巴特利特小姐和明妮与毕比先生一起留在后面，露西便把谈话转到一个不那么叫人不安的话题上来，问他是否喜欢他的新居。

“很喜欢，”他回答，不过他的话音里包含着一点不痛快，她可从没看到他不痛快过。他接着说，“不过我们发现两位艾伦小姐原来打算来住，而我们把她们赶走了。女人家对这类事情是很在乎的。为此我感到十分心烦。”

“我想这里面有点误会，”霍尼彻奇太太不安地说。

“有人对房东说我们是另外一种人，”乔治说，似乎存心把这问题深入下去。“他以为我们很懂艺术。他失望了。”

“我不知道我们是否应该写信给两位艾伦小姐，主动把房子让出来。你觉得怎么样?”他向露西提出这一问题。

“哦，既来之，则安之吧，”露西轻松地说。她必须避免责怪塞西尔。因为这幕小插曲的矛头直指塞西尔，虽然从来也没有提到过他的名字。

“乔治也是这样说的。他说两位艾伦小姐只好让位了。然而这好像太残酷了。”

“世界上的仁慈是有限的，”乔治说，望着太阳光照在往来车辆的镶板上闪闪发亮。

“可不是!”霍尼彻奇太太嚷道。“我正是这样说的。何必为这两位艾伦小姐花费那么多的口舌呢?”

“仁慈是有限的，正如太阳光也是有限的，”他继续用有节奏的语调说。“无论我们站在什么地方，总会在某一样物体上投下阴影，为了保护物体而变换地方是没有用的，因为阴影总会跟踪而来。因此，还是选择一块不会损害别人的地方——是的，选择一块不会损害别人太多的地方，然后尽最大的努力站在那里，面对阳光。”

“哎呀，艾默森先生。我看得出你很聪明!”

“呃——?”

“我看得出你会变得很聪明的。我希望你以前没有那样对待过可怜的弗雷迪。”

乔治的眼睛露出笑意，露西心想他和她妈妈会相处得很好的。

“是的，我没有，”他说。“倒是他那样对待过我。这是他的处世哲学。只不过他根据它来开始生活，而我却先采用个大问号来开始。”

“你这是什么意思？不，不用管它你是什么意思。不用解释了。他盼着今天下午跟你会面呢。你打网球吗？星期天打网球你介意吗——?”

“乔治会介意在星期天打网球！乔治受过那种教育，还会区分星期天和——”

“很好，星期天打网球乔治不介意。我也同样不介意。那就说定了。艾默森先生，要是你能和令郎一起来，我们将感到不胜荣幸。”

他谢谢她，但听上去这段路走起来很长。这些天来，他只能稍微走动走动。

她转过去对乔治说，“而他却要把房子让给那两位艾伦小姐。”

“我知道，”乔治说，伸手钩住他父亲的脖子。毕比先生和露西一向知道他这个人心肠好，这份好心肠突然迸发出来，像太阳光照在一片茫茫的景色上——是些许朝阳的光芒吗？她想起来，尽管他古怪得很，他却从来没有讲过反对感情的话。

巴特利特小姐在走过来。

“你认识我们的表亲巴特利特小姐吧，”霍尼彻奇太太高兴地说。“你在佛罗伦萨见到过她和我的女儿在一起的。”

“一点不错！”老人说，看样子似乎要走到花园外面去迎接这位女士。巴特利特小姐迅速跨上马车。这样处在马车的保护之中，她按照礼节鞠了一躬。像是回到了贝尔托利尼公寓，餐桌上放着瓶装的水和葡萄酒。正是很久以前为了那间看得见风景的房间的那场争论。

乔治没有还礼。他和一般男孩子没什么两样，涨红了脸，感到羞愧；他很清楚这位监护人记得曾经发生的事。他说，“我——我会来打网球的，要是抽得出空的话，”说罢就进屋去了。也许他无论怎样做都能讨露西的欢心，可是他的别扭样子却径直地刺痛了她的心：男人毕竟不是神，而是像女孩子一样，也有人性，也有笨手笨脚的时候；即使男人也会为没有表达的情欲感到痛苦，也会需要帮助。对受过像她那样教养、具有像她那样人生目标的人说来，男人也有弱点是一个陌生的事实，不过在佛罗伦萨乔治把她的那些图片投入阿诺河里时，她已猜到了这一点。

“乔治，别走，”他父亲说，这老人认为他的儿子和别人说话将会使别人大为高兴。“乔治今天情绪非常好，我相信他今天下午终究会上你家去的。”

露西看到了她表姐的眼色。这眼色中不用语言表达的恳求所包含的某种东西使得她变得什么都顾不得了。“好啊，”她提高了嗓门说，“我真希望他能够来。”接着她走到马车边，喃喃地说，“他没有告诉老人那回事；我知道不会有问题的。”霍尼彻奇太太跟着她上了车，她们乘车走了。

露西很满意，因为艾默森先生不知道那次在佛罗伦萨的越轨行为；然而她的兴致也不应该一下子提得那么高，仿佛已看到了天堂的护墙一般。她很满意；然而她对待这件事肯定有点大喜过望。在回家的路上，马蹄对她唱起了如下的调子：“他没有对人说，他没有对人说。”她的大脑把这曲调扩展为：“他没有对他爸爸说——虽然他是什么都对爸爸说的。这不是一次冒险行动。我离开后，他并没有笑话我。”她伸手去摸脸颊。“他并不爱我。是的。要是当时他真的爱我，那该多么可怕呀！不过他没有对人说。他不会对人说的。”

她巴不得大声叫喊：“没有问题。这将永远是我们俩之间的秘密。塞西尔永远也不会知道。”她甚至庆幸，在佛罗伦萨最后的那个阴暗的傍晚，她和巴特利特小姐跪在他房间的地板上收拾行李时，巴特利特小姐要她答应保守秘密。这一秘密，不管是大还是小，总算保住了。在这个世界上只有三个英国人知道这个秘密。

她就是这样来理解她的喜悦的。在和塞西尔招呼时，她的容光特别焕发，因为感到十分安全。他扶她下车时，她说："艾默森父子俩非常客气。乔治·艾默森大有好转。"

"哦，我的那些被保护人怎么样了?"塞西尔问，其实对他们并不真正感到兴趣，早已忘却了当初决心把他们带到风角来是为了让他们受受教育。

"被保护人!"她嚷道，有一点激动。

因为塞西尔脑海里所设想的唯一的人际关系就是封建的关系：保护人与被保护人的关系。他根本看不到露西的心灵所渴望的同志之谊。

"你可以亲眼看看你的被保护人怎么样了。今天下午乔治·艾默森要来。和他这个人讲话非常有趣。只是你不要——"她几乎说出"你不要去保护他"。可是午饭的铃声响了，塞西尔没有好好仔细听她说的话，这情况是常常发生的。她的长处应该是妩媚，而不是辩论。

这顿午餐吃得很愉快。通常露西在吃饭时很压抑。因为她总是需要安慰某个人——不是塞西尔就是巴特利特小姐，再不然是一位凡人看不见的神——这位神正同她的心灵轻轻说着："这种欢乐情绪是不会持久的。明年一月你必须到伦敦去款待名人的孙儿孙女啦。"可是今天她觉得她获得了一种保证。她的妈妈总会坐在那个座位上，她的弟弟坐在这边。太阳虽然从早晨开始移动了一点儿，但是决不会被西边的山峦挡住。吃完了午饭，他们请她弹琴。那一年她看过格鲁克[①]的《阿尔米德》，便凭记忆弹奏了魔园那一场的音乐——雷诺[②]在永恒的曙光照耀下，合着音乐的节拍走向前来，乐声既没有转强，也没有变弱，而是像仙境中的海水，只有微波起伏，没有大起大落的潮汐。这样的音乐段子不适合弹钢琴，因此听众开始有些焦躁不安，塞西尔也感到不满意，便叫喊道，"现在给我们弹另一个花园——《帕西发尔》[③]里的花园的段子吧！"

她阖上了琴盖。

"这样不太尽责吧，"她母亲的声音说。

她生怕得罪了塞西尔，便迅速转过身来。咦，乔治就站在那里。他悄悄地溜了进来，没有打断她的演奏。

"哎呀，真没有想到！"她大声说，面孔涨得通红；接着，她没有和乔治打招呼，就重新打开了钢琴。塞西尔应该听到《帕西发尔》，还有他喜欢听的任何其他乐曲。

"我们的演奏家改变主意了，"巴特利特小姐说，这句话也许还包含了"她将弹给艾默森先生听"这层意思。露西不知怎么做才好，甚至不知道她自己想做什么。她弹了那支"百花

---

① 格鲁克(1714—1787)，德国作曲家，一生创作歌剧百部以上，《阿尔米德》为五幕歌剧，1777年初演于巴黎。

② 雷诺为该歌剧中的男主人公，为一信基督教的骑士，对异教徒女王阿尔米德由恨转为爱，闯进她所在的魔园。

③ 《帕西发尔》为瓦格纳创作的三幕歌剧。主人公山村少年帕西发尔为了取得圣矛，闯入妖术士的魔园。

仙女”唱的歌曲的几小节，弹得很糟糕，便停了下来。

“我提议去打网球，”弗雷迪说，对这样七拼八凑的余兴节目感到厌恶。

“很好，我也提议去打网球。”她又一次阖上了那架不走运的钢琴。“我提议你们来个男子双打。”

“好吧。”

“谢谢，我不参加，”塞西尔说。“我不想破坏你们的双打。”他根本没想到一个人球虽然打得不好，但在三缺一的情况下凑一脚是桩讨人喜欢的举动。

“啊，来吧，塞西尔。我打得不好，弗洛伊德也很糟糕，而且我敢说艾默森也是这样。”

乔治纠正他：“我打得并不不好。”

这样说话人们是会嗤之以鼻的。“那我当然不便打啰，”塞西尔说，而巴特利特小姐却以为他故意冷淡乔治，便接着说，“我和你的看法一样，维斯先生。你还是不打为妙。不打要好得多。”

明妮闯进了塞西尔不敢落脚的所在，向大家说她愿意打。“反正我每只球都接不住，所以有什么关系呢?”可是因为是星期天，不宜玩耍，这个好心的建议便遭到了沉重的打击。

“那么只好露西上场了，”霍尼彻奇太太说，“你们非得求露西不可了。没有其他的办法啊。露西，去换下你的裙子吧。”

一般说来，露西的安息日具有这样的双重性。早晨她遵守安息日，这可并不是假冒为善，但下午就不遵守了，也不觉得勉强。在她换裙子时，她怀疑塞西尔是否在讥笑她；她和塞西尔结婚前，确实必须彻底反省自己，把一切事情了结。

弗洛伊德先生与她搭档。她喜爱音乐，然而网球看来要好得多。穿着宽松舒适的衣服在球场上奔跑的感觉，比坐在钢琴前感到腋下束得紧紧的好多了。她又一次感到音乐只是一种儿戏。乔治发球，因为迫切希望赢球，使她猝不及防。她想起他在圣克罗彻的坟墓间徘徊，如何叹息不已，因为世事难如人意；在那个无名的意大利人死后，他靠在阿诺河边的矮墙上对她说："告诉你，我希望活下去。"他现在希望活下去，希望赢球，希望站在阳光里使出浑身解数——站在阳光里，这阳光开始西斜，照得她眼睛也睁不开；而他果真赢了。

威尔德地区看上去多美啊！群山矗立在一片光辉中，犹如菲耶索莱耸立在托斯卡纳区的平原上，而如果你愿意，也可以把南丘[1]当作卡拉拉[2]地区的山峦。她也许对意大利已有所淡忘，但是对她的英格兰却不断有新的发现。你可以把景色做一种新的游戏，试图在它数不清的重重叠叠山峦中找到某个小镇或村落，把它当作佛罗伦萨。威尔德地区看上去多美啊！

---

① 南丘，英格兰南部的丘陵地带。
② 卡拉拉，意大利西北部一滨海地区，位于佛罗伦萨的西北。

然而这时塞西尔叫她了。他碰巧这时思路清晰，很想挑错儿，对别人的兴高采烈并无好感。在打网球的整个过程中，他成了一个讨厌鬼，原来他在看的那本小说写得很糟，他感到非念给大家听不可。他就在网球场周围走来走去，大声嚷叫：“我说，露西，听听这一句。竟然用了三个分裂不定式[①]。”“太糟糕了！”露西说，一只球就扑了空。那盘球打完后，他还在念；有一段写到谋杀场面，真的大家不可不听。弗雷迪和弗洛伊德先生不得不到月桂树下去寻找一只不见了的球，但其余两个人默然同意了。

“地点是在佛罗伦萨。”

“真有意思，塞西尔！念下去吧。来，艾默森先生，打球用了那么多力气，快坐下吧。”拿她的话来说，她已“原谅了”乔治，便有意显得对他和气。

他一跃过网，在她的脚边坐下，问：“你——你累了吗？”

“我当然不累！”

“你输球在乎吗？”

她本想说“不在乎”，可是忽然感到她的确在乎，因此回答道“是的”。接着她乐呵呵地说：“不过我并不认为你是位高手。太阳光在你后面，但是直照着我的眼睛。”

“我从没说过我是高手啊。”

---

① 分裂不定式，指在 to 和动词之间插入副词的不定式。

“啥，你说过的。”

“你当时没有好好听。”

“你说过——哦，在这个家里可不作兴过分顶真的。我们都喜欢夸大其词，谁要是不这样，我们就要大大地生气。”

“地点是在佛罗伦萨，”塞西尔声调转高，又说了一遍。

露西使自己镇定下来。

“‘夕阳西下。利奥诺拉正快步——’”

露西打断了他。“利奥诺拉？她是女主人公吗？这本书是谁写的？”

“约瑟夫·艾默里·普兰克写的。‘夕阳西下。利奥诺拉正快步穿过广场。她祈求众圣不要太晚到达那里。夕阳西下——意大利夕阳西下。在奥卡涅[①]的凉廊——就是我们现在有时称做朗齐凉廊的下面——’”

露西爆发出一阵笑声。“是‘约瑟夫·艾默里·普兰克’！噢，那是拉维希小姐！原来是拉维希小姐写的小说；是用别人的名字出版的。”

“拉维希小姐是谁啊？”

“哦，一个可怕的人——艾默森先生，你还记得拉维希小姐吗？”因为下午过得很愉快，她相当兴奋，竟然拍起手来。

① 奥卡涅（约1308—约1368），意大利佛罗伦萨的画家、雕刻家、建筑师。这座朗齐凉廊据说是他设计的。实际上是他去世后不久由别人建造的。

乔治抬头看了看。“当然记得。我到夏街那天就看到了她。是她告诉我你住在这里的。”

“你不高兴吗?”她指的是——“看到了拉维希小姐”，不过他低下头去望着草地，没有回答，这使露西突然发觉她这句话可以指其他意思。他的头几乎靠着她的膝盖，她望着他的头，认为他的耳朵正在一点点地红起来。“怪不得这本书这么糟糕，”她又说。“我一向讨厌拉维希小姐。不过我想我们既然和她有一面之交，还是应该读读这本书。”

“所有现代小说都很糟糕，”塞西尔说，对露西不够专心很恼火，便把一腔怒气都发泄在文学作品上。“今天，人人都在为金钱写作。”

“唉，塞西尔——!”

“情况就是这样。我不再把约瑟夫·艾默里·普兰克强加给你们了。”

这天下午，塞西尔像只嘁嘁喳喳的麻雀，叫个不停。他的语调忽高忽低，是很引人注意的，但是对露西却没有影响。她一直生活在旋律与乐章里，她的神经对他发出的铿锵声毫无反应。她让他去着恼，又一次注视着那长着黑发的头。她并没有伸手去抚摸它，然而心里明白她很想去抚摸它；这种感觉是非常奇妙的。

“艾默森先生，你觉得我家的风景怎么样?”

“我向来不觉得风景有多大的差别。”

"你这是什么意思?"

"因为风景都是一样的。因为风景中最要紧的是距离和空气。"

塞西尔发出一声"哼!"他说不准这句话好不好算作惊人之语。

"我爸爸"——他抬眼望着她(他的脸有点发红)——"说只有一种景色是完美的——那就是我们头顶上的天空，而地上的所有景色都不过是粗制滥造的复制品。"

"我想你爸爸在读但丁[①]吧，"塞西尔说，一面用手指摸弄着那本小说，只有谈论那本书塞西尔才最有发言权。

"有一天他对我们说景色实际上是一些群体——一群群树、房屋和山丘——它们必然彼此相像，就像一群群人那样——并且由于同样的原因，它们对我们具有某种超自然的吸引力。"

露西张开了双唇。

"因为人群不止是组成人群的人而已。它还包括一些附加的东西——没有人知道是怎么回事——就像群山还包括一些附加的东西一样。"

他用球拍指指南丘。

---

① 但丁在《神曲》的《炼狱篇》和《天堂篇》中有和"粗制滥造的复制品"相类似的看法。

“多妙的想法啊!”她喃喃道。“我将会非常高兴听你爸爸再谈谈。真可惜他身体不太好。”

“是的，他身体不好。”

“这本书里有一段景色的描写真是荒唐，”塞西尔说。

“还有什么人可以分成两类——看到了风景会忘记的人和看到了风景不会忘记的人，即使在小房间里也是如此。”

“艾默森先生，你有兄弟姐妹吗?”

“一个也没有。怎么啦?”

“你刚才提起过‘我们’。”

“我指的是我妈妈。”

塞西尔砰的一声将书阖上。

“哎呀，塞西尔——你吓了我一大跳!”

“我不再把约瑟夫·艾默里·普兰克强加给你们了。”

“我仅仅记得我们三个曾一起到乡下去玩一天，一直游览到欣德黑德。这是我能回想起的第一件事。”

塞西尔站起身来：此人没有教养——打完网球也没有穿上上装——后来也没有穿。要不是露西拦住了他，他真想走开了。

“塞西尔，把那段景色描写念给我们听听。”

“有艾默森先生在这里为我们消遣解闷，我不念。”

“不——念下去吧。听到大声朗诵那些荒唐可笑的描写，是再有趣不过的事情了。要是艾默森先生认为我们很无聊，他可以离开。”

塞西尔觉得这句话讲得很巧妙，听了顶高兴。这句话使他们这位客人处于一种自命不凡的地位。他的恼怒多少有些平息了，便又坐了下来。

“艾默森先生，去寻找那些网球吧。”她打开了小说。一定要让塞西尔念那一段，还有他喜欢的其他段落。然而她的心思却转到了乔治的母亲身上——按照伊格先生的说法——在上帝的眼里，她是被谋杀的——可她的儿子说——她一直游览到欣德黑德。

“真要我走吗?”乔治问。

“不，当然不是真的，”她回答。

“第二章，”塞西尔说，一面在打呵欠。“替我翻到第二章，如果这不算太麻烦你的话。”

第二章翻到了，她的目光对头几行扫了一下。

她以为自己发疯了。

“拿来——把书给我。”

她听到自己的声音在说：“这本书不值一读——太荒唐了，简直看不下去——我从没见过这样糟糕的东西——根本不应该让它出版。”

他把书从她手中夺了过去。

“‘利奥诺拉，’”他念道，“‘一个人坐在那里，陷入了沉思。她面前伸展着富饶的塔斯卡纳平原，布满着不少喜气洋洋的村庄。正是春光明媚的季节。’”

不知怎的，拉维希小姐知道了这件事，并且用拖泥带水的文字把这段往事印了出来，让塞西尔念出来，让乔治听到。

“‘一片金色的迷雾，’”他念道，“‘远方是佛罗伦萨的塔楼，她坐着的堤岸上长满了紫罗兰。没有人看到这一切，安东尼奥悄悄地走到她的背后——’”

她生怕塞西尔看到她的脸，便转向乔治，她看到了他的脸。

他念道：“‘他的嘴里没有像正式的情人那样吐露绵绵情话。滔滔不绝的口才不属于他，他也没有因此而吃亏。他干脆用他的男子汉的手臂把她搂在怀里。’”

一阵静默。

“这不是我想念的那段，”他对他们说。“还有一段要有趣得多，就在后面。”他翻着书页。

“我们进去喝茶好吗?”露西说，声音仍然很镇定。

她率先向花园上方走去，塞西尔跟在她的后面，乔治走在最后。她想一场灾难总算躲过了。可是当他们走进灌木丛时，灾难降临了。那本书似乎捣蛋捣得还不够，被遗忘在原处，于是塞西尔一定要回去拿；而乔治这样爱情炽烈的人却偏偏要和她狭路相撞在一起。

“别这样——”她喘着气说，于是她第二次被他吻了。

似乎不可能作进一步的表示，他便悄悄地退了回去；塞西尔又和她在一起了；他们俩单独来到了草坪的上方。

16　对乔治说谎

但是自从春天以来，露西变得成熟了。那就是说，她现在比原先善于压制那些为世俗与社会所不容的感情了。虽然危险性增加了，她可没有被内心的啜泣弄得身子哆嗦起来。她对塞西尔说，“我不进去喝茶了——告诉妈妈一声——我必须去写几封信，”说罢就上楼到自己的房间去了。在那里，她准备采取行动。感受到的与再度出现的爱情，我们的身体所要求的与我们的心灵加以美化的爱情，作为我们能体验的最最真实的东西的爱情，现在都以社会的敌人的面目重新出现，而她必须窒息它。

她差人去请巴特利特小姐。

这并非一次爱情与责任的较量。也许这样的较量从来也没有过。这是一次真与假之间的较量，而露西的首要目标便是击败自己。由于她的脑子很乱，关于风景的记忆已模糊不清，而小说里的词句已渐渐消失，她又回复到以前把一切归到神经紧张那句口头禅上去了。她“战胜了精神崩溃”。她窜改事实，忘记曾经有过这样的事实。她记得已和塞西尔订婚，却强迫自己混淆对乔治的记忆：他对她无足轻重；他对她从来就是这样；他的行为十分可恶；她从来也没有鼓励过他。谎言的盔甲是在黑暗中微妙地加工铸成的，它把一个男人隐藏起来，非但别人看不见，他自己的心灵也看不见。过了一会儿，露西已装备就绪，准备战斗了。

“发生了非常糟糕的事，”她表姐一到，她就开始发话。“你可知道有关拉维希小姐那本小说的任何情况吗?”

巴特利特小姐露出惊奇的神色，说她没有看过那本书，也不知道那本书已出版了；从本质上来说，埃莉诺是个守口如瓶的女人。

“小说里有一个场面。男女主人公在谈恋爱。这个你知道吗?”

“亲爱的——?”

“请问你知不知道?”她重复一遍。“他们在山坡上，远远望得见佛罗伦萨。”

“我的好露西亚，我一点儿也不明白。关于这个我什么也不知道。”

“那儿长着紫罗兰。我无法相信这仅仅是巧合。夏绿蒂，夏绿蒂啊，你怎么可以告诉她呢？我是经过考虑才这样说的：一定是你。”

“告诉她什么呀?”她问，显得愈来愈慌张。

“关于二月中那个可怕的下午的事。”

巴特利特小姐真正地激动了。“哎呀，露西，最亲爱的——她把那件事写进书里去了吧?”

露西点点头。

“写得不至于被人认得出来吧?”

“认得出来。”

“那么埃莉诺·拉维希将永远——永远——永远不再是我的朋友了。”

“这么说你的确告诉她了?”

“我是偶然——我和她在罗马喝茶——在谈话中——”

“可是夏绿蒂——我们收拾行李时，你答应过我，这怎么说呢？你甚至不让我告诉妈妈，可是为什么要告诉拉维希小姐?”

“我永远不会原谅埃莉诺。她辜负了我对她的信任。”

“然而你为什么要对她说呢？这是一件非常严重的事情。”

为什么要对人说？这是个永远无法回答的问题，因此巴特利特小姐的回答只是轻微地叹息一声，也就不足为奇了。她做错了——这一点她承认；她只希望她没有伤害人；她对埃莉诺说过要她绝对保守秘密的。

露西恼怒地蹬脚。

“碰巧塞西尔朗读了这一段给我和艾默森先生听；这扰乱了艾默森先生的心情，他就又一次侮辱了我。是背着塞西尔干的。哼！难道男人都这样粗暴，这可能吗？是在我们从花园里走过来的时候背着塞西尔干的。”

巴特利特小姐一下子说了许多自责和悔恨的话。

“现在该怎么办？你能告诉我吗？”

“唉，露西——我永远也不会原谅自己，到死也不原谅。想想看，要是你的前途——”

“我知道，”露西说，听到这个字眼，她的面孔抽搐了一下。“我现在明白了，你为什么要我去告诉塞西尔，还有你说的‘别处’是什么意思。你明知道已对拉维希小姐说了，也明知道她这个人不可靠。”

现在轮到巴特利特小姐的面孔抽搐了。

“话得说回来，”姑娘说，对她表姐的反复无常十分鄙视，“已经发生的事情已经发生了。你使我陷入了非常尴尬的境地。我怎么才能解脱呢？”

巴特利特小姐无法思考。对她说来，精力充沛的年代已属往事。她眼下只是一个客人，不是监护人，而且是个信誉扫地的客人。她双手交叉，站在那里，而姑娘却愈来愈激动，非常生气，这原是迫不得已的。

“必须对他——对那个人好好申斥一番，叫他一辈子也忘不了。可是由谁来申斥他呢？我现在没法对妈妈说——都是因为你的缘故。也没法对塞西尔说，夏绿蒂，也是因为你的缘故。我是到处碰壁。我想我要发疯了。没有人来帮助我，所以我请你来。现在需要的是一个手里握着鞭子的男人。”

巴特利特小姐同意：需要一个手里握着鞭子的男人。

“是啊——可是你光同意没用。应该怎么办呢？我们女人家只会唠叨个没完。一个女孩子碰到了无赖，究竟应该怎么办？”

“我一直说他是个无赖，亲爱的。不管怎么样，这一点你该称赞我。从一开始起——从他说他父亲在洗澡那时候起。”

“哎呀，别管什么称赞不称赞，谁对谁不对啦！我们俩一起把这事情搞得一团糟。现在乔治·艾默森还在下面花园里，是让他逍遥自在，还是要惩罚他？我想知道。”

巴特利特小姐丝毫不能起什么作用。她自己做的错事的败露使她丧失了勇气，脑海里各种想法正痛苦地进行着交锋。她虚弱无力地走到窗前，试图在月桂丛中发现那个无赖的白色法兰绒长裤。

“在贝尔托利尼公寓你急着把我带到罗马去的时候，你可急着要和他谈啊！现在你不能再找他谈谈吗？”

“我愿意赴汤蹈火——”

“我希望讲得具体一些，”露西轻蔑地说。“你愿意和他谈谈吗？当然这是你起码可以做到的，考虑到都是由于你不守信用才发生了这一切。”

“埃莉诺·拉维希永远也不可能再成为我的朋友了。”

说真的，夏绿蒂的回答超出了她原有的水平。

“请你说是愿意还是不愿意；是愿意还是不愿意。”

“这种事情只有男士才能解决。”

乔治·艾默森手里拿着一只网球正在向花园上方走去。

“很好，”露西做了一个很生气的手势说。“没有人愿意帮助我，我要亲自去和他谈。”她立即意识到她表姐真是一直这样盘算的。

“喂，艾默森！”弗雷迪在下面喊道。“不见的那个球你找到了？真是个好人！要喝茶吗？”接着有人从屋子里冲到了露台上。

“啊，露西，你可真勇敢！我佩服你——”

他们围住了乔治，乔治招手示意，她感到这手势跨越了正开始干扰她心灵中那些无聊的杂念、纷乱的想法、隐秘的渴望。她一看到他怒气就消失了。唉！艾默森一家人，就他们的方式而论，都是好人。她不得不抑制住汹涌的热血，然后说：

“弗雷迪把他带到餐厅里去了。其他人都朝花园里面走去。来吧。我们赶快把这事了结算了。来吧。我当然要你留在屋里的。”

“露西，你这样做是不是很勉强?”

“你怎么会问这样可笑的问题?”

“可怜的露西——”她伸出她的手来。“看来不管我到什么地方，带来的只有灾难。”露西点点头。她记起她们在佛罗伦萨的最后一个晚上——整理行装的过程、那支蜡烛、巴特利特小姐的小圆帽在门上的影子。她不会让怜悯心第二次坑害自己。她避开了表姐的拥抱，率先走下楼去。

“尝尝这种果酱，”弗雷迪正在说。“这种果酱味道好极了。”

乔治头发蓬松，一副趾高气扬的样子，正在餐厅里踱来踱去。她走进去时，他停了步，说：

“不——没有什么可吃。”

“你到其他人那里去，”露西对弗雷迪说，“夏绿蒂和我会满足艾默森先生的一切要求的。妈妈呢?”

“她在记星期天的日记。正在客厅里。”

“没关系。你走吧。”

他唱着歌走了。

露西在桌边坐下。巴特利特小姐吓得胆战心惊，拿起一本书，装出看书的样子。

她不打算高谈阔论。她光是说：“艾默森先生，我不允许这样的事情发生。我甚至不可能和你讲话。离开这所房子，只要我住在这里，就永远也不要踏进这个门。”她讲话时脸颊涨红了，她用手指着门。“我最讨厌吵架。请你离开。”

“什么——”

“没有什么好说的。”

“不过我不能——”

她摇摇头。“请你离开。我不想叫维斯先生来。”

“你的意思是，”他说，完全不顾巴特利特小姐在场——“你的意思是你要和那个人结婚?”

这句话倒是出人意料。

她耸耸肩，似乎对他的粗野表现很厌倦。“你只是非常可笑罢了，”她平静地说。

接着他说话了，声音盖过了她的，而且很严肃：“你不可能和维斯一起生活。只能把他当作一般朋友。在社交和需要优雅谈吐的场合，他是顶行的。可是他不会和任何人很亲密，尤其是和女人。”

这倒是对塞西尔的性格的一个新的看法。

“你曾经和维斯谈话而不觉得枯燥吗?”

“我不想讨论——”

“好吧，不过你曾经觉得枯燥吗?他属于这样一种人，只要他们同物打交道——像书呀，画呀——他们是顶行的，可是同人打交道就让人受不了啦。这就是我为什么甚至在现在这样一团糟的情况下还要直言相告的原因。失去你，不管怎么说，已经够糟糕的了，不过一般说来，一个人应该舍弃幸福，但要是你的那位塞西尔不是那种人，我一定会克制自己。我绝对不会放纵自己。可是我第一次看到他是在国家美术馆，因为我爸爸把一些油画大师的名字读错了，他就直皱眉。后来他把我们带到这里，我们发现这完全是为了作弄一位好心肠的邻居。这个人就是这么回事——喜欢作弄人，对他能找到的最神圣的生活方式也开玩笑。接着我见到你们一起，发现他以保护人自居，指导你和你妈妈要显得大惊失色，其实该不该大惊失色完全应该由你们来决定。这又是塞西尔的本色。他不敢让一个女人来作出决定。他就是那种使欧洲落后一千年的人。他把生命的每时每刻都用来塑造你，告诉你怎么样才算妩媚，怎么样才讨人喜欢，或者怎么样才算是大家闺秀，还告诉你男人认为女人应该具有什么样的风度；而你，所有女性中的你，偏偏听信他的话，而不去倾听自己内心的呼声。后来我在教区长家里又见到你们时也是这样；今天整个下午也是这样。因此——'因此我吻了你'，倒并不是那本小说促使我这样做的，再说，但愿我能更好地克制自己就好了。我并不感到羞愧。我也不向你道歉。不过你刚才受惊了，而且可能你没有觉察到我爱你。不然你怎么会叫我走，这样轻描淡写地对待这样一件大事呢？因此——因此我决定要和他斗。"

露西想出了一句很巧妙的话。

"艾默森先生，你说维斯先生要我听他的。请原谅我提出来，你也染上了这个习惯。"

他接受了这并不太高明的指责，略略加以发挥，使它成为一段不朽的名言。他说：

“是的，我也染上了，”他坐下来，似乎突然感到很疲倦。“从本质上说我也同样粗暴。这种想统治女人的欲望——是根深蒂固的，而男人和女人必须站在一起与之搏斗，才能进入伊甸乐园。可是我是真心爱你——我爱你的方式肯定比他的高明。”他想了一下。“是的——真的比他的高明。即使我把你抱在怀里时，我还是要你有自己的想法。”他向她伸出双臂。“露西，别犹豫了——我们现在没有时间谈这些——到我身边来吧，就像你在春天时那样，以后我会很耐心，给你作解释。自从那个人死了以后，我一直关心你。没有你我活不下去。‘这没有用，’我想，‘她要跟别人结婚了。’可是在阳光明媚、流水潺潺的环境里我又遇见了你。你从林子里走出来时，我明白除了你，其他一切我都无所谓。我就叫起来。我要活下去，要获得给我幸福的机遇。”

“那么维斯先生呢?”露西说，仍然很镇定，这确实值得称赞。“那么他也无所谓吗？还有我爱塞西尔，不久就要成为他的妻子呢？这一情节我看也不重要吧?”

但他把双臂越过桌子伸向她。

“我可以问一下你这番表白究竟想达到什么目的吗?”

他说：“这是我们的最后机会。我将尽力而为。”于是，似乎他已在其他方面尽了全力，他转向巴特利特小姐，只见她正坐在那里，像个不祥之兆，背后是布满暮色的天空。“要是你理解的话，你就不会第二次阻挠我们了，”他说。“我曾经进入过黑暗，我就要回到黑暗中去，除非你愿意设法理解我们。”

她那细长的头不断前倾后仰，似乎在摧毁某种看不见的障碍。她没有回答。

“正是因为年轻，”他平静地说，从地板上捡起网球拍，准备走了。“正是因为确信露西是真心爱我的。正是因为爱情与青春对心智方面来讲是重要的。”

两位女士默默地看着他。她们明白他的最后一句话完全是胡扯，然而他会不会追求到底呢？他，这个无赖，这个骗子，最后该不会有什么更加惊人的举动吧！不会。显然他已满足了。他离开了她们，小心翼翼地关上了前门；她们从过道的窗口望出去，看见他顺着车道，开始爬上屋后长满枯萎的羊齿植物的坡地。她们的舌头好像松了绑，忍不住表达出暗藏在心里的喜悦。

“哎呀，露西亚——到这里来——唉，他这个人实在太可怕了！”

露西没有反应——至少一时还没有反应。“说起来，他使我感到很有趣，”她说。“不是我疯了，就是他疯了，而我倾向于后一种看法。夏绿蒂，你又一次的庸人自扰结束了。非常感谢你。然而我想这是最后一次啦。我这位爱慕者大概不大会再来麻烦我了。”

巴特利特小姐也试着变得调皮起来：

“嗯，最亲爱的，不是每个人都可以夸耀能这样征服对方的心的，是不是？咳，说真的，我们不应该发笑。这件事本来很可能是非常严重的。不过你真明白事理，也真勇敢——完全不像我年轻时候的姑娘们。”

“我们下去找他们吧。”

可是她一到户外，就停了步。某种感情——怜悯，恐惧，爱恋，那是非常强烈的感情——控制了她，她不禁意识到秋意。夏天即将过去，薄暮中吹来了衰败的气息，使人倍加感伤，因为它使人想起了春天。真有什么东西对心智方面来讲是重要的吗？一片猛烈地颤动的树叶在她的身旁飞舞而过，而其他的树叶却一动也不动地躺在那里。大地正在迅速地重新进入黑暗，那些松树的阴影正在悄悄地笼罩风角？

“喂，露西！天还不太黑，还可以再打一盘球，不过你们两个得快一些。”

“艾默森先生不得不走啊。”

“真讨厌！这么一来我们就三缺一了。我说，塞西尔，你来打吧，真的，行行好吧。今天是弗洛伊德的最后一天。就陪陪我们打球吧，就这么一次。”

传来了塞西尔的声音：“我亲爱的弗雷迪，我对运动一窍不通。今天早晨你说得好，‘有些人除了读书以外，其他什么也不会'；我承认自己就是那种人，因此不想把自己强加给你们。"

露西眼睛前的障碍物给除去了。她怎么居然能够容忍塞西尔，即使是片刻？他这个人实在叫人受不了，于是当天晚上她就解除了婚约。

17　对塞西尔说谎

他给搞糊涂了。他说不出话来。他甚至没有发怒，只是站在那里，双手握着一杯威士忌，拼命在想到底是什么促使她作出这样的结论。

她选择了睡觉前的这一时刻，按照她们中产阶级的习惯，这时她总是把饮料分发给男士们。弗雷迪和弗洛伊德先生当然会端着酒杯回房休息，而塞西尔则总是留下来，在她将餐具柜上锁的时候，他细细品味他的那一杯酒。

“我非常抱歉，”她说，“我仔细考虑过了。我们彼此太不同了。我必须请求你解除和我的婚约，并且设法忘掉曾经有过这么一个愚蠢的姑娘。”

这番话说得很得体，可是实际上她的火气超过歉意，这可以从她的声音里听出来。

“不同——怎么——怎么——”

“首先，我没有受过真正好的教育，”她依旧跪在餐具柜旁，继续说。“我那意大利之行来得太迟了，而我在那里学到的一切都快忘光了。我将永远没法和你的朋友们交谈，我的举止也没法达到你的妻子应该达到的水平。”

“我不明白你在说些什么。你跟往常不一样了。露西，你太累了。”

“太累了！”她反驳一句，一下子激动起来。“这正是你的本色。你总是以为女人嘴里那么说，心里并不那么想。”

“好了，你听起来是累了，好像有什么心事使你很苦恼。”

“就算有又怎么样？它并不妨碍我认识事实的真相。我不能和你结婚。将来有一天你会感谢我今天这样说的。”

“你昨天头痛得厉害——好吧”——因为她刚才是恼怒地大声说的——“我明白这不是简单的头痛问题。可是请你给我一点时间。”他闭上了眼睛。“要是我说一些愚蠢的话，请你一定原谅我，因为我的脑袋已完全不顶用了。它的一部分还是像三分钟前那样，那时我完全有把握你是爱我的，而其他一部分——我觉得很难讲出口——我很可能要说错话。”

她感到他的表现还不算错，因而愈来愈恼怒。她又一次希望与他进行一番争论，而不是讨论。为了使关键时刻到来，她说：

“有些日子一个人看问题很清楚。今天就是这样一个日子。事物发展总会有个转折点，而正巧就是在今天。如果你想知道的话，是一件很小的事情使我决定和你谈话的——那就是你不肯陪弗雷迪打球。”

“我一向不打网球，”塞西尔说，感到痛苦地惶惑不解。“我从来打不好。你说的话我一点也听不懂。”

“三缺一时你还是能行的。我认为你那样做自私得叫人厌恶。”

“不，我不行——得了，不谈网球啦。假使你当时就觉得有什么不对，为什么不能——不能警告我一下呢？吃午饭时你还谈到了我们的婚礼——至少你让我谈起我们的婚礼。”

“我知道你不会理解的，”露西相当生气地说。“我早就应该知道会需要这些令人厌烦的解释的。当然啦，不是为了打网球——那只是使我几个星期来的感觉终于成为不堪忍受。当然在我没有完全肯定以前还是不说为好。”她进一步阐明她的这一观点。“以前我常常怀疑我是否适合做你的妻子——譬如说在伦敦；还有你是否适合做我的丈夫？我认为并不适合。你不喜欢弗雷迪，也不喜欢我的母亲。始终存在着许多不利于我们的婚约的因素，塞西尔，不过我们的亲戚似乎全都很高兴，而我们又常常见面，所以不等到——嗯，不等到一切事情有了眉目，提出那个问题是不好的。今天一切事情有了眉目。我看得很清楚。我一定要说出来。就这么回事。”

“我怎么想也不认为你是对的，”塞西尔温和地说。“我讲不出为什么，但是尽管你说的那些话听起来全都很对，我还是感到你对待我是不公平的。这实在太可怕了。”

“吵吵闹闹有什么好处?”

“没有好处。可是我总该有权利听你讲得详细一些吧。”

他把酒杯放下，打开窗户。她跪在那里，把一串钥匙摇得叮当作响，从那里能看到一道裂缝，他那沉思的马脸正透过这裂缝望着外面的黑夜，仿佛它会把这“详细一些”讲给他听似的。

“不要开窗；最好把窗帘也拉上；弗雷迪或其他什么人可能就在外面。”他按照她的话做了。“说真的，我想我们还是去睡觉吧，假使你不在乎的话。我只会说出些使我今后会感到难过的话。正如你所说的，这实在太可怕了，因此说出来是没有好处的。”

然而对塞西尔说来，因为即将失去她，她显得愈来愈可爱了。自从他们订婚以来，他第一次对着她看，而不是透过她看。她从一幅莱奥纳多的名画变成了一个活生生的女人，有着她自己的奥秘与力量，有着一些连艺术也难以体现的气质。他的神志从震惊中恢复过来，不由真情迸发，叫道：“可是我爱你，而且我原先的的确确以为你是爱我的!”

“我没有爱过你，”她说。“起先我曾以为我爱你。真对不起，最近这一次求婚我就应该拒绝你的。”

他开始在房间里走来走去，他的举止庄重大方，使她愈来愈烦躁了。她原以为他一定会表现得气量狭小。这样她反而会觉得容易处理些。她现在却把他性情中最美好的东西都引发出来了，这真是个无情的讽刺。

“很清楚你并不爱我。我敢说你不爱我是做得对的。不过我要是知道了为什么，我就会难过得好一点。”

“因为”——她突然想起了一句话，也接受了这句话——“因为你是这样一种人，你不可能和任何人很亲密。”

他眼睛里流露出极为震惊的神色。

“我的意思并不完全是这样。不过虽然我请求你不要问我，你还是一定要问，我就只好说上两句。大致上是那个意思。当我们仅仅是普通朋友时，你让我我行我素，可是现在你老是在保护我。”她的声音变得响亮起来。“我不要人家保护。我要自己选择什么是对的，什么是大家闺秀的风度。要庇护我其实是一种侮辱。难道不能相信我可以面对真理，而必须让我通过你来第二手地获得真理？女人的地位！你看不起我妈妈——我知道你看不起——因为她因循守旧，关心布丁这一类小事；可是天哪!”——她站了起来——“因循守旧，塞西尔，你才是因循守旧，因为虽然你可能懂得美的东西，但是你不知道怎样利用它们；而且你把自己埋在艺术、书本和音乐里，也想把我埋起来。可是我不想被窒息，即使被最辉煌的音乐也罢，因为人们更辉煌，而你把我藏起来与他们隔开，这就是我为什么要解除婚约的原因。如果你只是同物打交道，你是没问题的，但是一旦同人打交道——”她住了口。

出现了暂时的停顿。接着塞西尔大为激动地说：“说得对。”

“总的说来是对的，”她纠正他，心里充满了一种说不出的羞愧。

“每一句话都说得对。这真是个启发。这就是——我。”

“不管怎么说，这些就是我不能成为你妻子的理由。”

他重复说：“‘不可能和任何人很亲密的这样一种人。’说得对。就在我们订婚的第一天，我变得不知所措。我对待毕比和你弟弟的行为简直像个无赖。你比我过去想的还要高大。”她后退了一步。“我不准备使你感到为难。你对我太好了。我永远也不会忘记你的洞察力；而且亲爱的，我只埋怨你这一点：在最初的阶段，在你还没有感到不愿和我结婚的时候，你满可以向我发出警告，这样就能给我一个改进的机会。直到今天晚上我才了解你。我一向只是利用你，把你当作一种标志，来体现我认为女人应该如何如何的那些荒唐的想法。可是今天晚上你完全不一样了：新的想法——连声音也是新的——”

“你说声音也是新的是什么意思?”她问，突然感到怒不可遏。

“我的意思是好像有个新人通过你在说话，”他说。

这时她失去了平衡。她嚷道：“假使你认为我爱上了别人，那你就大大地错了。”

“我当然不那么想。你不是那种人，露西。”

“啊不，你正是这么想的。这是你固有的想法，那种使欧洲长期落后的想法——我指的是以为女人心里所想的不外乎是男人的那种想法。要是一个姑娘解除了婚约，每个人都会说：‘啊，她心里有了别人；她希望另外找一个。’这么说太叫人恶心了，真蛮横无理！难道一个姑娘就不能为了获得自由而解除婚约！”

他恭恭敬敬地回答：“过去我可能说过这样的话。我以后再也不会这样说了。你教育了我，使我懂得了好歹。”

她的脸颊红了起来，她装作重新检查窗户，看看关好了没有。

“当然啦，这里面不存在‘另一个’的问题，不是什么‘甩了对方’或者诸如此类令人恶心的做法。要是我的话听起来包含那种想法，那我非常谦恭地请你原谅。我的意思只是说你的身上有一股力量，直到今天我才发现。”

“好吧，塞西尔，可以了。别向我道歉了。那原是我的错。”

“这是一个有关理想的问题，你的理想和我的——纯粹抽象的理想，而你的更加高尚。我被陈旧的错误观念所束缚，而你却一直是新颖的，光彩照人。”他的嗓音突然变了。“说实在的，我应该对你的行动表示感谢——因为你让我知道我实际上是怎么样的一个人。我严肃地向你道谢，因为你让我看到了一个真正的女人。你愿意和我握手吗?”

“我当然愿意，”露西说，把另一只手和窗帘卷在一起。“晚安，塞西尔。再见。这没什么。对这事我很抱歉。非常感谢你的雅量。”

“我来替你点蜡烛好吗?”

他们走进过道。

“谢谢你。再一次祝你晚安。愿上帝保佑你，露西!”

“再见，塞西尔。”

她望着他悄悄地上楼，楼梯栏杆的黑影像双翅扑打一般掠过他的脸。他在楼梯平台上停下来，竭力克制自己，朝她看了一眼，那一眼很美，令人永生难忘。尽管塞西尔很有教养，内心里却是个禁欲主义者，他在恋爱中最恰当的表现莫过于他的离之而去了。

她永远不可能结婚。她心绪纷乱，但是这一点是坚定不移的。塞西尔相信她；将来总有一天她也该相信自己。她必须成为被她自己赞不绝口的女人中的一个，这些女人关心的不是男人，而是自由；她必须忘却乔治爱她，忘却乔治通过她来思考，使她得以这样体面地解除了婚约，忘却乔治已进入了——那叫什么来着？——黑暗。

她把灯熄了。

思考没有用，为了那件事，感受也没有用。她不再作出努力要理解自己，而加入了黑暗中的大军，他们既不受感情支配，也不受理智驱使，却跟着时髦口号，大步走向自己的命运。这大军中多的是愉快、虔诚的人。然而他们却向唯一值得重视的敌人——心中的敌人——投降了。他们违犯了爱情与真理，因而他们对美德的追求是徒劳的。随着岁月的流逝，他们受到了指责。他们的风趣与虔诚出现了裂缝，他们的机智变成玩世不恭，他们的大公无私变成假貌为善；无论他们走到哪里，他们都感到不舒服，也使别人感到不舒服。他们对爱神厄洛斯犯了罪，对帕拉斯·雅典娜[1]犯了罪，而众神结成了联盟，一定会向他们报复的，这不是天谴，而只是自然的一般进程。

当露西向乔治佯称她并不爱他，向塞西尔佯称她没有爱上任何人时，她实际上已加入了这支大军。黑夜接纳了她，就像三十年前接纳巴特利特小姐那样。

① 帕拉斯·雅典娜，希腊神话中的智慧女神。此处的爱神与智慧女神喻指上文的“爱情与真理”。

18 对毕比先生、霍尼彻奇太太、弗雷迪以及仆人们说谎

风角并不坐落在山脊的顶上，而是在南坡往下数百英尺的地方，就在矗立着一座雄伟的扶壁状岩石边，那一带有好多这样的扶壁，支撑着那座山。风角两边是长满羊齿植物与松树的浅谷，沿着左边的浅谷有一条公路，直通威尔德地区。

毕比先生每次跨过山脊，看到这里的气势雄浑的地形，在它的中央稳稳当当地蜷伏着风角时，总不免一笑。周围的环境是如此辉煌，这所房子却是如此平庸，姑且不用格格不入一词。已故的霍尼彻奇先生非常喜爱这所小房子，因为它为他提供了花了那些钱所能得到的最好的居住条件，而在他去世后，他太太仅仅增建了一座形状像犀牛角的小塔楼，下雨天她可以坐在里面观看路上来往的车辆。这所房子显得格格不入——然

而它却是“行”的，这是由于房子的主人真心诚意地喜爱他们家的周围环境的缘故。这一带的其他房屋由收费昂贵的建筑师所建，住在里面的人一直对另外一些房屋感到焦躁不安，然而这一切都表明其偶然性与短暂性，而风角却像大自然本身所创造的必不可少的丑八怪。对这幢房屋你可能会感到好笑，但是你绝不会感到害怕。

本星期一下午毕比先生骑车经过这里，带来了一条小新闻。他收到了两位艾伦小姐的信。这两位可敬的女士由于不能到希西别墅来住，已改变了计划。她们将出游希腊。

“既然佛罗伦萨之行对我那可怜的姐姐大有好处，”凯瑟琳小姐写道，“我们认为没有理由今年不到雅典去试试。当然，去雅典是一次冒险，而医生曾嘱咐她吃一种助消化的特殊面包；可是我们毕竟可以随身携带一些这种面包，而且这只是先上一条船，然后再上火车的问题。不过那里有英国教堂吗?”信上继续写道，“我并不期望我们会到达比雅典更远的地方，不过要是你知道君士坦丁堡有一家真正舒适的膳宿公寓，我们将非常感激。”

露西对这封信会很感兴趣，而毕比先生迎候风角的微笑一半是针对她的。她将发现这件事的有趣的方面，以及它包含的一些美的部分，因为她一定会发现一些美的。虽然她对名画一窍不通， 虽然她的服饰变化无常——唉，昨天上教堂穿的那件樱桃色的衣裙多糟啊！——她一定能看到生活中的一些美，不然就不可能弹钢琴弹得那样动人。他有一种理论，认为音乐家复杂得令人难以置信，他们对自己想要什么与自己是怎么样的人比其他艺术家知道得少得多；认为他们使朋友困惑，也使自己困惑；认为他们的心理状态是一种现代的新发展，人们至今还不理解。这种理论很可能刚刚被事实所证明，可是他还不知道。他对上一天发生的事情完全不知道，他骑车过来只是想喝喝茶，看看他的侄女，并且观察一下霍尼彻奇小姐是否会在那两位高龄女士游览雅典的愿望中发现一些美好的东西。

一辆马车正停在风角的门外，就在他看到房子的一刹那，那辆马车突然启动，顺着车道疾驰，到了大路口突然停下来。一定是为了那头拉车的马儿的缘故，它总希望乘车人走上山去，这样它就不会太累。车门顺从地开了，两个男人走下来，毕比先生认出是塞西尔和弗雷迪。他们两个一起乘车倒是顶奇怪的；可是他看到马车夫脚边有一只大衣箱。塞西尔戴着一顶圆顶礼帽，一定是离开此地，而弗雷迪——戴着一顶便帽——是送他去车站的。他们走得很快，抄近路走，到达山顶时那马车还在大路上不断拐弯。

他们同教区长握手，但没有说话。

“维斯先生，看来你要暂时离开一段时间，是吗?”他问。

塞西尔说了声“是的”，弗雷迪却侧着身子缓缓地走开了。

“我是来给你们看霍尼彻奇小姐的那些朋友写来的这封非

常有趣的信的。”他引用了一些信中的话。“这不是妙不可言吗？这不是很浪漫吗？她们是必定会去君士坦丁堡的。她们已落入了一个怎么也逃脱不了的陷阱。最后她们会去周游世界。”

塞西尔很有礼貌地听着，说他肯定露西会感到高兴和有趣的。

“浪漫精神不是挺反复无常吗！我从来也没有在你们年轻人身上发现过浪漫精神。你们仅仅打打草地网球，却说浪漫精神已经死亡了，而那两位艾伦小姐却用合乎礼仪的各种武器与这可怕的字眼作斗争。‘君士坦丁堡的一家真正舒适的膳宿公寓！’她们这样说是出于礼节，可是她们心里要的是一家有奇妙窗户的公寓，从窗户望出去可以看到寂寞仙境中的惊涛骇浪上的白沫[①]！一般景色绝对满足不了这两位艾伦小姐。她们要的是济慈公寓。”

“毕比先生，非常抱歉要打断你，”弗雷迪说，“你有火柴吗?”

“有，”塞西尔说，毕比先生不禁注意到他和弗雷迪讲话时态度更友好了。

“你从没见过这两位艾伦小姐吧，维斯先生?”

“从没见过。”

---

① 引自英国诗人济慈的名作《夜莺颂》，和原文略有出入。

“这样你就不明白这次希腊之行的奇妙之处了。我本人从没去过希腊，也不打算去，也想象不出我朋友中有任何人会去。对我们这群小人物来说，希腊实在太大了。你不觉得是这样吗？意大利的大小刚好，我们还能应付。如果把意大利比作一位英雄，那么希腊就是一位天神或者是一个魔鬼——我不能肯定究竟是哪一个，而不管是哪一个，它都绝对在我们这种带有乡气的人的视野范围之外。好吧，弗雷迪——我并没有自作聪明，可以发誓说我没有——我是借用了别人的想法。你点完了把火柴给我吧。”他点了一支烟，继续同这两位年轻人说话。“刚才我在说，假使我们这些在伦敦土生土长的可怜虫的生活一定要获得一些根底的话，那就到意大利去找吧。凭良心说，意大利是够大的。我就喜欢西斯廷教堂天花板上的画。那里的对比正好够上我的欣赏水平。但是我欣赏不了帕台农神庙，无论如何也欣赏不了菲迪亚斯[①]的壁缘雕带；啊，马车来了。”

“你说得很对，”塞西尔说。“对我们这群小人物来说，希腊并不合适。”他说罢登上马车。弗雷迪跟着上去，向教区长点了点头，因为他相信教区长实在并不是在嘲弄人。马车才驰去十来码，他又跳下车来，跑回来取维斯的火柴盒，因为刚

① 帕台农神庙，雅典卫城中供奉雅典娜女神的主神庙，建于公元前五世纪。庙内的雕刻相传为雕刻家菲迪亚斯所设计。

才没有还给维斯。他接过火柴盒时说，“我很高兴你刚才只是谈谈书籍。塞西尔受到了很大的打击。露西不愿嫁给他了。要是你谈论她像你刚才谈论书籍那样，他可能会支撑不住的。”

“不过那是什么时候——”

“昨天深夜。我得走了。”

“也许那边不欢迎我去。”

“不——去吧。再见。”

“谢天谢地!”毕比先生出声地自言自语，他猛击了一下自行车的鞍座，表示赞许。“这是她所做的唯一的一件蠢事。啊，真是个绝妙的解脱!”于是他思考了一下，便骑车顺利地登上山坡，进入风角，心情十分轻松。这所房子又一次像它应该成为的那样——永远和塞西尔的那个自命不凡的社会断绝来往。

他将在花园里找到明妮小姐。

露西正在客厅里弹奏一首莫扎特的奏鸣曲。他迟疑了一下，还是顺应请求到花园里去。在那里，他发现人人都愁眉苦脸。那天刮大风，风把大丽花吹得东歪西倒。霍尼彻奇太太看上去很不高兴，正在缚扎花枝，而巴特利特小姐穿戴得很不合适，再三提出要帮她干，实际上却是碍手碍脚。稍远一点站着明妮与“花童”，那是个外国来的小不点儿，各自手中握着一根长椴木条的一端。

“噢，毕比先生，你好？哎呀，什么都是一团糟！看看我的那些猩红色大丽花，风把你们的裙子都吹起来了，还有地这么硬，一根木条也插不进，再说，马车又非出去不可，当时我曾打算要鲍威尔——说句公道话吧——他扎大丽花很不错。”

显然霍尼彻奇太太的神经已濒于崩溃。

“你好?”巴特利特小姐说，饱含深意地瞅了一眼，似乎在说被秋风摧毁的还不止是大丽花呢。

“拿来，莱尼，椴木条，”霍尼彻奇太太叫道。花童不知道椴木条是什么，正站在小径上，吓得呆如木鸡。明妮悄悄地走到她伯父跟前，低声说今天每个人都在发脾气，还说扎大丽花的绳子被风吹得撕裂而不是折断可不是她的过错。

“来和我一起去散步吧，”他对她说。“你给她们添的麻烦可够她们受的了。霍尼彻奇太太，我只是过来看看，没有什么特别的事，如果可以的话，我要带明妮到蜂窝旅舍去喝茶。”

“哦，你一定得去吗? 好，去吧——谢谢你，夏绿蒂，我不是要剪刀，你看我的两只手都是满满的——我完全可以肯定地说，不等我扎到那株仙人掌似的火红大丽花，它早就倒下了。”

毕比先生很善于解围，便邀请巴特利特小姐陪伴他们一起去凑个小热闹。

“好吧，夏绿蒂，我并不需要你——你就去吧；没有什么事需要你留下照料，无论是室内，还是室外。”

巴特利特小姐说她的职责在大丽花坛，这一拒绝使每个人(明妮除外)都很恼怒，她便改变主意接受了邀请，这一来又激怒了明妮。当他们向花园上方走去时，火红大丽花倒下来了，于是毕比先生最后看到的景象是那花童像一位情人那样抱着它，一头黑发埋在成堆的花朵里。

“花朵遭到这样的浩劫真是太可怕了，”他说。

“好几个月的期望毁于一旦，总是可怕的，”巴特利特小姐发表意见道。

“也许我们应该把霍尼彻奇小姐送到她妈妈那里去。要不，她会愿意和我们一起去吗?”

“我想我们还是让露西一个人待着，让她想干什么就干什么。”

“她们很生霍尼彻奇小姐的气，因为她吃早饭到得晚了，”明妮低声说，“而且弗洛伊德先生走了，维斯先生也走了，弗雷迪不肯陪我玩，亚瑟伯伯，这个家跟昨天完全不一样了。”

“不要这么一本正经啦，”她的亚瑟伯伯说。“去穿上你的靴子。”

他走进客厅，露西仍然全神贯注地在那里弹奏莫扎特的奏鸣曲。他进入房间，她就停下来。

“你好？巴特利特小姐与明妮要和我一起到蜂窝旅舍去喝茶。你一起去好吗?”

“我不想去，谢谢你。”

“你不去也好，我料想你不会太感兴趣的。”

露西转过身去，面对钢琴，用力弹了几个和音。

“这些奏鸣曲多优美啊!”毕比先生说，虽然心底里认为这些小玩艺儿很无聊。

露西改弹舒曼的作品。

“霍尼彻奇小姐!”

“嗯。”

“我在山上遇见了他们。你弟弟告诉我了。”

“哦，是吗?”听她的声音似乎有点生气。毕比先生感到感情上受到了伤害，他原以为她会很乐意让他知道这件事的。

“我无需说我不会外传吧。”

“妈妈、夏绿蒂、塞西尔、弗雷迪，还有你，”露西一面说，一面为每个了解情况的人弹了一个音，接着弹了第六个音。

“我非常高兴，如果你让我这样说的话，而且我相信你做得正对。”

“我希望其他人也这样想，不过他们似乎不是这样想的。”

“我看得出来巴特利特小姐认为这样做不明智。”

“妈妈也这样想。妈妈非常介意。”

“对此我非常遗憾，”毕比先生说话的时候动了感情。

霍尼彻奇太太讨厌各种变动，因此确实很介意，但是并没有达到她女儿声称的那种程度，而且一下子就过去了。这实际上是露西为自己的失望辩解的一个花招——她自己并没有意识到这是个花招，因为她正和黑暗大军一起大步前进。

“还有，弗雷迪也很介意。”

“不过，弗雷迪和维斯向来不怎么合得来，是不？我的印象是他不喜欢这个婚约，觉得它很可能把他和你分开。”

“男孩子是很怪的。”

从楼下传来明妮与巴特利特小姐在争论的声音。显然到蜂窝旅舍去喝茶意味着要完全重新打扮。毕比先生发现露西不希望讨论她的行动，这一点他认为露西做得很对，因此在深表同情后说，“我收到了艾伦小姐的一封很荒唐的信。我到这里来实在是为了这封信。我以为它会使你们大家都感到很有趣。”

“多有意思啊!”露西说，但是声音很呆板。

毕比先生为了找一些事情做，就给她念起信来。露西听了没两句，眼神便活跃起来，不久就打断他说——“到海外去?她们什么时候动身?”

“我想是下星期吧。”

“弗雷迪有没有说他直接乘车回来?”

“不，没有说。”

“因为我确实希望他不要去到处乱说。”

这样看来她是想谈谈有关她解除婚约的事的。他一向为人随和，就把信收起来。可是她却马上高声说起来："好啊，请你多讲一些关于两位艾伦小姐的情况吧！她们要到海外去，真是太好了！"

"我要她们从威尼斯动身，搭货轮直下伊利里亚[①]海岸！"

她笑得很开心。"啊，真有意思！但愿她们肯带我一起去。"

"难道意大利使你害上了旅游热不成？也许乔治·艾默森是对的。他说意大利不过是个用来代表命运的委婉语而已。"

"哦，不是意大利，是君士坦丁堡。我一直想去君士坦丁堡。君士坦丁堡实际上是亚洲，是不是？"

毕比先生提醒她君士坦丁堡的可能性仍然很小，这两位艾伦小姐的目的地只是雅典，"也许还要去特尔斐[②]，如果路上安全的话。"可是这并不影响她的热情。看来她一直更想去的地方是希腊。使他惊奇的是他发现她看上去不像是在开玩笑。

"我没想到希西别墅事件发生后，你和这两位艾伦小姐仍旧是好朋友。"

"哦，那没什么；我可以向你保证希西别墅事件对我说起来其实无所谓；我愿意花任何代价和她们一起去。"

"你母亲能在这么短时间里让你再度离开吗？你回到家里

---

① 伊利里亚，古代亚德里亚海东岸一地区名，今分属南斯拉夫和阿尔巴尼亚。
② 特尔斐，古希腊城市，因有阿波罗神庙而出名。

几乎还不到三个月呢!”

“她一定得让我离开!”露西说，情绪愈来愈激动了。“干脆一句话，我一定得离开。我非离开不可。”她歇斯底里地用手指梳弄头发。“你难道不明白我非离开不可吗？当时我没有认识到——实在理所当然，我特别想观光——君士坦丁堡。”

“你意思是说自从解除婚约以来觉得——”

“是的，是的。我知道你会理解的。”

毕比先生实在并不太理解。霍尼彻奇小姐为什么不能安居在她家庭的怀抱中呢？塞西尔显然采取了保持尊严的方式，今后不会来使她烦恼了。于是他突然明白过来是她本人的家庭可能在使她烦恼。他向她暗示这一点，她热切地接受了这一暗示。

“是啊，当然啰；到君士坦丁堡去，直到他们对这个设想习惯了，一切也都平静了下来。”

“我怕这曾是一件麻烦的事，”他温和地说。

“不，一点也不麻烦。塞西尔非常友好，真的；只是——你既然已听到了一些风声，我还是把全部事实告诉你吧——那是因为他太专断了。我发现他不让我按照我自己的意愿行事。他想在一些方面改造我，可是在这些方面我怎么也不可能改造好。塞西尔不愿意让一个女人作出自己的决定——事实上，他是不敢。我在胡诌一些什么呀！不过就是这一类的事情。”

“这也是我自己观察维斯先生所得到的印象；也是我对你的全面了解所给我的印象。我真的非常同情你，也非常同意你的看法。我已同意到这种程度，你一定得让我提出一点小小的批评：难道你值得为此匆匆地赶到希腊去吗?”

“可是我总得去一个地方呀!”她嚷道。“整个早晨我都在担心，而这封信来得正好!”她紧握双拳，敲打着膝盖，再次说：“我一定得走！想想我将和妈妈在一起过的时光，还有今年春天她花在我身上的所有的钱。你们全把我捧得太高了。但愿你们对我不要那么好。”这时，巴特利特小姐进来了，露西便比先前更紧张了。“我一定得离开，走得远远地。我一定得弄清楚自己的心思，知道自己想到哪里去。”

“一起走吧；喝茶去，喝茶去，喝茶去，”毕比先生一面说，一面把他的客人们强行推出大门。由于他过分匆忙地赶她们走，帽子也忘了拿。等他回来取帽子时，他听到莫扎特奏鸣曲的叮叮咚咚的琴声，感到又惊讶又宽慰。

“她又在弹琴了，”他对巴特利特小姐说。

“露西什么时候都能弹，”这是她酸溜溜的回答。

“感谢老天她能这样排遣自己。很明显她十分烦恼，当然，她是应该如此的。我知道了全部经过。婚期已经很近，她一定有过非常剧烈的思想斗争才能鼓足勇气这样讲出来。”

巴特利特小姐扭动了一下身躯，他做好准备同她讨论一番。他从来猜不透巴特利特小姐的心思。他在佛罗伦萨时曾对自己这样说过，“她很可能会显示出深藏在内心的冷漠，而也许并不含有什么深意。”不过她是如此地缺乏同情心，因而她一定是可靠的。这些都是他的设想，因此毫不犹豫地想同她讨论露西。很幸运，明妮正在采集羊齿植物。

讨论伊始，巴特利特小姐就说："我们还是不要谈论这件事吧。"

"我不太明白。"

"最要紧的是不要让流言蜚语在夏街流传。眼下对维斯先生被打发走这事说三道四是要置人于死地的呀!"

毕比先生扬了扬眉毛。置人于死地这句话语气很重——毫无疑问，太重了。这根本不是什么悲剧。他说："当然，霍尼彻奇小姐将在她认为适当的时刻，用她自己的方式来宣布这件事。弗雷迪告诉我只是因为他知道露西不会介意的。"

"这个我知道，"巴特利特小姐彬彬有礼地说，"不过弗雷迪甚至对你也不应该讲。一个人再小心也不会过分。"

"确实如此。"

"我真心祈求绝对保守秘密。偶然同一位饶舌的朋友说上一句，就会——"

"一点也不错。"他对这些神经质的老小姐以及她们喜欢把有些话看得过分重已很习惯了。一位教区长生活在由一些小秘密、悄悄话和告诫交织成的网里，他对这些愈不注意，人就愈聪明。他会转换话题，毕比先生这时就这么做，兴致勃勃地说："你最近收到过贝尔托利尼公寓那些人的信吗？我相信你和拉维希小姐一直保持着通信联系。真怪，我们这些住过那家公寓的人原本都是萍水相逢，却卷入了彼此的生活。两个、三个、四个、六个——不，八个；我忘了艾默森父子了——或多或少地保持着联系。我们真应该送给房东太太一封表扬信。”

巴特利特小姐并不赞同这一计划。于是他们默默地走上山去，只有在教区长说出一些羊齿植物的名称时才打破了沉默。他们在山顶上停了步。自从他一小时前站在那里以来，天空比先前狂放得多了，给大地平添了几分悲壮肃穆，这在萨里郡是极为罕见的。灰蒙蒙的云块正在白色云雾前疾驰，后者徐徐延伸、撕裂、碎成小片，最后，透过几层乌云闪现出一丝丝正在消失的蓝天。夏天正在退却，风在吼叫，树木在呻吟，然而这些声响和天空中那些大规模的动荡相比显得微不足道。天气正在变化，说变就变，天要塌下来，而与其说这是超自然的力量给这种危急关头配备了天使的炮队的齐射般的隆隆雷声，还不如说是合宜的配合。毕比先生的眼睛盯着风角，露西正坐在那里弹练莫扎特的曲子。他的嘴角没有笑意，他再一次转换话题说：“不会下雨，但是天要黑下来，所以还是赶快走吧。昨夜天黑得真可怕。”

他们到达蜂窝旅舍时已快五点了。这家讨人喜欢的旅舍有一个阳台，年轻人和不大懂得好歹的人都喜欢坐在那里，而年纪比较大的客人却找一间可人心意的、地上铺着沙的房间，舒舒服服地坐在桌子旁边喝茶。毕比先生发现要是让巴特利特小姐坐在外边，她会感到冷的，但要是让明妮坐在里面，她又会感到没有劲，因此他建议兵分两路。他们将从窗口把食物递给明妮。就这样，他顺便可以讨论讨论露西的命运。

“我一直在想，巴特利特小姐，”他说，“除非你非常反对，我还是想重新谈论我们那个话题。”她鞠了一躬。“我一点儿不想谈过去。对过去我知道得很少，而且也不太关心。我完全可以肯定这件事全亏得令表妹。她的行为正确而高尚。她说我们把她捧得太高了，这完全符合她温良谦让的本性。可是将来呢？说正经的，你对出游希腊的计划是怎么想的？”他又抽出那封信。“我不知道你是否听到我们的谈话，可是露西想参加两位艾伦小姐的疯狂的计划。这是完全——我也说不清楚——这是不对的。”

巴特利特小姐默默地读了信，把信放下，似乎有点犹豫，接着又重新读了一遍。

“我本人实在看不出这样做有什么道理。”

使他惊讶的是她的回答：“这一点我可不能同意。我从中看出这样做可以使露西得到解救。”

“真的吗？那又为什么？”

“她想离开风角。”

“我知道——不过这太奇怪了，太不像她了，太——我想说的是——太自私了。”

“这很自然，毫无疑问——经历了这些痛苦的场面——她想换换环境。”

在一些问题上男人的智力往往有失误，显然这就是其中之一。毕比先生嚷道，“她本人也是这样说的，既然另外一位女士与她的看法一致，我必须承认我已经有几分被说服了。也许她必须改换一下环境。我没有姐妹和——因此我不太理解这种事情。不过她为什么要跑到希腊那么远的地方去呢?”

“这一点你问得好，”巴特利特小姐回答，显然很感兴趣，并且几乎完全抛弃了她那躲躲闪闪的态度。“为什么去希腊?（你要什么，明妮亲爱的——果酱吗?）为什么不去顿桥井?唉，毕比先生啊！今天早晨我和亲爱的露西有一次长时间的、但非常令人失望的会晤。我帮不了她的忙。我也不想多谈。恐怕我已经谈得太多了。我不想谈——露西几乎感到愤懑的问题。我不想谈。我要求她陪我在顿桥井住上半年，她拒绝了。”

毕比先生用刀拨弄一块面包的碎片。

“不过我的感受无关紧要。我完全清楚我使得露西感到不舒服。我们那次旅行是一次失败。她要离开佛罗伦萨，可是等我们到了罗马，她又不想待在罗马了，而且我自始至终都感到我在浪费她母亲的钱——”

“不过我们还是谈谈将来吧，”毕比先生打断她。“我需要听听你的意见。”

“很好，”夏绿蒂说，突然哽住了，这对毕比先生说来是件新鲜事，但是露西对此却很熟悉。“至少我愿意帮助她去希腊。你呢?”

毕比先生在考虑。

“这是绝对必要的，”她继续说，把面纱放下来，隔着纱幕同他低声说话，声音里充满了激情，非常强烈，使毕比先生不觉吃惊。“我是明白的——我是明白的。”这时天暗下来了，他感到这个古怪的女人确实是个知情人。“她一刻也不应该留在此地，而且直到她离开我们都必须保密。我相信仆人们一点也不知情。以后嘛——不过我可能已经说得太多了。只是有一点，单靠露西和我来对付霍尼彻奇太太是无能为力的。如果你肯帮忙，我们也许会成功。不然的话——”

“不然的话——？”

“不然的话，”她重复了一遍，似乎这个词能起决定性作用似的。

“好吧，我愿意帮助她，”教区长说，嘴抿得紧紧的。“来吧，我们现在就回去，把整个事情了结掉。”

巴特利特小姐说了一大通漂亮的感谢话。她向他表示感谢时，旅店的招牌——一个蜜蜂分布得很均匀的蜂窝——被室外的风吹得吱吱作响。毕比先生不太了解情况；可是话得说回来，他并不希望了解清楚，也不匆匆作出结论，认为露西“另有所恋”，这是一个比较粗俗的人会乐于这样想的。他只是感到巴特利特小姐知道那姑娘希望能从某种隐隐约约的影响下解脱出来，而那种影响很可能是个血肉之躯。正因为这种影响是隐隐约约的，才促使他采取侠义的行动。他信奉独身主义，平时很少流露，以宽厚和有教养的外表将它巧妙地掩盖起来，此时却露头了，像某种娇嫩的花朵那样突然开放了。“结婚固然是好，可是能克制而不结婚是更好。”[①]这是他的信条，因此每逢听到婚约解除的消息，他总不免觉得有点高兴。拿露西的情况来说，由于他讨厌塞西尔，因而心中分外高兴；并且他愿意更进一步——把她放在脱离危险的地方，直到她能坚定她那保持童贞的决心。他的这种感情是很微妙而绝不是教条主义的，他从来也没有向卷入这场纠纷的任何人透露过。然而这种感情是存在的，而且只有这种感情才能解释他后来的行动以及对其他人的行动的影响。他在旅舍里和巴特利特小姐订立的协议将不仅帮助露西，而且帮助宗教。

他们急匆匆地在一片灰暗与黑暗中赶回家。他谈到了一些无关紧要的话题：艾默森父子需要一个管家；仆人们；意大利仆人；关于意大利的小说；目的性明确的小说；文学能影响生活吗？风角的灯光闪烁着。花园里，霍尼彻奇太太仍旧在抢救她的那些花枝，弗雷迪在一旁帮忙。

“天太暗了，”她无可奈何地说。“都是拖拖拉拉造成的。我们早该知道天气不久就要变；可现在露西又要去希腊。我真不知道这个世界会变成什么样子。”

① 参见《圣经·哥林多前书》第 7 章第 38 节：“这样看来，叫自己的女儿出嫁是好，不叫她出嫁更是好……”

"霍尼彻奇太太，"他说，"她一定得去希腊。进屋去吧，我们来好好谈谈。首先，她和维斯分手，你是不是介意？"

"毕比先生，我感到很欣慰——就是欣慰二字。"

"我也是，"弗雷迪说。

"好。现在进屋去吧。"

他们在餐厅里谈了半小时。

露西一个人绝对不可能使希腊之行得以进行。这次出游既花钱又充满戏剧性——这两点她母亲都十分厌恶。夏绿蒂也不可能成功。那一天的光荣属于毕比先生。正是由于他通情达理和圆滑机智，加上他作为神职人员的影响——因为一位神职人员只要不是傻瓜，就能对霍尼彻奇太太产生很大的影响——使得她屈从于她们的意向。

"我实在不明白为什么一定要到希腊去，"她说，"不过既然你认为非去不可，我想大概去去也无妨。这里面的道理一定是我所无法理解的。露西！我们来告诉她吧。露西！"

"她在弹琴，"毕比先生说。他打开了房门，听到一首歌的歌词：

"看着那如花美眷，休要动情——"①

① 这支歌曾在英国作家司各特的小说《拉默摩的新娘》中出现过，由女主人公露西·阿什顿唱出，据说是由著名歌曲《甜蜜的家庭》的作者亨利·毕晓普所创作的。

“我倒不知道霍尼彻奇小姐还会唱歌。”

“君王兴兵动干戈，要稳坐不心惊，
对着晶莹的美酒，且莫开怀畅饮——”

“这是塞西尔给她的一首歌。姑娘们真怪啊！”

“怎么啦？”露西突然中止了弹唱，嚷了起来。

“没什么，亲爱的，”霍尼彻奇太太和蔼地说。她走进客厅，毕比先生听见她吻了吻露西说：“我很抱歉，关于希腊之行，我的态度很粗暴，不过这是因为这问题紧接着大丽花倒下而来的缘故。”

一个相当生硬的声音回答道：“谢谢你，妈妈；这一点也没有关系。”

“还有你说得对——去希腊没什么不好；要是两位艾伦小姐要你一起去，你可以去。”

“噢，这太好了！噢，谢谢你！”

毕比先生跟着走进来。露西仍然坐在钢琴前，双手按在琴键上。她很高兴，可是他曾期望她会显得更加高兴。她的母亲弯身向着她。弗雷迪斜躺在地上，他的头靠着她的身子，嘴里衔着一只没有点燃的烟斗，露西刚才就是唱给他听的。说也奇怪，这一群像非常美。毕比先生爱好旧日的艺术，这时想起了一个他喜欢的主题，“神圣的谈话”[①]，画面上一些相亲相爱的人聚在一起，谈论高尚的事物——这一主题既不刺激官能，也不耸人听闻，因此被今日的艺术界所忽视。既然露西家里有的是这么好的朋友，她为什么要出嫁或者出游呢?

> “对着晶莹的美酒，且莫开怀畅饮，
> 众耳恭听时，不要出声。”

她继续唱道。

“毕比先生来了。”

“毕比先生知道我是不拘小节的。”

“这首歌很美，也富有哲理，”他说。“继续唱吧。”

“并不怎么好，”她无精打采地说。“我记不起为什么——是和声还是什么的关系。”

“我猜想是因为它没有书卷气。这首歌真美。”

“曲调还可以，”弗雷迪说，“不过歌词糟糕透了。你为什么要认输?”

“你说的尽是蠢话!”他姐姐说。“神圣的谈话”给打断了。毕竟没有理由非让露西谈谈希腊之行，或者因为他说服了她的母亲，非让她向他表示感谢不可，于是他就告辞了。

---

① “神圣的谈话”，原指描绘圣母(一般和圣婴同坐在宝座上)和一群随侍在侧的圣徒的场面。作者在此处引申其意。

弗雷迪在门廊里为他的自行车点灯。他向来言词精妙，当下便说："今天过了一天半。"

"有人高歌一曲，闭耳莫听——"

"等一下，她快唱完了。"

"火红的金子，不要去碰；
心灵、手、眼睛，三大皆空，
活得轻松些，死得宁静。"

"我喜欢这样的天气，"弗雷迪说。

毕比先生消失在其中。

有两点主要的事实是清楚的。她的表现绝佳，还有他助了她一臂之力。一位姑娘的生活中发生了这么巨大的变化，他是不可能指望能掌握这一变化中的所有细节的。如果他偶尔感到不满意或者迷惑不解，他也必须默默认可；她在选择比较好的角色啊。

"心灵、手、眼睛，三大皆空——"

也许这首歌过分强调了这"比较好的角色"。他有几分想象到那高昂的伴奏——在呼啸的大风声中仍可听清——同弗雷迪的见解是实际相符的，正在婉转地批评它所装点的歌词：

“心灵、手、眼睛，三大皆空，
活得轻松些，死得宁静。”

然而风角正第四次安详地平卧在他的下面——这时是作为怒潮般的黑夜中的一座灯塔而存在的。

19 对艾默森先生说谎

两位艾伦小姐正在布卢姆斯伯里附近一家她们所喜爱的不出售酒的旅店里——那是家干净、不通风、英国乡村人士所常常光顾的旅店。她们在漂洋过海之前总来这里停歇，花上一两个星期，耐心地操心置备衣服、旅行手册、防潮胶布、助消化面包以及其他去欧洲大陆旅行的必需品。她们从没想到过海外，甚至希腊，也有的是商店，原来她们把旅行看作一种出征，只有那些在干草市场[①]商店里进行充分装备的人士才能胜任。她们相信霍尼彻奇小姐也会精心做好充分准备的。现在奎宁片剂可以买到了；在火车上梳洗脸部，肥皂纸非常有用。露西答应去做准备，但神情有点抑郁。

“不过这些事情你当然全都知道，还有维斯先生来帮助你。要知道男士是多么可靠的后盾啊！”

霍尼彻奇太太是和女儿一块儿进城的，她开始神经紧张地用手指敲打着她的名片盒。

“维斯先生舍得放你一个人走，真是太好了，”凯瑟琳小姐继续说。“并不是每一个年轻人都能这样无私的。不过也许他以后会赶来和你相会吧。”

“还是他在伦敦的工作使他走不开?”特莉莎小姐说，她是两姐妹中比较尖刻而不大客气的一位。

“不管怎么样，他来送你时，我们会看到他的。我真巴不得见见他。”

“没有人来送露西，”霍尼彻奇太太插进来说。“她不喜欢送行。”

“是的，我讨厌送行，”露西说。

“真的吗？真有意思！我还以为在这种情况下——”

“嗨，霍尼彻奇太太，你不准备去吗？这次看到你非常高兴!”

她们终于逃脱了，露西松了一口气说：“没问题了。我们已经过了难关啦。”

可是她母亲却感到生气。“亲爱的，人家会说我缺乏同情心的。可是我不明白你为什么不对朋友们讲明你和塞西尔分手了，从而把这事了结掉。而是在整个时间里，我们不得不坐在

---

① 干草市场，伦敦一著名购物市场。

那里，躲躲闪闪，几乎要撒谎，并且被人识破，我敢说这是最最不愉快的事情了。”

露西有很多话可以用来回答。她描述了两位艾伦小姐的性格：她们喜欢讲人闲话，要是告诉了她们，消息马上会到处传播。

“为什么消息不应该马上到处传播呢?”

“因为我和塞西尔商定在我离开英国以后才宣布这个消息。那时我将告诉她们。这样事情会愉快得多。雨下得多大啊!我们从这里拐进去吧。”

“这里”指的是不列颠博物馆。霍尼彻奇太太拒绝了。如果她们要避雨，还是到店里去吧。露西瞧不起这样的打算，她正计划钻研一下希腊雕刻，已经从毕比先生那里借来了一本神话词典，以便充实关于那些男神女神的名字的知识。

“好吧，那么就到店里去吧。我们到穆迪[①]去。我要买一本旅游手册。”

“露西， 你知道， 你、 夏绿蒂还有毕比先生都说我非常蠢， 因此我想我大概是很蠢， 不过我怎么也不明白这种偷偷摸摸的举动。你摆脱了塞西尔——这很好嘛，对他的离去我感到很欣慰，虽然我当时确实很生气。可是你为什么不宣布呢?

① 指伦敦新牛津街上的穆迪图书馆(附有书店)，是查尔斯·爱德华·穆迪于1842年创办的，在维多利亚时代很兴旺发达。

为什么要这样守口如瓶、鬼鬼祟祟呢?”

“这样也只不过几天罢了。”

“可是为什么要这样呢?”

露西沉默不言。她的思绪正从她母亲身边游离开去。说一声“因为乔治·艾默森一直给我添麻烦，要是他听说我已抛弃了塞西尔，他很可能又要来纠缠不清”是很容易的——非常容易，而且也是很有利的，因为碰巧这正是事实。但是她不能说出口来。她不喜欢交心，因为体己话会引导一个人认识自己，会导致最可怕的事情发生——大曝光。自从佛罗伦萨最后那个夜晚以来，她一直认为对人表露心迹是不明智的事。

霍尼彻奇太太也沉默不语。她在想，“我女儿不愿回答我的问题；她宁愿同那些喜欢打听别人私事的老处女在一起，而不愿同我和弗雷迪在一起。她只要能离开家，显然什么乌七八糟的人都可以。”她这个人心里有话藏不住，于是一下子就“蹦”了出来：“你是对风角感到厌倦了。”

这是千真万确的。露西从塞西尔那里脱身后，曾希望回到风角去，但是她发现她的家已不再存在了。对弗雷迪这个生活和思想仍然很正常的人来说，可能这个家仍然存在，不过对一个故意扭曲自己的头脑的人来说，这个家已不复存在。她不承认她的头脑已被扭曲，因为要承认扭曲也必须由头脑来起协助作用，而她却使这生命中最重要的器官处于混乱状态。她只感到：“我并不爱乔治；我解除婚约正是因为我并不爱乔治；我必须到希腊去正是因为我并不爱乔治；我翻阅词典查找众神的名字比帮助妈妈干活更重要；所有的其他人的举止都很糟糕。”她只不过感到烦躁，想发脾气，急于做别人指望她不会做的事，于是怀着这种心态，继续与她母亲谈话。

“啊，妈妈，你在胡诌些什么呀！我当然不是对风角感到厌倦嘛。”

“那你为什么不马上直说而要先考虑半个小时呢?”

她淡淡地笑道，“说半分钟还差不多。”

“或许你想干脆离开你的家?”

“轻一点，妈妈！人家会听见的。”因为她们已进入了穆迪，她买了一本导游手册，继续说，“我当然想住在家里；不过我们既然谈到了这个问题，我还是说出来的好。今后我想比过去出去得更多一些。你知道，明年我就可以有自己的收入了。”

她的母亲两眼泪汪汪的。

露西此时有一种难以形容的纷乱心情，这在年纪大的人身上可称之为“怪癖”，就在这种情绪的驱使下，她决意要把话讲清楚。“我见过的世面太少了——在意大利我感到很不适应。对生活我的见识也太少；应该多到伦敦来逛逛——不是像今天这样买一张廉价车票，而是住上一段时间。我甚至可以和另一位姑娘出一些钱合住一套公寓。”

“然后忙于和打字机及弹簧锁钥匙打交道，”霍尼彻奇太太发作了。“并且搞鼓动工作，大叫大嚷[①]，最后双脚乱蹬，让警察带了上路。你叫它慈善活动吧——可没有人需要你！你叫它责任吧——可实在意味着你连自己的家都不能容忍！你叫它工作吧——可现在竞争这样激烈，成千上万的男人还找不到工作呢！然后为了做准备，你找到了两个颤巍巍的老太太，和她们一起到外国去。”

“我希望有更多的独立性，”露西软弱无力地说；她明知道她需要某种东西，而独立性正是一种有用的时髦口号；任何时候我们都可以说我们没有获得独立性。她试图回忆她在佛罗伦萨时的情绪：那是真诚热烈的情绪，给人的启示是美而不是什么短裙和弹簧锁钥匙。不过独立性确实是触发她的思绪的启示。

“很好。带着你的独立性离开吧。远走高飞，周游世界，回来的时候由于营养不良而骨瘦如柴。你看不起你爸爸建造的房子和他栽培的花园，还有我们心爱的风景——却要去和另外一位姑娘合住一套房间。”

露西噘起了嘴说：“也许我说得太急了。”

“天哪！”她的母亲突然发作了。“你真使我想起夏绿蒂·巴特利特来了！”

“夏绿蒂?”这一下露西也发作了，很明显她终于被刺

① 指参加当时由潘克赫斯特夫人领导的激进的争取妇女参政权的运动。

痛了。

“你使我愈来愈想起她来。”

“我不懂你的意思，妈妈；夏绿蒂和我一点儿也不像啊。”

“嗯，我看很像。同样老是忧心忡忡，同样说了话要收回。昨天晚上你和夏绿蒂想把两只苹果分给三个人吃，真是一对姐妹。”

“你在胡诌些什么呀！再说，如果你那么不喜欢夏绿蒂，可你还是请她来住下，真是太遗憾了。关于她我警告过你；我求过你，请你不要让她来，可是当然你是不会听从我的。”

“你又来了。”

“请再说一遍。”

“又活脱是夏绿蒂，亲爱的；就这么回事；她用的就是这些词句。”

露西咬了咬牙。“我要说的是你不该请夏绿蒂来住下。我希望你不要岔开去。”于是谈话在争吵中结束了。

她和她母亲买东西时没有讲话，在火车里也很少讲话，到了多金车站，马车来接她们，在马车里也很少讲话。整整下了一天大雨，马车爬坡穿过萨里郡的那些深巷时，一阵阵雨水从悬垂的山毛榉树枝上哗啦啦地落在车篷上。露西抱怨说车篷里太闷热了。她俯身向前，眺望车外，只见冒着水汽的暮色中，马车灯像探照灯那样在泥泞和树叶上闪过，没有显露出一点美来。“夏绿蒂上车后将挤得够呛，”她说。因为她们将到夏街去接巴特利特小姐，先前马车去车站时曾让她在夏街下车去探望毕比先生的老母亲。“我们三个人只好都坐在一边，因为雨水会从树上掉下来，虽然这时不在下雨。唉，能透一些空气就好了！”接下来她仔细听着马蹄快跑的声音——好像在说“他没有讲——他没有讲”。这音调因道路泥泞而变得模糊了。“我们不能把车篷拉下来吗?”她责问道，她的妈妈突然充满了柔情说，“很好，老姑娘，叫车停下吧。”于是马车停了下来，露西和鲍威尔使劲把车篷拉下来时，雨水喷射在霍尼彻奇太太的头颈上。不过等车篷拉下后，她确实看到了一些她本来不会看到的东西——希西别墅的窗子里没有一点灯光，在花园门上她自以为看到有一把挂锁。

“鲍威尔，那所房子又要出租了，是不是?”她大声说。

“是的，小姐，”他回答。

“他们离开了吗?”

回答是：“对那位年轻的先生来说，这里离城市太远了，加上他父亲的风湿病发作了，他不能一个人住下去，所以他们就想带家具出租。”

“那么他们已离开了?”

“是的，小姐，他们已离开了。”

露西倒身靠在车座上。马车在教区长的住宅门前停下来。她下车去叫巴特利特小姐。原来艾默森父子已离开了，这一来有关希腊之行的一切麻烦就都是多余的了。完全是白费！白费这个词儿似乎总结了全部的生活。计划白费了，钱白花了，爱也白白浪费了，而且她还伤害了她的母亲。难道是她把一切都搅混了，这可能吗？很可能是这样。别人也曾搅混过。女仆开门时，她话都说不出来，只顾两眼呆呆地往门厅里面看。

巴特利特小姐立刻迎了出来，讲了一大段开场白后，提出了一个重大的请求：她可以上教堂去吗？毕比先生和他的母亲已先走了，但她拒绝和他们一起走，要取得她的女主人的完全同意才行，而这意味着要马车等候足足十分钟。

"当然可以，"女主人疲乏地说。"我忘了今天是星期五[①]。我们大家都去吧。鲍威尔可以到马厩去弯一弯。"

"露西最亲爱的——"

"谢谢你，我不去教堂。"

一声叹息，她们就出发了。还看不见教堂，可是前方黑暗中的左边似乎有点色彩。这是一扇彩色玻璃窗，透过窗子可以看到暗淡的灯光。等大门打开了，露西听到毕比先生正对着为数不多的教徒在念连祷文的声音。他们这十字形教堂非常巧妙地建造在山坡上，漂亮的耳堂高出于其他部分，尖顶上覆着银光闪闪的木瓦——即使他们这教堂也失去了它的魅力；还有大家从来不去谈论的话题——宗教——也像所有其他东西一样渐

① 当时教堂往往每星期五晚上有较盛大的祈祷集会。

渐消失了。

她跟着女仆走进教区长的住宅。

她反不反对在毕比先生的书房中小坐？只有那间屋子里有火。

她不反对。

已经有人坐在那里了，因为露西听见女仆说："先生，一位小姐也要在这里等候。"

老艾默森先生正坐在炉火边，一只脚搁在为痛风者提供的小凳子上。

"哎呀，霍尼彻奇小姐，你竟然来了！"他声音颤抖地说；露西看到了从上星期日以来他身上起了的变化。

她一句话也说不上来。她曾经和乔治面对面说过，再来一次也经受得了，不过她忘了该怎样来对待他的父亲了。

"霍尼彻奇小姐，亲爱的，我们非常抱歉！乔治非常难过！他认为他有试一试的权利。我不能责怪我的孩子，不过他要是先告诉我就好了。他不应该去试。这件事我当初一点儿也不知道。"

但愿她能记得应该怎样做才好！

他举起一只手。"不过你一定不要责备他。"

露西转过身去，开始察看毕比先生的那些藏书。

"我教导过他要相信爱情，"他声音颤动地说。"我说：'爱情来临时，这就是现实。'我说：'热烈的爱情不是盲目的。是的。热烈的爱情是健康的，而你爱的那个女人，她才是你终究能真正理解的唯一的人。’”他叹了一口气说：“那是真实的，永远是真实的，尽管我的时代已经过去，尽管结果是那样。可怜的孩子！他真难过啊！他说你把表姐带来，他就知道事情弄糟了；不管你的感觉怎样，你不会是有意的。然而”——他的声音变得有力起来；他讲出来是想弄个明白——“霍尼彻奇小姐，你还记得意大利吗？”

露西挑了一本书——一本《旧约》的评注集。她把书举到眼睛前面，说：“我不想讨论意大利或任何和你儿子有关的话题。”

“可你是记得意大利的？”

“他一开始行为就不妥当。”

“直到上星期天他才告诉我他爱你。我从来不会评判一个人的行为。我——我——想他是不够妥当。”

露西感到自己比较镇定了，便把书放好，转过身来朝着他。他的脸部下垂，有些肿，但他的眼睛，虽然深深凹陷进去，却闪耀着孩子所具有的勇气。

“嘿，他的行为十分无礼，”她说。“我很高兴他感到难过。你知道他干了什么吗？”

“不能说‘十分无礼’吧，”他温和地纠正她。“他只是在他不应该尝试的时候尝试了。霍尼彻奇小姐，你想要的你都有了：你将同你所爱的人结婚。你退出乔治的生活时请不要说他十分无礼。”

“是啊，当然不能说，”露西说，对方提到了塞西尔，她感到羞愧。“‘十分无礼’这个词儿太重了。我很抱歉，对你的儿子用了这个词儿。我想我毕竟还是到教堂去吧。我妈妈和我表姐都已经去了。我不该到得太迟——”

“尤其是他已经垮下来了，”他平静地说。

“你说什么?”

“很自然地垮下来了。”他默默地用手掌拍着手掌；他的头垂到了胸前。

“我不明白。”

“像他母亲当年那样。”

“可是，艾默森先生——艾默森先生——你在说些什么呀?”

“当时我不让乔治受洗礼，”他说。

露西感到害怕。

“而她当时同意受洗礼是无关紧要的，可是他十二岁时感染了那次高烧，她就改变了看法。她认为这是报应。”他浑身战栗起来。“唉，太可怕了，当时我们已经抛弃了那些观念，和她的父母断绝了来往。唉，太可怕了——当你在荒野里开垦了一小块土地，种上了花草树木，让阳光进入这个花园，可后来野草又偷偷地重新蔓延开来！这是最可怕的事情——比死还要可怕啊！是报应啊！我们的孩子得了伤寒，就是因为没有牧师在教堂里往他的身上撒过一些水！霍尼彻奇小姐，这可能吗？难道我们要永远返回黑暗中去吗？”

“我不知道，”露西喘着气说。“我弄不懂这种事情。我是注定弄不懂这种事情的。”

“可是伊格先生——他在我不在家的时候来了，按照他的原则行事。我不怪他，我什么人也不怪……可是等乔治的病好了，她倒生病了。他启发她思考罪孽的问题，她思考来思考去就垮下来了。”

就这样在上帝的眼里艾默森先生谋害了他的妻子。

“哎呀，太可怕了！”露西说，终于忘记了自己的那些事情。

“他没有受洗礼，”老人说。“我当时很坚决。”他用毫不动摇的目光望着那一排排书，似乎他——付出了多么高昂的代价啊！——才战胜了它们。“我的孩子将原原本本地返回大地。”

她问他是不是小艾默森先生病了。

“噢——上星期天。”他开始回到了现在。“上星期天，乔治——不，不是生病；只是垮下来了。他是从来不生病的。但是他毕竟是他母亲的儿子。他的眼睛和她的一样，她有一个我认为分外好看的前额，而他认为再活下去没有什么意思。情况总是这样，无法预料。他会活下去的；只是他觉得活下去没有意思了。他会永远觉得什么都没有意思。你还记得佛罗伦萨的那座教堂吗?”

露西记得很清楚，她当时还提出乔治可以收集邮票。

“你离开佛罗伦萨后——太可怕了。后来我们就租下了这里的房子，他和你弟弟一起去游水，有所好转。你看到他游水了?”

“我很难过，不过讨论这件事没有什么好处。我对这件事确实很难过。”

“后来又出现了一本什么小说。我一点也不明白；我只能听到那么一点儿，可他很介意，不愿告诉我；他觉得我太老了。啊，好了，人总是有缺点的嘛。乔治明天要来，将带我到他的伦敦住所去。住在这里他受不了，而他到哪里去，我也必须到哪里去。”

“艾默森先生，”姑娘说，“不要走——至少不要为了我离开这里。我将要到希腊去。不要离开你这个舒适的家。”

她的声音第一次这样亲切，他不禁微微一笑。“大家都那么好啊！你看毕比先生——他早晨到我家来，听说我要离开——愿意收留我！你看我在这里，身边有火，多舒服呀!”

“是啊，可是你不会回伦敦去吧。这太荒唐了。”

“我必须和乔治在一起；我必须设法使他想要活下去，而在这里他不可能这样做。他说一想到看到你或听到有关你的事——我不是在替他辩护；我只是说说发生过的事情罢了。”

“啊，艾默森先生，”——她抓住他的一只手——“你一定不能离开。迄今为止，我给这个世界所添的麻烦已够多的了。我绝对不能让你为了我的缘故搬离你喜欢的房屋，也许因而蒙受经济损失。你一定不能这样做！我正要到希腊去。”

“路远迢迢地赶到希腊去?”

她的态度有所变化。

“到希腊去?”

“所以你一定不要走。我知道你不会把这件事讲出去的。我能够信赖你们俩。”

“你当然能够信赖我们。我们要么把你纳入我们的生活，要么就让你去过你已选择好的生活。”

“我不该希望——”

“我想维斯先生一定很生乔治的气吧？是的，乔治不该尝试，是做错了。我们把自己的信念推行得过了头。我想我们的悲哀是咎由自取。”

她又朝着那些书看——黑色的、棕色的以及那种刺目的蓝色神学书。那些书把两位客人团团围住；桌子上都是一叠一叠的书，还有些一直堆到天花板。艾默森先生也是个非常虔诚的人，他和毕比先生主要的区别在于他承认人的热情，可是露西看不到这一点——她认为要这老人在感到悲哀时潜入这样一个书斋，依靠一位神职人员的恩赐，真是太可怕了。

艾默森先生这时非常肯定她很累了，便要把自己的椅子让给她坐。

“不，请坐着别动。我想我可以坐到马车里去。”

“霍尼彻奇小姐，你听起来确实很累了。”

“一点也不累，”露西说，嘴唇在颤抖。

“不过你是累了，而且你带有乔治的那种神情。关于出国旅行，你刚才怎么说的?”

她沉默不语。

“希腊”——她看出他正在思考这个词儿——“希腊；可是我原以为你打算在今年结婚的。”

“不，不是这样，要等到一月份，”露西说，双手十指交叉。到了关键时刻，她真的会说谎吗?

“我想维斯先生将和你同行吧。我希望——并不是因为乔治开了口你们俩才要一起去的?”

“不。”

“我希望你和维斯先生将在希腊过得愉快。”

“谢谢你。”

这时毕比先生从教堂回来了。他那身黑色法衣被雨淋湿了。“没关系，”他和蔼地说。“我料到你们俩能相互做伴的。雨又下得大了。所有听布道的教徒，包括你表姐、你妈妈，还有我的妈妈，都站在教堂里等候马车去接。鲍威尔来了没有?”

“我想已来了；我去看看。”

“不——当然让我去看看。两位艾伦小姐好吗?”

“很好，谢谢你。”

“你对艾默森先生讲了希腊之行没有?”

“我——我讲了。”

“艾默森先生，她要承担保护两位艾伦小姐的重任，难道你不觉得她勇气可嘉吗? 好了，霍尼彻奇小姐，回去吧——要保暖。三人出游，我觉得这‘三’是个勇敢的数字。”说罢，他急急忙忙到马厩去了。

“他不打算去，”她用嘶哑的嗓音说。“我刚才讲错了。维斯先生留在英国不去。”不知怎的，要欺骗这位老人是不可能做到的。要是换了乔治或塞西尔，她会再说一次谎的；可是老人似乎已接近事实的真相，他对存在的鸿沟谈了一种看法，他的谈话方式充满了尊严，而那些把他团团围住的书籍阐明了另一种看法；他对自己的坎坷经历已趋于心平气和，这一切唤醒了她内心的真正的崇高品性——这不是陈旧的对异性的殷勤，而是所有青年人尊敬所有长者的真正的高尚品性——于是，她不顾一切风险，对老人讲了陪同她去希腊的伴侣不是塞西尔。她是一本正经地说的，因此风险在所难免，于是他抬眼望着她说：“你要离开他? 你要离开你心爱的人?”

“我——我不得不这样做。”

“为什么，霍尼彻奇小姐，为什么?”

一阵恐怖感兜上她的心头，她又一次说谎了。她说了那番她曾经对毕比先生说过的话，那番话相当长，也相当有说服力；她打算以后宣布婚约无效时再说一遍。他默默地听她说完，然后说："亲爱的，我为你担心。据我看，"——他的声音很柔和，像在梦境中；她并没有感到惊慌——"你的思想一片混乱。"

她摇摇头。

"听一个上了年纪的人的话吧：世界上最糟糕的事情莫过于思想混乱了。面临死亡、厄运以及那些听起来非常可怕的事情还是容易的。我现在回想我曾有过的思想混乱——那些本来可以避免的事情，仍然不寒而栗。我们能给予彼此的帮助十分有限。我过去以为自己能指导年轻人如何过好一生，但现在比以前明白得多了，而我给乔治的全部教育可归纳为一句话：小心，不要思想混乱。你还记得那次在教堂里你装作生我的气，可事实上你并没有生气吗？你还记得再早一些你不愿接受那间看得见风景的房间吗？那都是思想混乱啊——是小事情，可是兆头不妙——我怕你现在又思想混乱起来了。"她没有说话。"请相信我，霍尼彻奇小姐。生活虽然是十分美好的，但却是艰辛的。"她仍然没有说话。"我的一个朋友曾经写道，'生活就像公开演奏小提琴，你必须通过不断拉琴，才能掌握这种乐器。'①我认为他说得很对。人必须通过人生途径才能学会

① 引自英国作家塞缪尔·巴特勒的《如何使生活过得最好》一文。和原文略有出入。本书作者对勃特勒的作品推崇备至，在此处特借艾默森先生之口引用这句警语。

运用自己的各种功能——尤其是爱的功能。”接着他兴奋地叫喊道：“这就是了；我想说的就是这个。你爱乔治!”紧接着他那篇冗长的开场白，这四个字就像公海上的汹涌波涛猛烈地冲击着露西。

“可你的确爱他，”他继续说，不等她有机会反驳。“你是明明白白、直截了当、全身心地爱他，就像他爱你那样，其他任何词儿都不足以表达。正是为了他，你不愿和那个人结婚。”

“你竟然敢胡说!”露西气吁吁地说，耳朵里尽是汹涌的波涛声。“嘿，真是男人的口气！——我意思是说总是以为女人老是在想男人。”

“可你是在想嘛。”

她努力表现出厌恶的样子。

“你感到震惊了，可我就是要使你震惊。有时候，这是唯一的希望。我没有其他办法来触动你。你一定得结婚，不然你的生命就浪费了。你已经走得很远，不可能再走回头路。我现在没有时间同你讲温情、友情和诗情，以及其他的确重要的事情，而你想结婚就是为了这些。我知道你和乔治在一起就能得到这一切，而你是爱他的。那就做他的妻子吧。他已经成为你的一部分啦。即使你飞到希腊去，永远不再见到他，甚至忘记了他的名字，但他在你的思想中将继续活动着，直到你死去。爱情是剪不断、斩不绝的。你会希望能把它剪断斩绝。你可以使它起变化，忽视它，把它搞乱，但是你永远也不可能把它从心中挖掉。经验告诉我诗人们说得对：爱情是永恒的。”

露西愤怒得哭起来，虽然她的怒气很快就消失，眼泪可仍然留在眼里。

“但愿诗人也这样说：爱情是属于肉体的；它不就是肉体，而是属于肉体的。唉，如果我们承认这一点，我们就能免去多少痛苦呀！唉，就差那么一点坦率，便能使灵魂获得自由！你的灵魂，亲爱的露西！我现在讨厌这个字眼了，因为迷信思想就利用那些时髦的词语把它包装起来。然而我们是有灵魂的。我说不清灵魂怎么来、怎么去的，可是我们都有灵魂，而我看到你正在摧毁自己的灵魂。我受不了。黑暗又偷偷地溜进来了；这是地狱呀！”接着他突然住口不讲下去了。“我乱七八糟讲了一些什么呀——多么抽象、多么渺茫啊！而且我把你弄哭了！亲爱的姑娘，原谅我讲得这样乏味；嫁给我的孩子吧！当我想起生命的意义以及用爱情回报爱情是多么难能可贵的时候——嫁给他吧；世界是为重要的时刻缔造的，现在就是一个重要的时刻。”

她听不懂他的话；他的话实在太难以捉摸了。然而就在他讲话的时候，黑暗一层一层地退去，她看见了自己灵魂的最深处。

“那么，露西——”

“你使我感到害怕，”她痛苦地呻吟道。“塞西尔——毕比先生——票也买好了——一切都定下来了。”她倒在椅子里啜泣。“我陷进了一团糟的麻烦事中。我必须离开他，忍受痛苦，成为老妇人。我不能为了他而打破整个生活。他们都信赖我。”

一辆马车在大门口停下来。

“请向乔治转达我的问候——就只这一次。告诉他这是‘一笔糊涂账’。”接着她整理一下面纱，眼泪在面纱里正像雨水一样淌在脸颊上。

“露西——”

“不——他们就在过道里——噢，请不要说了，艾默森先生——他们信赖我——”

“可是你欺骗了他们，他们为什么要信赖你呢?”

毕比先生把门打开说：“我妈妈来了。”

“你不值得他们信赖。”

“这是什么意思?”毕比先生尖锐地说。

“我刚才在说，她欺骗了你们，你们为什么要信赖她呢?”

“稍等一下，妈妈。”他走进房间，把门关上。

“艾默森先生，我不明白你的意思。你在说谁呀?信赖谁呀?”

“我说的是，她曾对你假装说并不爱乔治。可事实上他们一直相爱着。”

毕比先生看着正在啜泣的姑娘。他非常镇静，那张苍白的脸，映着发红的络腮胡子，一下子显得很少人情味了。他像一根长长的黑色柱子，站在那里，等待她回答。

“我永远不会嫁给他，”露西声音发颤地说。

他露出轻蔑的神色，说，“为什么？”

“毕比先生啊——我曾使你误以为——我曾使自己误以为——”

“一派胡扯，霍尼彻奇小姐！”

“不是胡扯！”老人激动地说。“这正是你无法理解的关于人的某一方面。”

毕比先生高兴地把手放在老人的肩上。

“露西！露西！”马车里有几个人在叫唤。

“毕比先生，你能帮助我吗？”

他对这一请求感到十分诧异，便严峻地低声说：“我感到说不出的悲哀。这太可悲了，太可悲了——简直不可思议。”

“那个小伙子有什么不好？”对方又一次激动起来。

“没什么不好，艾默森先生，只是他不再使我感兴趣而已。霍尼彻奇小姐，嫁给乔治吧！他会是顶不错的。”

他走出房间，只留下他们俩。他们听见他把他母亲领上楼去。

“露西！”马车里的那些声音又在叫唤。

她失望地转向艾默森先生。他的脸色使她感到振奋。这是一位理解人的圣徒的脸容。

“现在天已经全黑了。现在看来美和热情好像从来也没有存在过。我知道是这样。不过请记住俯瞰佛罗伦萨的重重山峦，还有那片风景。哦，亲爱的，要是我是乔治，能吻你一下，就一定会使你变得勇敢的。你不得不冷冰冰地去参加一场需要热情的战斗，不得不走出去，陷入一片你自己制造的混乱之中；你的母亲和你所有的朋友将会看不起你，唉，亲爱的，如果看不起人是正确的话，那么他们是做得对的。乔治仍然在黑暗中苦苦挣扎，十分凄惨，他一句话也不讲。我这样说是不是有道理?”他的眼睛里也涌出了泪水。“是啊，因为我们为之战斗的不止是爱情或欢乐；还有真理呢。重要的是真理，真理才是重要的。”

“吻我一下，”姑娘说。“吻我一下。我将努力去做。”

他给她一种感觉：众神已经谅解她；还有，她在得到她所爱的人的同时，也将为整个世界争取到一些东西。归家途中，马车在泥泞的道路上行驶——她立刻说起话来——老人的致意始终和她在一起。他清洗了她身体上的污垢，使世间的嘲笑不再刺痛人；他使她看到了坦率的情欲是圣洁的。好多年后她还会常常说她“一直没有弄明白老人是怎样使她变得坚强的。好像他使她一下子对每件事的方方面面都看得清清楚楚了”。

20　中世纪的结束

两位艾伦小姐确实去了希腊，不过她们是自己去的。这支小小队伍中只有她们两人将绕过马利埃①，在萨罗尼克湾②的波涛中航行。只有她们两人将游览雅典与特尔斐，以及两座智慧之歌的神庙中的一座——一座建筑在雅典卫城③上，被蔚蓝的海所包围；另一座在帕纳塞斯山下，④苍鹰在那里筑巢，青铜战士毫不气馁地驾着青铜战车向无限的空间驰去。两位小姐颤颤巍巍地、心情迫切地携带着数量可观的易消化面包，确实去了君士坦丁堡，她们确实周游了世界。至于我们其他人士则必须对一个美好而不那么费力到达的目标表示满意。我们到意大利去；我们回到了贝尔托利尼公寓。

乔治说这间屋子就是他住过的老房间。

“不，不是的，”露西说，“因为这一间是我住过的，而我住的是你爸爸的房间。我忘记是什么缘故了；反正是夏绿蒂为了某种原因让我住这一间。”

他在砖地上跪下，把脸埋在她的裙兜里。

“乔治，小宝贝，快起来。”

“我为什么不该是个小宝贝呢?”乔治喃喃地说。

她无法回答这个问题，便把手中正在替他补的袜子放下，向窗外望去。那时是傍晚，又是春天了。

“唉，又是夏绿蒂，真讨厌，”她说，显出沉思的样子。“真不知道这种人是用什么材料做成的?”

“和做成牧师的材料一样。”

“胡扯!”

“说得很对。是胡扯。”

“快从冰冷的地板上起来，不然你接下去就要患风湿病了，而且不要再笑，也不要这么傻呵呵的。”

“我为什么不该笑?”他问，用双肘夹住她，使她不能动弹，接着把脸凑到她的脸前。“有什么好嚷嚷的? 吻我这里。”他示意希望她吻他的地方。

他毕竟是个孩子。到了关键时刻，是她想起了过去，是她

---

① 马利埃，指马利埃海角，在希腊南部伯罗奔尼撒半岛的东南端。

② 萨罗尼克湾，在希腊东南部，雅典城即位于该湾的北端。

③ 指智慧女神雅典娜的神庙。

④ 指希腊中部帕纳塞斯山下的太阳神阿波罗与文艺女神们的灵地的遗址，那里有一个战士驾着战车的青铜雕像。

经受了巨大的痛苦，是她最清楚去年谁住这间房间。他有时候也会弄错，说也奇怪，这使得她更加钟爱他了。

“有信吗?”他问。

“弗雷迪来了一封短信。”

“现在吻我这里；然后这里。”

他再度被警告可能会生风湿病，于是他走到窗前，把窗户打开(英国人总是会这样做的)，将头探出窗外。前面就是护墙，就是那条河，左边便是一重重山峦的开端部分。马车夫立即发出蛇一般的嘶嘶声，同他打招呼，这位车夫很可能就是一年前促使这幸福之轮开始转动的那个法厄同。一股感激的热情——在南方，一切感情都发展为热情——在那位丈夫的心里油然而生。他为所有为了一个年轻的傻瓜耗费这么多心血的人和物祝福。他确曾自告奋勇，可是做得多么愚蠢啊！真正重要的战斗都是由别人——意大利、他父亲、他妻子——来完成的。

“露西，你来看那些柏树；还看得见那教堂呢！别管它叫什么名字。”

“它叫圣米尼亚托。我快把你的袜子补好了。”

“先生，我们明天去兜风吧[①]，”车夫大声说，语气既肯定，又动人。

乔治对他说他打错了算盘；他们不想把钱浪费在兜风上。

---

① 意大利马车夫说的这句话和后面露西与他的对话原文都是意大利语。

还有那些原来并不打算帮助他们的人——拉维希小姐们、塞西尔们、巴特利特小姐们！乔治一向容易夸大命运的作用，这时便统计起把他卷进目前这种心满意足境遇的各种势力来。

“弗雷迪信里有什么好消息吗?”

“还没有看到。”

他感到绝对满意，露西的满意中却包含着苦涩：霍尼彻奇母子还没有原谅他俩；他们十分憎恨她过去的虚伪；她和风角产生了隔阂，这种隔阂也许永远无法消除。

“他写了些什么?”

“这个傻小子！他自以为显得满崇高呢。他明知道我们要在春天出游——他已经知道有半年了——他知道如果妈妈不同意，我们也会自作主张的。其实他们得到了足够的暗示，可是现在他却把它称做私奔。这孩子太荒唐了——”

“先生，我们明天去兜风——”

“不过最后一切都会好的。他必须重新从头提高我们俩的声誉。不过我真希望塞西尔对女人的态度没有变得这样玩世不恭。这是他的第二次改变，变化相当大。男人为什么对女人要有成套的看法呢？我对男人就没有。我也希望毕比先生——”

“你完全有理由提出那样的希望。”

“他永远也不会原谅我们——我是说，他再也不会关心我们了。要是他在风角对他们没有那么大的影响就好了。要是他过去没有就好了——不过只要我们是按真情行动的，那么真正爱我们的人最终一定会回到我们身边来的。”

“也许是这样。”接着他更加温柔地说：“哦，我当初就是按真情行动的——这是我真正做到的唯一的事情——所以你回到我的身边来了。因此，你可能懂得这些事。”他转身回到房间里来。“别摆弄那只袜子啦。”他把她抱到窗前，这样她也看到了全部景色。他们跪了下来，为的是不让路人看见他们，彼此轻轻地呼唤对方的名字。啊！真是值得；这是他们所盼望的巨大欢乐，也是他们从来没有梦想得到的无数点点滴滴的欢乐。他们保持着沉默。

“先生，我们明天去——”

“唉，那个人真讨厌！”

可是露西想起了那个出售画片的小贩，便说，“不，不要对他这样不客气。”然后她屏住了呼吸，喃喃道：“伊格先生和夏绿蒂，那可怕的已经僵化了的夏绿蒂！她对这种人会是非常冷酷的！”

“看那照在桥上的一路灯光。”

“可是这间房间使我想起夏绿蒂来。像她那样活到老是多么可怕呀！想想在教区长家里的那个晚上，她居然没有听见你爸爸也在屋子里。要不然她就会不让我进去的，而他正是活着的唯一能使我明白事理的人。这一点你就做不到。我感到非常幸福的时候”——她吻他——“我没有忘记这一切来得好险呀！要是夏绿蒂知道了，她就会不让我进去，我就会冲到希腊那个鬼地方去了，我的一生就此完全不一样了。”

“可是她明明知道，”乔治说，“她肯定看见我爸爸的。他是这样说的。”

“啊，不，她没有看见他。你不记得她在楼上和毕比老太太在一起吗？后来就直接到教堂去了。她是这样说的。”

乔治又一次固执己见。他说，“我爸爸看见她的，而我宁可相信他的话。他坐在书房里炉火旁打瞌睡，睁开眼睛时，看见巴特利特小姐站在那里。这一切发生在你进来前的几分钟。他醒来时，她正转身离开。他没有同她讲话。”

接着他们谈起其他事情——说到哪里是哪里，就像那些经过了苦战才能得到对方的人那样，而他们的报酬是静静地靠在彼此的怀抱里。过了好些时候，他们才回到巴特利特小姐这个话题，但他们谈论她的时候，她的行为似乎比刚才更使人感兴趣了。乔治这个人不喜欢任何隐晦，他说：“事情明摆着她是知道的。那么她为什么冒这个风险让你们俩见面呢？她明知道他在里面，然而她却去了教堂。”

他们尽力拼凑情况来搞清全部事实。

他们讲着讲着，露西的脑海里闪过一个令人难以置信的解答。她拒绝接受它，说：“夏绿蒂就是这个样子，最后思想稍微有点混乱，便功亏一篑。”可是在行将消逝的暮色、滔滔的河水、他们的拥抱中，都似乎有一种声音在告诫他们她说的话缺乏活力，于是乔治低声说道：“或许是她故意这样的？”

"故意怎么样?"

"先生，我们明天去兜风——"

露西俯身向前，柔声说道："走开，请走开吧。我们已经成家了。"

"真对不起，太太，"他同样柔声地回答，一面挥鞭抽打马匹。

"谢谢你——晚安。"

"不用谢。"

马夫唱着歌驱车而去。

"乔治，故意怎么样?"

他低声说："难道真是这样? 这可能吗? 我给你看一个奇迹。你的表姐一直盼望着。从我们最初会面的那一刻起，她在脑海的深处就盼望我们会成为这样——当然，是非常深的深处。她表面上同我们作对，可是她是这样盼望的。如果不是这样，我就无法解释她的行动了。你能解释吗? 请看整个夏天她是怎样使我活在你的心里的；她使你心神不定；一个月一个月过去，她变得愈来愈怪癖，愈来愈不可靠。我们的形象萦绕着她——不然她不可能把我们向她的朋友作那样一番描述的。有一些细节——十分炽热。我后来读了那本书。她没有僵化，露西，她并没有全部枯萎。她拆散我们两次，可是那天晚上在教区长家里，她又一次获得使我们幸福的机会。我们永远也不可能和她交朋友或向她道谢。不过我确信在她心灵的深处，在她所有的言辞和行为的后面，她是高兴的。”

“这不可能，” 露西喃喃地说， 接着记起了她自己心灵的体验， 说道：“不——这完全是可能的。”

青春笼罩着他们；法厄同的那首歌宣告热情获得了回报，爱情也已得到。然而他们感受到一种比这个更为神秘的爱情。歌声渐渐消失；他们听到了水声滔滔，河水把冬天的积雪冲进了地中海。

附录　看得见风景，找不到房间

《看得见风景的房间》出版于一九〇八年。我们现在已是一九五八年，我忽然冒出一个念头：不知道在这段时期中，小说中的那些人物都干了些什么。他们是在一九〇八年以前就塑造好的。小说中写意大利的前半部几乎可以说是我小说创作的处女作。我把它放在一边，写作并出版了另外两部长篇小说，然后回过头来写，补上了写英国的那后半部。这部小说并不是我最喜欢的——最喜欢的是《最长的行程》——但满可以说它是最美妙的一部。它有一位男主人公和女主人公，他们被认为是好人，容貌俊美秀丽，处于热恋中——而且他们很有希望得到幸福。他们得到了吗？

我来想想看。

露西（乔治·艾默森太太）现在一定都六十七八了，乔治大约七十出头些——这个年龄代表成熟，虽然还不及我的年龄[1]那么成熟。他们这一对仍然很有风度，非常疼爱对方以及他们的孩子和孙儿辈。不过他们住在哪儿呢？啊，这是一个难题，也正是我为什么用“看得见风景，找不到房间”作为这篇文章的标题的原因。我想象不出乔治和露西该住在哪里。

他们在佛罗伦萨度过蜜月后，很可能在汉普斯特德安顿下来。不——在海格特[2]。这是明明白白的，而以后的六年，就生活舒适而言，是他们所经历的最美好的年月。乔治离开了铁路局，在一个政府机构里获得一个报酬较丰的办事员的职位，露西带来了一份不大不小的嫁妆，但他们是明白人，绝不会拒绝享用它，还有，巴特利特小姐把她称之为她的那份小家当统统留给了他们。（谁会想到夏绿蒂表姐竟会这样做？我可从来也没有想过她不会这样做。）他们雇了一位在他们家里过夜的仆人，眼看将成为生活舒适的有钱人，然而第一次世界大战——一场将消灭战争的战争——爆发了，它破坏了一切。

乔治很快成为一名因反对战争而拒服兵役者。他接受了不服兵役必须提供其他服务的安排，因此没有去坐牢，但是失去了在政府机构工作的职位，而且在恢复和平后，没有资格加入“英雄之家”。霍尼彻奇太太被她女婿的行为弄得十分烦恼。

---

① 这时作者已达 79 岁高龄。

② 汉普斯特德位于伦敦西北郊，为一高级住宅区，有矿泉及诗人济慈故居及博物院。海格特位于伦敦北郊一高地上。

露西此时趾高气扬地宣布自己也是个反对战争拒服兵役者，由于她继续弹奏贝多芬的作品，便冒着更直接的风险。德国佬的乐曲！有人听到她弹奏，便向警方报告，于是警察光临了。老艾默森先生和这对年轻夫妇住在一起，便滔滔不绝地向警察解释。警察警告他最好小心一点。过了不久他死去了，仍然十分关切，深信爱与真理最终将帮助人类渡过一切难关。

爱与真理帮助这一家人渡过了难关，这是可聊以自慰的。从来没有一个政府承认过或者会承认爱或真理的权威性，但是这一次，爱与真理悄悄地起着作用，帮助他们不光彩地从海格特搬到了卡夏尔顿[①]。乔治·艾默森夫妇当时有两个女孩和一个男孩，开始感到需要一个真正的家——在乡下的某处地方，能在那里扎下根来，默默无闻地建立起自己的王朝。可是文明并没有朝那个方向发展。我的其他小说中的人物也经历着同样的苦恼。《霍华兹庄园》写寻找一个家。印度对印度人和英国人同样是一段旅程[②]。没有归宿。

在一段时期内，风角的产权悬而未决，使他们心存幻想。霍尼彻奇太太逝世后，他们曾经有机会搬进这幢他们所热爱的房屋。可是弗雷迪继承这份产业后，不得不将它出售，以换取扶养他自己一家的钱财。弗雷迪子女众多，但行医并不得意，

① 卡夏尔顿位于伦敦西南，属萨里郡。

② 指作者的长篇小说《印度之行》。

除了将房屋出售，没有其他良策。风角消失了，花园也重新改建。在萨里郡再也不传扬霍尼彻奇这一姓氏了。

第二次世界大战——一次以持久和平作结的战争——终于爆发了。乔治立即报名入伍。他既有学识又有激情，自然能够区别一个并不比英国坏得太多的德国和一个灭绝人性的德国。他年届五十，看得出希特勒主义不仅是理智的敌人，而且是情感的敌人，文化艺术的敌人。他发现他喜欢打仗，正因为无仗可打而曾感到饥渴，他还发现离开了他的妻子，他没能保持贞洁。

对露西说来，战争带来的变化比较少。她教一些钢琴课，播出一些贝多芬乐曲，这次贝多芬没有成为问题，不过在沃特福德[①]的那套小公寓被炸毁了，她曾在那里辛辛苦苦地维持这个家，等待乔治归来，可这一下她的全部家产与纪念品荡然无存，而他们那住在纽依顿[②]的已出嫁的女儿也遭到同样的不幸。

乔治在前线升为下士，在非洲受伤被俘，被囚禁在墨索里尼的意大利，在那里，他发现意大利人有时候像他在旅游期间遇到的意大利人同样富有同情心，而有时候同情心少一些。

意大利崩溃时，他朝北走，穿过一片混乱地区，向佛罗伦

① 沃特福德位于伦敦西北，属哈福德郡。

② 纽依顿在英格兰中部，在伦敦西北约100英里处。

萨走。这个人们热爱的城市发生了很大的变化，但是还认得出来。三位一体大桥已被摧毁，韦基奥大桥的两端也是七零八落，不过主权广场却是劫后余生，就在那里曾经发生过一件小小的谋杀案。劫后余生的还有一度生意相当兴隆的贝尔托利尼膳宿公寓的所在地区——一点儿也没有损坏。

于是乔治着手寻找那一幢特殊的楼房，就像几年后我自己去寻找那样。他失败了。那里虽然一点儿也没有损坏，但是已经面目全非了。那一段河滨大道上的房屋已经换了门牌号码并重新装修过，好像经过重新铸造似的，而有一些门面扩大了，有一些缩小了，因此要断定半世纪前哪一间房间曾有过一段浪漫史是不可能的。因而乔治只得向露西报告说风景还在那里，那间房间一定也在，可是找不到了。她听到这个消息很高兴，尽管那时她已无家可归。能保留那风景[①]是可聊以自慰的，于是只要他们能长期彼此相爱，乔治和露西便怀着对这风景的记忆和他们的爱情，感到安心踏实，等待着第三次世界大战——一次将会结束战争并结束其他所有一切的战争——的来临。

在这一预测未来的回顾中，绝对不应该遗漏塞西尔·维斯。他离开了艾默森夫妇的社交圈子，但是并没有完全断绝和我周围的人来往。他有正直的品性与聪明才智，命中注定该搞机密工作，在一九一四年，被临时调到情报部或者不管叫什么

① 原文是 view，也可作“观点”解。此处是个双关语。

名称的当时控制情报的工作部门去工作。我可以提供一个他在亚历山大港[①]搞宣传工作的例子，而且是个很受欢迎的例子。在那个城市的郊区曾举行一次不为人注意的小小的聚会，有人提出要听一点贝多芬。女主人犹豫不决。德国佬的音乐很可能会连累我们。然而有位青年军官却爽快地说出了自己的看法。“不，没有问题，”他说，“一位懂得这些事情的内部人士对我说过，贝多芬肯定是比利时人。”

他提到的那位人士一定是塞西尔。那个既喜欢恶作剧、又有文化素养的人是不可能被认错的。我们的女主人放心了，于是禁令解除，《月光奏鸣曲》的光辉在沙漠中闪耀开来。

① 亚历山大港位于埃及西北部，滨地中海。当时埃及尚未独立，是英国的保护国。

图书在版编目(CIP)数据

看得见风景的房间/(英)福斯特(Forster,E.M.)著;.
巫漪云译.—上海:上海译文出版社,2011.6(2025.9 重印)
(译文经典)
ISBN 978-7-5327-5405-2

Ⅰ.①看… Ⅱ.①福… ②巫… Ⅲ.①长篇小说-英
国-现代 Ⅳ.①I561.45

中国版本图书馆 CIP 数据核字(2011)第 033468 号

看得见风景的房间
〔英〕E·M·福斯特 著 巫漪云 译
责任编辑/冯 涛 装帧设计/张志全

上海译文出版社有限公司出版、发行
网址:www.yiwen.com.cn
201101 上海市闵行区号景路 159 弄 B 座
安徽新华印刷股份有限公司印刷

开本 787×1092 1/32 印张 10.75 插页 5 字数 147,000
2011 年 6 月第 1 版 2025 年 9 月第 11 次印刷
印数:34,001—36,000 册

ISBN 978-7-5327-5405-2
定价:49.00 元